史上第一混亂

卷一 反向穿越

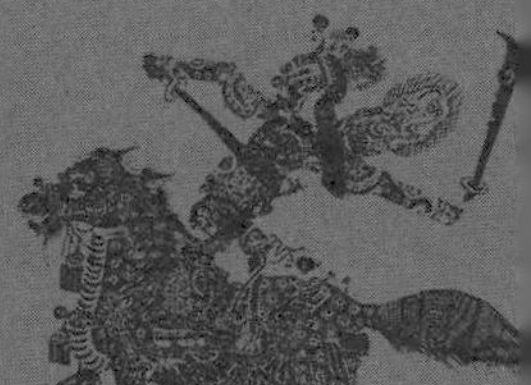

張小花——著

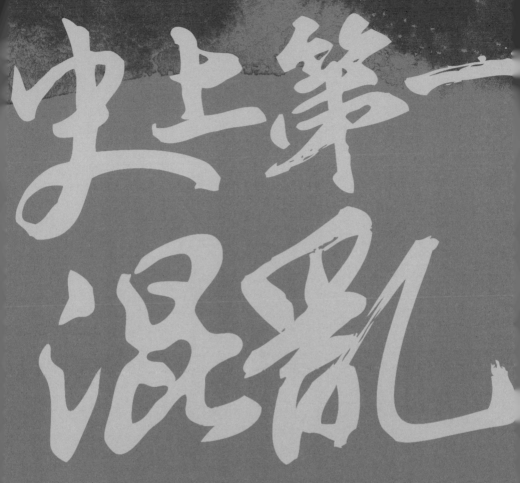

目錄

Contents

第一章

荊軻「賜」秦王

我趕忙去把匕首收了，忽然想起來他們上輩子就有仇，

馬上改嘴說：「其實你們倆之間並沒有仇，我說的對吧？」

秦始皇拼命點頭，荊軻氣哼哼地說：「那他最後把我弄死了。」

秦始皇不甘示弱地說：「是誰先動手的？」

我真倒楣，真的。

人家穿越歷史稱雄稱王，最保守的也能回到明朝當個王爺，我卻只能被反穿越，昨天劉老六領回來的這個傢伙居然是荊軻。

就是他！刺殺秦始皇，辦事之前喜歡開個唱的那個傢伙。

事得從頭說起。

那天，我沒招誰沒惹誰地走著，路過公園外牆時，一個髒兮兮的老頭衝我招了招他那很後現代的髒手：「小朋友，你今天有卦……」

正所謂是「無聊生禍患」，我一個大閒人，抱著閒著也是閒著的心態蹲在老頭跟前，我不怕他騙我的主要原因是：我口袋裡就裝了五塊錢。

我笑嘻嘻地說：「那你先算算我姓什麼，哪年生的，幹什麼的，算準了就給你錢。」

這個老神棍裝模做樣地搖搖頭：「那些都是江湖騙子的把戲，而我，是一個神仙——我且問你：你想不想也當神仙？」

多麼不俗的開場白呀，要是你，你也不捨得走吧。

反正我就沒捨得走。我猜想這個老東西也許會列出一排書來：「我看你骨骼精奇，乃是萬中無一的絕世高手……以後維護世界和平的任務就交給你了。」

但大師就是大師，他跟我說了一句驚世絕豔的話，導致我死心塌地地崇拜上了他，以至於才有了後來一連串的楣運。

他跟我說：「你抽的白沙（編按：湖南的名菸，從低檔到高檔的顏色為白色到深色，分軟白沙、盒白沙、精品白沙一代、二代等。）是假的！」

我抽菸習慣在家對門的小鋪買，今天上了街才發現身上沒菸了，誰知道居然買到假貨！

老頭說完這句話之後零點零一秒後，我就覺得我口袋裡的五塊錢保不住了。

之後的事情完全可以用峰迴路轉來形容。

「你本來是可以成仙的，但就在仙事部（仙界管人事的部門）馬上要批准的前一刻，你愛上了一個女妖精，這件事本來不大，但給仙界帶來了不可估量的輿論壓力和一直以來都面對卻又難以解決的問題：到底該用什麼樣的道德準繩去衡量一個將成仙而未成仙的人？」

實話說，我當時第一直覺以為是哪個大學教授喬裝改扮成江湖騙子，在做關於精神方面的調查，甚至偷偷往四下裡看了看，有沒有貌似攝影機的東西在偷拍。

「玉帝很生氣，後果很嚴重，他原意是要將你九雷轟頂，但那天正好是七月初七，在七公主的美言下才改成一雷轟頂……」

我插嘴問：「九雷轟頂和一雷轟頂有什麼區別？」

「沒什麼區別，反正你死了。」

我：「……」

「後來仙界關於你的問題討論出結果了：那就是在你還沒有成仙的時候愛上妖精不應該受到懲罰。」

我：「……」

「所以他們決定補償你，現在，你有兩個選擇：第一，是用你這輩子替他們做點事，完事以後順理成章把你弄上去當神仙。」

我很好奇，問道：「那第二個選擇呢？」

「第二個選擇是王母娘娘提出來的，這個婆娘的意思是，你既然喜歡那個小妖精，就考驗你們三世，如果你們能世世在一起，就讓你們一起成仙。」

我直起腰說：「故事很精彩，不過我還沒吃飯呢，拜拜啦。」

然而這個老神棍一把拉住我：「我要怎麼做，你才能相信我是神仙？」

我懶洋洋地說：「你再不放手，我就拿磚頭砸你的臉！」

「為什麼不試試呢——我是說，你為什麼不說件事讓我證明我是神仙呢？」

「你他娘除非把老子變成女人！」我一眼掃見對面大樓廣告海報上的章子怡，「把我變成章子怡老子就信你。」

我真是夠了，居然提出這麼一個變態的要求。

老傢伙戴上一副墨鏡，拿出一根筆樣的東西衝我指了指，不用他說什麼我就感覺不太對，只覺我的下面一陣輕風吹過，竟真的消失了！

老混蛋一把把我推在當街，大喊一聲：「快看章子怡！」

最先發現我的，是兩個在街上盤桓的恐龍妹，兩個人加起來起碼有三百公斤，在一陣地動山搖中向我奔襲而來，我只好使了個旱地拔蔥的功夫跳進了公園圍牆。

透過欄杆，我苦苦哀求老神棍：「快把我變回去！」

經過很長一段的混亂之後，老神棍終於把我變了回去。

「信不信我是神仙？」

「你想讓我幹什麼，說吧。」

恢復男兒身的我在一定程度上還保持著理直氣壯的語氣，就算他是神仙，能把我怎麼著？

「不要帶個人情緒嘛，我是來幫你的，還記得我跟你說的話嗎？只要你幫他們做事，他們就讓你成仙。」

「你先說幹什麼？」其實我對成仙絲毫不感興趣，混到五星上將又怎麼樣？調戲嫦娥照樣變月夜豬人。

「陰間最近很不太平，原因是閻王參加小舅子的婚禮時喝多了，把生死簿上一大批人的壽命都少了一年，為了彌補，閻王只好出爐『短一還二』甚至『短一還三』的政策，把這一年補在他們下一世裡。可是你要知道，那些路人甲路人乙還好對付，有些人卻是怎麼也不肯，比如那些歷史名人、帝王、這些人都是有來頭的，閻王不敢得罪死了，只好答應他們，讓他們返回塵世再過一年逍遙日子。」

「這跟我有什麼關係？」

「你想想，如果把他們再放回他們那個時代會產生怎麼樣的後果？在這一年裡，劉邦和項羽會怎麼樣，諸葛亮和司馬懿會怎麼樣，李世民會不會殺武則天？成吉思汗能不能改變今天的版圖？不說這些人，李白杜甫若在塵世多待一年，誰知道他們會寫出什麼影響後世的東西來！蔡倫又會發明什麼稀奇古怪的東西！——我這麼說你能懂嗎？」

「嗯，就是骨牌效應，他們之中任何一個回去都有可能改寫歷史，所以不能讓他們回到他們所在的時代。」

我說完這句話就覺得事情要糟了，「你不是要把那些人都弄到我這兒來吧？」

老神棍得意地笑了：「誰說不是呢，閻王騙他們，說要把他們弄到『世外仙境』裡補齊一年陽壽，而這個『世外仙境』，指的就是你這兒。」

哎，這是什麼跟什麼啊，閻王犯錯，卻要別人擦屁股，這事看來不幹也得幹了。

我裝做為難的樣子說：「那有沒有活動經費啊？先弄個幾億花花，既然是『仙境』，我總得弄倆穿旗袍的小姐，再搞幾隻仙鶴什麼的吧？」

我原以為老神棍會滿口答應呢，人家寫的穿越，錢啦美女啦，都是最基本的配備。哪知這可惡的老神棍居然說：「那些我不管，這是仙界給你的考驗，你自己想辦法。如果你答應了，我晚上就把第一個客戶給你領回去。」

「可是……」

「因為這是一筆交易，你替他們平事，他們讓你成仙，所以我們以後就管這些人叫客戶，你可以答應，也可以不答應，但如果你不答應……」老神棍又掏出墨鏡戴上，拿出那支筆狀物。

我指著老神棍的鼻子，義正詞嚴地告訴他：「作為一個普通人，為仙界做點事情是應該的，你怎麼能懷疑我的情操呢？」

事情就是這樣，老神棍在離開的時候對我說：「不要再叫我老神棍了，我叫劉老六，還有，晚上我就把客戶帶過去給你……」

在故事沒有完全展開之前，有必要先介紹一下我自己，我叫蕭強，廿七歲；簡稱小強。你別以為我是一個無業遊民，嚴格地說，我是一「條」經理（經理多如牛毛，量詞要用條），我主管著一間當鋪。

什麼？你說現在沒有當鋪？那就是你孤陋寡聞了，其實就在你的城市，只要好好找，犄角旮旯就能找到。

當然啦，像古代那樣提件破衣服進去換串銅子的事是不可能發生了，實際上，我們連古奇、亞曼尼這樣的名牌也不收，我們最愛的典當物是汽車和房產，或是舊金銀和古董之類的。

這間典當行名字叫「吉豪」，我們老闆姓郝，自從《第八號當鋪》問世以後，我們這間當鋪就有了一個諢名：好幾號（郝吉豪）當鋪。

現在的當鋪樣貌當然不能像過去那樣，實際上，它的裝修是按照一般的樣品屋來著：寬敞的大廳，玻璃桌上擺著蘋果電腦，周圍是一圈皮沙發。在這種環境氣氛裡談生意，大家比較能保持心平氣和，雖然你在進來之前就可能知道我們發的是黑心財了。

半年來我都沒見過郝老闆，他把一個有二十萬的帳號給我以後，就再沒出現過，去年下半年我只做成一筆生意：用六萬塊當回一輛八成新的帕薩特來，這筆生意賺的錢剛夠今年一年的硬體開支，至於我每月一千四的工錢，就得郝老闆貼錢了，誰也不知道這隻老狐狸打的什麼主意。

我既是這間當鋪的經理，也是唯一的員工，其實還有一個副經理叫老潘，是個四十五歲的中年人，專管鑑定古董，自打我認識他以來，就見過他兩回，第一回是和郝老闆一起吃飯，第二回是請他來驗一張據說是民國時期的銀票，老潘看了一眼就走，他在門口跟我說：「再有把冥紙當民國銀票拿來驗的，直接報警吧……」

大概就是這麼個情況，當鋪開在一條很冷清的街上，我每天無所事事，沒想到一出事就大發，我居然成了神仙預備役，還得接待穿越到我這來的客戶。

就在我剛有點心理準備的時候，劉老六給我領來的第一個客戶居然是：荊軻。

小荊同學個子大概有一米七，塊頭不小，穿著開襟粗布的衣服，最搞笑的是，他一隻眼睛在看著你的時候，另一隻眼珠子簡直就像藏在太陽穴裡。

這也不奇怪，人家是殺手嘛，需要眼觀六路。

就是這個小荊，在刺殺秦王之前，在易水邊上唱著悲愴的hip-hop，高漸離給他打鼓送他，很是拉風。可惜小荊學藝不精，被秦王暴扁一頓。

劉老六把荊軻送來就走了。

荊軻看來還沒從失敗中緩過勁來，顯得呆頭呆腦，對任何新奇的事物都沒興趣，他低著頭看著自己的腳說：「你就是『仙境』的主人？給我一間房，其他我想起來會叫你的。」

這個……住宿倒不是問題，當鋪上面還有兩間房和一個倉庫，我和我女朋友包子各占一間。我把荊軻領上去，他傻乎乎地坐在地上，嘴裡喃喃說：「為什麼呢……為什麼呢……」

我關上門出來，才發現自己一身汗：從現在開始，我已經踏上了成仙之旅，而我接待的第一個「客戶」，居然是古今第一刺客荊軻。

我看了看牆上的掛鐘，我女朋友包子快下班了。

早就跟你們說了我很倒楣，你見過幾個穿越小說的男主角是一開始就有女朋友的？就算有，也是美若天仙吧？

包子姓項，全名項孢子，她老爸是個會計，希望他的女兒長大以後能成為一名誨人不倦的老師，桃李滿天下，像孢子一樣……

這個名字給包子帶來的唯一好處就是：項孢子小姐長得很像包子，她就在和我隔一條街的包子店工作，具體工作是接待客人。

她們店賣的是一種在本地很出名的灌湯包，包子以前負責端盤子，客人只要一喊：包子——包子就會下意識地回頭，然後不是打了盤子就是砸了碗，最後，經理只好把她調到門口當接待。

如果你要問我為什麼會愛上包子，那絕對是一個美麗的錯誤，一個沒招誰沒惹誰的下午（這句話眼熟不？），我非常無害地走在街上，前面一個身材完美到極致的女人在我眼前娉婷而過，這個女人就是包子。

再然後，在一個別有用心的夜晚，我們就在一起了。

包子快回來了，我該怎麼跟她說？親愛的，我要成仙啦，荊軻就在我們樓上？

想到這兒，我趕忙跑上樓，找出一套衣服拿給荊軻，騙他說，凡是到「仙境」的人都得按規矩換上衣服。

可是這個傢伙不理我，還在發呆，一個勁兒地直說：「為什麼……為什麼……」

我知道這人脾氣不怎麼好，當了一輩子殺手，最大的傳奇就是一個人也沒殺成，其鬱悶可想而知。我只好大聲說：

「你不覺得你太短了嗎？」

荊軻嚇了一跳，抬頭問我：「我哪兒短？這跟短有關係嗎？」

我氣得大聲說：「你的劍太短了！」

荊軻忽然從懷裡掏出一把簪青碧綠的短劍：「哦，我以為你說的是我的頭髮呢。」

荊軻把那把劍放在桌上，然後做了一個從地圖捲軸中抽出的樣子刺向我，我急忙跳出去兩米——那把劍我知道，是燕太子丹花百金從鑄劍大師徐夫人那裡買的，而且沾上了劇毒，荊軻和太子丹這倆壞包好像還拿這把劍實驗過，如果當時拿這把劍的人是荊軻，那麼那個倒楣的小兵甲可能是他唯一殺過的人。

荊軻看著完好的我，出了半天神，恍然道：「原來是太短了！」

我暴跳道：「你他娘的有病啊，要是夠長，老子早就讓你刺死了！」

荊軻卻不在意我的態度。他欣喜若狂地大叫：「原來是因為我太短了！」

後來我把這句話前後各加了一句，成為一句經典的Slogan，賣給了一家經銷壯陽藥的公司。

這時樓梯響，包子下班了。我急忙把那套衣服丟在荊軻頭上說：「荊哥，你先換著，兄弟一會兒再來和你討論長短問題。」

荊軻當時是坐在地上，見我要走，以四十五度角仰望天空，伸出一隻手，也不知想說什麼，我沒鳥他，出了屋迎面就碰上包子，我隨手關上了門。

包子手裡還提著菜，她是一個很能幹的女人，只要不看她正臉，我發自真心地愛她。

包子本來是要去洗菜，見我神秘兮兮的樣子，下意識地要進去看個究竟，我捂住門，笑嘻嘻地說：「一個朋友……在咱們這住幾天。」

包子從菜籃裡拿出一根茄子，握著茄子頭，把帶刺兒的把子對準我，嚴厲地說：「你只要告訴我是男是女就行了！」

當得知是男人之後，她揮手把茄子扔進籃子，喜笑顏開地說：「今晚給你做紅燒茄子。」我打開門看了一眼荊軻，見他已經穿戴整齊，正打算把一條內褲往牛仔褲上套，我趕忙閃進去再關上門：「你以為你是超人啊，那是穿在裡面的。」

荊軻並不在意這些小節，隨手把內褲扔在一邊，說：「你們的衣服穿起來很難受。」

他又抄起那把匕首，問我：「可是再長就帶不進去了，怎麼辦？」看來他之所以要在塵世滯留一年，主要目的是想規劃出一個完美的刺殺計畫。

我只好耐著性子問他：「你當時帶的地圖有多大？」

他一手握著匕首，另一隻手在匕首尖前面一點一比劃：「這麼大。」

「你為什麼不把比例尺放大——比如你帶去那張是一比一萬，如果你把比例尺放大到一比一千，你就可以在地圖裡藏一把長劍帶進去，如果比例尺是一比一百，你甚至能帶進去一條方天畫戟。」

荊軻雖然沒有完全聽懂我的話，但大致意思明白了，他使勁一拍腦袋：「我真傻，真的！」然後五體投地地說：「你果然不愧是神仙！」

等荊軻解決了自己的問題，他的第一個關於「仙界」的疑問也隨之而來：「那是什麼（手指玻璃）？還有，那個為什麼不見燈油（手指著電燈）？」

嘔賣尬！我被他打敗了。

幸好我的回答也很強：這裡是仙界，說了你也不懂。

到了吃飯的時間，我把荊軻叫上了飯桌。既然還有一年時間，偷偷摸摸的總不是辦法，索性讓他早點見光。

荊軻受到了包子熱情的款待，包子是個能和我所有狐朋狗友打成一片的人。

荊軻邊盯著電視，邊把飯扒拉到鼻子裡，好奇地指著電視說：「那裡面的小人都是你養的？你每天給他們吃什麼？」

我隨口打發了他。我發現他是個不難對付的人，說白了，他智力上稍微有點欠缺，很容易相信別人，這或許跟他把我當神仙有關係，只要不跟他提刺殺秦始皇，他就跟個二愣子一樣。

白天我比平時晚了一個小時開門，剛把門板拿下來，就發現劉老六坐在臺階上抽菸，身邊還蹲著一個胖子。

劉老六見我開門了，把菸踩滅，領著胖子進來，跟我說這是我的第二個客戶，他一說這胖子的名字，我立時感到天塌地陷。

有聰明的讀者也許已經猜出這胖子是誰了。

是的，他就是——秦始皇！

我從來沒想過秦始皇是一個胖子。更沒想過秦始皇還是一個笑容可掬的胖子。

這個笑容可掬的大胖子秦始皇看上去只有四十幾，穿著一件繡滿刀幣的長衫，頭髮要比荊軻的亮很多，一看就知道經常洗；他衝我點頭微笑。看來我們存在相同的尷尬，不知道該怎麼稱呼對方。

劉老六拍拍秦始皇肩膀說：「你以後管他叫強子或者兄弟都行。」然後又招呼我說，「叫嬴哥。」

「強子……」

「嬴哥……」

「餓（我）以後就在你嘴兒（這）開火咧。」

我急忙回道：「好社（說）好社。」

好傢伙，我竟然和嬴政稱兄道弟。後來我才知道，嬴哥並非一向如此低調，因為劉老六跟他說我是神仙他才這樣的。

嬴哥其實是個認命的人，先是自己騙自己煉長生不老丹，結果據說快成功的時候煉丹的人死了，又馬上修兵馬俑，希望到了另一個世界還有小弟捧著，現在在他眼裡，我就是另一個世界的主宰，所以他跟我很客氣。

秦始皇與荊軻不同，他放下帝王的架子是來享受生活的，他很快就對我的筆電感興趣來，在他覺得我是個很好處的人之後，就擅自把玩起滑鼠，一邊玩一邊「喲喲」地感嘆。玩了一會兒滑鼠，他跟我提出了第一個要求：他要拉屎。

昨天我已經教會了荊軻如何使用馬桶小便，告訴他們把髒東西都弄進去就行了。我把嬴胖子擺在馬桶前，放下坐墊，讓他坐上去，一聲震天響之後，整個廁所充滿了千年臭氨，嬴胖子也很抱歉，衝我連連擺手。

我是不怕臭，可很怕他把荊軻驚醒了，荊二傻就在廁所對面的臥室裡。跟傻子打過交道的人可能有這樣的體會：凡是他們認定的事，就會特別執拗。昨天我已經把荊軻的衣服收起來了，但試圖繳他械時遭到了拒絕。

這使我想到，第一不能讓他們碰面，第二，看來我得多準備幾套衣服，第三，得給秦始皇準備一個「總統套房」，而我現在唯一空著的房子，就只剩荊軻隔壁那間倉庫了。

只聽嘩啦一聲響，秦始皇提著褲子衝出來，朝樓下狂跑而去；與此同時，荊軻揉著眼睛從房裡出來，拉鍊開著走進廁所，抽了抽鼻子，不滿地看了我一眼。

我顧不上管他，急忙跑下樓看秦始皇出了什麼狀況，只見他托著下巴盯著房頂發愣，說：「餓照你社（說）滴那麼一扳，水就都流哈（下）氣（去）了，把餓哈（嚇）了一跳，以為把嘴兒（這）淹了。」

他說完又登登跑上樓，鑽進廁所裡，盯著馬桶裡一圈一圈蕩漾的黃色液體百思不得其解。荊軻大概是回房了。

我很抓狂，沒想到這麼爛俗的情節居然發生在我身上，索性大叫：「荊哥、嬴哥，你們都過來！」

荊軻和秦始皇同時從房間和廁所探出頭來說：「怎了？」然後兩人幾乎是同時發現了對方，「啊」的一聲同時摔上了門。我正搞不清狀況的時候，只見荊軻已經舉著刀子衝了出來，原來他是去拿刀了。

秦始皇也不傻，知道現在不是在他的大殿上，還有趙高幫忙，況且也沒帶著他的轆轤劍，這時候就看出帝王的智慧來了，他居然懂得鎖上門鎖，握住把手，而荊軻卻只會操著匕首橫劈豎砍，不一會兒就把廁所的門捅出一個三角形的洞來。

從這個洞裡能清清楚楚看見秦始皇，他把一隻眼睛湊上去，大聲吼道：「你出來！」

我說過，荊軻有很嚴重的散光，他一隻眼睛往裡面瞄著，另一隻眼睛就好像在窺探我的舉動一樣，我這才想起應該幹點什麼，我從客廳沙發底下抽出一塊板磚（為什麼我客廳沙發底下會有一塊板磚呢？）托在手裡，厲聲道：

「姓荊的，你再不把你那把破刀扔了，我就拿板磚砸你的臉！」

荊軻見我手托一方方正正的東西，且紅光耀眼（這塊板磚被我洗得很乾淨），不知是什麼仙界寶物，氣餒道：「我的事你別管……」

正說著，秦始皇已經在廁所裡尋著一把爽身粉，順著洞扔了出來，荊軻一聲怪叫，扔了匕首捂著眼睛揉起來。

我趕忙去把匕首收了，秦始皇還一把一把往外扔爽身粉，我拉開門，一把抓住他脖子把他拽出來，扔在沙發上，又領著荊軻去水池邊洗眼睛，然後我把荊軻放在對面的沙發上，在他們之間擺上礦泉水和菸灰缸，語重心長地說：「有什麼話不能好好說呢，非得打打殺殺的，又不是上輩子……」

說到這，我忽然想起來他們確實是上輩子就有仇，馬上改嘴說：「其實你們倆之間並沒有仇，我說的對吧？」

秦始皇拼命點頭，荊軻氣哼哼地說：「那他最後把我弄死了。」

秦始皇不甘示弱地說：「是誰先動手的？」

我把板磚在桌上用力一放，大聲說：「吵什麼吵！不看看這是什麼地方?!」

兩個人都縮著頭噤了聲，我點上一根菸，這才和顏悅色地說：「不管誰對不起誰，那都是上輩子的事了，這是什麼地方，嗯？這是讓你們享福的地方，而且就一年，你們還不好好珍惜?!」秦始皇低下了頭，荊軻眼睛紅紅地看著我。

「來，握握手，以後大家都是好朋友──聽話。」

這次又是嬴胖子先伸出了手，看來人家帝王就是有氣量，荊軻無奈地跟他握了握。

這對冤家總算暫時被我搞定了。我又翻出一套衣服來讓秦始皇換上，畢竟是見過世面的人，衣服一上身就知道品質比他原來身上的好。

然後我們哥兒仨把倉庫打掃了一下，我搬了一張簡易彈簧床，暫時作為秦始皇的總統套房。秦始皇的好奇心要比荊軻強很多倍以上，他問這問那一通之後，荊軻替我回答他：「這是仙界，說了你也不懂。」

心態決定一切，嬴胖子很快就沉迷於電視上，本來他看的是《百家講壇》的解說韓非，我急忙給他換了一個台，讓他看《流星花園》。

樓上終於風平浪靜了，我把玩著荊軻的刀，下樓才發現我那位副經理老潘已經在等著我了。

老潘今天要參加朋友女兒的婚禮，飯店離我這不遠，便順便過來看看。

老潘是那種很平凡的中年人，稀疏的頭髮抹得澄明刷亮，腆著肚子，平時穿著大賣場買來的T恤和休閒褲，有一兩套名牌西服撐門面，說話幹練，像發了點小財的生意人，也可以說他是公務機關裡的一個小科長。

其實老潘很不簡單，他是中國地質大學前幾批畢業的學生，主修考古。那個年代的大學生是真正的天之驕子，幾乎個個身懷絕技，老潘更是其中的佼佼者，如果他一直在他的專業走下去，今天打撈「南海一號」什麼的，肯定能從電視上見到他。

可惜老潘沒頂住股海大潮的誘惑，本來以為靠一身本事能像螃蟹一樣橫行無忌，在賠了幾次之後，拋棄了自己的專業，跟著人家倒騰手錶。

二〇〇〇年以後他才又做回本行，開始搞收藏、幫人鑑定古董，月收入不穩定，但勉強算得小康之家了。他做副經理只是擔個名，並不拿工資，只從鑑定品裡抽百分之二的提成。

老潘遞給我一根「玉溪」（編按：亦為菸名），我把刀放在茶几上接過，然後湊上去點了火，沒等我開腔，老潘的眼睛就已經盯上那把刀了——一把戰國時期的古刀對一個有著深厚考古功底的人自然有一股莫名的吸引力。

他隨手拿起刀，然後就像被揍了一拳似地佝僂起腰，一手脫下眼鏡像要鑽進刀裡似的。

我趕緊一把搶過來裝進兜裡，打岔說：「水果刀，有啥好看的？」

老潘把他兩根被菸熏得發黃的手指指著我的鼻子：「給我！」

我注意到他的聲音有些微微顫抖。我把刀掏出來在空中拋了兩下，用開玩笑的口氣說：「你不會以為這是一把古董吧？」

老潘還是被我迷惑了，他擦著額頭上的汗，自嘲地說：「可能是我神經過敏，你怎麼可能會有戰國時期的東西呢？雖然樣式和質地都很像，不過一點氧化反應也沒有，是我看走眼了。」

我把玩著刀，假裝不在意地問：「如果真的有一把戰國時期的古刀，能賣多少錢？」

老潘扶了扶眼鏡，用調侃的語氣說：「如果戰國的東西經你手賣出去，不管賣給誰，你都犯了法；如果出了境，我這輩子怕就見不到你了，國家規定，一七九五年以前的古物嚴禁出境，你算算戰國離一七九五是多少年？」

我說：「咱們就是說著玩，你給報個價嘛。」

「這麼跟你說吧，英國佳士得拍賣會上，一個明朝的花瓶可以賣到一千五百萬英鎊，當然那裡幕後操作暫且不說；在香港，一把乾隆御製配刀可以拍到四千萬港幣，乾隆本人見沒見過這把刀不說；一把拿破崙用過的鍍金配劍，折合人民幣是五千多萬……」

我插嘴說：「如果是那把荊軻用來刺秦王的匕首？」

老潘瞟了我一眼，站起身說：「不跟你扯淡了，我得走了。」

老潘走後，我盯著荊軻的刀直發愣，腦子裡只有一個念頭：這要換成硬幣，不知道能把我砸死多少次……

其實我又不傻，早就想到即使是荊二傻同學身上最見不得人的地方的一根毛，理論上也能算文物，但我也隱約覺得拿這個做文章有風險，老潘的一番話徹底打消了我的這個念頭，不說犯不犯法，如果真要流到國外去，不用等千年我就直接千古罪人了。

作為「好幾號」當鋪的總經理，瞞天過海趁人之危賺點小黑心錢是可以的，但怎麼說起碼的公民操守還是有滴。

中午包子她們只有二十分鐘的吃飯休息時間，平時都是我關了門去找她，一起在街上隨便吃點，今天我讓她帶回一斤包子，包子風風火火趕回來時，秦始皇正津津有味地看著《流星花園》，包子跟他點點頭算是招呼了，然後也趕緊找個板凳坐下看。

讓她吃飯，她說吃過了，看會兒電視得馬上回去，趁插播廣告時，包子站起來，跟秦始皇說：「胖子，下午我回來你告訴我結果啊——」

秦始皇居然用一口道地的臺灣腔說：「好啦，你很囉嗦耶。」

我把隔壁一直在研究玻璃的荊軻拽到我這屋吃包子。目前這兩個人都還沒有給我造成太大的尷尬，荊軻比較傻，對於好奇的事物他羞於開口問，我屋裡的東西夠他研究半年的；秦始皇是帶著一種狂歡的心態來享受生活的，對一切新鮮的東西保持著欣賞和難得糊塗的態度。我現在最怕的是贏胖子和荊二傻哪天忽然明白過來，知道自己被閻王耍了，會不會先拿我出氣，尤其是秦始皇知道我背地裡一直管他叫贏胖子之後?!

我把他們倆換下來的衣服壓在櫃子最底下，一年後，我得讓他們一件不少的都帶走。

我坦白，我之所以不敢拿它們換錢，最大的擔心是怕惹禍上身，據我所知，國際上販賣古董的黑勢力並不比販賣毒品和軍火的差多少，假如我賣出一把戰國刀之後很難不被厲鬼纏身，而光靠我手中的這塊板磚，估計是凶多吉少。何況，我是真的不願意中國的寶貝流失到國外去。

荊軻的那把刀被我洗乾淨以後，放在了工具箱裡，最危險的地方就是最安全的地方。

包子這周上早班，即十點上班，四點下班，其實要差不多五點才能走，如果是晚班，那就是下午四點去，晚上十一點以後才能回來。上晚班，包子從來沒要求我去接她，倒不是因為她長得很「安全」。

包子家在鐵工校宿舍，她從小跟鐵路上的孩子打打殺殺長大的，屬於「江湖兒女」。所以她對我的狐朋狗友都能誠心接納，今天她提了一大籃菜，洗了一條黃瓜，掐了一半遞給秦始皇，自己嚼著另一半，說：「最後怎麼了，類沒把杉菜怎麼樣吧?」

秦始皇透過電視，一下午就弄懂了電話和汽車的用途，後來我還告訴他電視劇是怎麼回事，他很驚奇，問我為什麼明明知道都是假的還看，我只能說這跟他看六國美女跳舞解悶是一樣的。

荊軻則是找到了他的最愛——一臺破舊的半導體收音機，這個頭腦簡單的傻瓜一直以為那裡面的聲音是被囚禁起來的小人發出來的，一下午都在試圖和裡面的人交流。

身邊有這麼兩個人，我覺得很有必要給包子打打預防針，我把她拉到水池邊，假裝幫她洗菜，說：「那倆哥們反應有點跟不上。」我還很委婉地告訴她，「跟咱不是一個時代的人。」

包子說：「那個大個跟你好像差不了幾歲，胖子我看頂多四十多吧。」

我撓著頭說：「搞搖滾的，一直沒什麼人捧，刺激得腦袋都不大好使了。」

我這麼一說之後，包子立馬明白了。我暫時沒敢告訴她這倆人要在這兒住一年。

飯做好以後，包子在飯桌上問秦始皇：「胖哥貴姓啊？」

在我解釋了什麼意思之後，秦始皇爽朗地說：「餓叫嬴政。」

包子眼睛轉到荊二傻時，他靈機一動，搶先說：「我叫荊軻。」

包子愣了一下之後哈哈大笑：「真的很有創意，你們的樂隊叫什麼名字？」

我額頭汗下，趕忙替他們回答：「秦朝。」

關於怎麼讓嬴胖子和荊二傻老老實實在這待一年，我有一個初步計畫：第一階段，首先教他們生活自理，看見什麼東西也不會吃驚到露怯的程度。鑑於兩人的智力水準和心態，這一點並不難。

第二階段，我打算領兩人去附近的餐館吃吃甜食什麼的，應該不難混過去。

第三階段，是最帶勁的一個階段，兩個人應該會對平淡的日子感到厭煩了，我就領他們去遊樂場，坐碰碰車，偶爾帶他們去唱個KTV。這時候我會不惜告訴他們實情，讓他們在仇恨閻王中度過。

反正不能讓任何人知道他們的身分，尤其是第一刺客和第一皇帝在這兒算是「黑戶」，如果被警察盯上就麻煩了。

靠我一千四百元的工資，勉強夠風平浪靜度過這一年；包子工資是每月八百，剛夠她自己用。包子是個節儉和馬虎性格並存的人，只要不餓肚子，對錢沒什麼概念，而且重感情，和人相處久了，大概不會反對這兩人留下來。

我一直擔心荊軻會趁我不在暗害秦始皇，但看樣子絲毫沒有這樣的苗頭，他現在全副心思都撲在半導體裡的小人身上，吃晚飯的時候，我見他把幾顆米飯藏在上衣口袋裡（我的愛迪達呀！），估計他是想給想像中的小人餵飯。我覺得他很可愛，我三歲半的時候也那麼幹過。

嬴胖子在我這吃了兩頓飯以後，就更堅定這是仙界了，中午的一斤包子，他起碼吃了七兩，晚上添了兩次飯，吃幾口就說一句：「撩咋咧（陝西話，好吃啊的意思）。」使我懷疑他統一六國的最初原因，是因為秦國的糧食不夠養活他一個人，而且飯桌上的茄子、黃瓜、蘿蔔、番茄，沒一樣是他見過的，我真的很好奇戰國時期的人民都吃什麼蔬菜。

晚上我們四個人一起看電視，我摟著包子的腰坐在沙發上，嬴胖子和荊二傻分別搬小板凳坐在我們兩邊。你可以想像一下，一個男人，酒足飯飽後抱著自己的女人，一邊是古今第一刺客，一邊是曾經統一過中國的首任皇帝，那感覺，嘖嘖，甚至有一刻我以為我真的成仙了。

但是那天電視上放的電影《英雄》實在不適合兩位新成員，荊軻還罷了，可那片子裡多次提到「秦王」，甚至最後字幕還有秦始皇三個字，但嬴胖子安之若素地看完了電影，他根本不知道那裡面陳道明扮演了誰，裡面的服飾雖然暫時引起了他的興趣，但在他看來，顯然和他的王國是有天壤之別的。

他看完電影後，不滿地說：「天哈（下）天哈，這個絲琴（事情）餓又不是摸油（沒有）幹過，當絲（時）餓不打他們，他們就要打餓，哪顧上天哈氣（去）！」

這就是秦始皇對《英雄》這部電影的影評。

後來我想明白了，嬴胖子本人並不知道「秦始皇」這三個字指的是什麼，因為那是後世對他的稱謂，他雖然自稱過「始皇帝」，但他一輩子裡大概也沒人指著他鼻子叫他「秦始皇」。

其實秦始皇對他目前的處境有一個最大的誤會，他真的以為這裡是一個全知全能的仙界，所以他覺得他沒什麼了不起的，也不覺得有必要隱瞞自己的名字，我覺得這樣很好，只要沒人信他，我就能安安穩穩過下去。

反正包子就不信，她對秦始皇那段話的點評，是事後跟我說：「胖子夠能吹的啊。」

轉眼間已經一個星期了，荊軻和秦始皇保持了和平共處，兩個人已經會使用淋浴洗澡、會開關電視，荊軻還不會用遙控器，秦始皇也只能按出一到九這幾個頻道，不過會使用「+」號鍵轉台，感謝機上盒帶來的豐富頻道，如果電視像以前那樣只有幾個台，恐怕秦始皇早摸出系統的一套知識了，現在兩百多個台，他看得眼花繚亂。

荊軻像戀物癖一樣與半導體形影不離，兩天光給他買電池就花了不少錢。

秦始皇聽音樂直接用的是MP4，還迷上了照相功能，這一次他實在忍不住好奇，一定要問我個究竟，還沒等我回答他，荊二同學已經用他的「小人」理論解釋完畢，秦始皇半信半疑，把荊二傻拉在一邊研究去了，我估計他和荊軻待完一年，智力就能成功下降到五歲兒童水準了。

包子這周成了晚班，果然不出我所料，她沒提出任何異議，她是個喜歡熱鬧的女人，好像和秦始皇還滿聊得來。形勢一片大好呀。

這天我們吃完午飯，我去下面坐著，包子回屋躺了一會兒，三點多起來，說廁所沒衛生紙了讓我去買。我就當散步溜達出去，繞了半條街買了一捲衛生紙，這才慢悠悠逛回來。

我進了當鋪上樓，見秦始皇和荊軻都在各自的屋裡睡覺，我的臥室沒人，我喊了幾聲包子也沒人理我，一推廁所門，裡面居然鎖上了。

我不耐煩地敲了兩下說：「鎖啥鎖，是我。」

裡面還是沒動靜，我又使勁捶了兩下：「都老夫老妻了，快開門，我還得下樓看店呢。」還是沒人吭聲。

我一生氣，隨手撩起了廁所門上的掛曆——你可能還沒忘，這門曾被荊軻捅了一個很大的窟窿。

然後我就看見一個——屁股。

哎，我知道我知道，沒有哪個美女出場是先露屁股的，就算被辣手摧花需要英雄去救，最多也就是衣衫凌亂，再過分也就酥胸半露。

可是我卻先看到一個屁股，然後才看見一個古裝美女正坐在馬桶上小便，她本來已經被我的敲門聲弄得很緊張了，現在門上突然開了一個大口，然後一個男人直勾勾地盯著自己的屁股，她萬分驚恐之下竟忘了有所舉動，還是那麼愣坐著，只是下意識地捂住了嘴。

我也很是尷尬，然後說了一句讓我自己都很佩服自己的話：「要紙不？」

說完這句話，我把衛生紙放在門口急忙逃下樓去，脆弱的心是一個勁兒的跳。

平靜了一會，忍不住又想起那個屁股，看上去又白又滑，如果能握在手裡，再加上那妞的一身古裝，想像她喘息的聲音和樣子，這個調調真是要了命了！也不知道她是包子什麼時候交的朋友。

等等！包子的朋友為什麼會穿古裝？

排戲？排戲也不用把戲服穿回家裡來吧?!

然後我腦海裡突然閃出一張無比欠揍的臉來——劉老六，絕對是他！難道這位，呃……古裝美女，是我的第三號客戶？

第二章

師師有幾種

我顧不上問這麼多，只覺得「師師」這個名字在哪聽過，

隨口說：「小娘子貴姓啊？」……

然後我馬上聯想到一個人：滿臉淫笑的高衙內，

再然後又想起一個同朝代的人，不禁道：「李師師？」

李美女掩口嬌笑：「正是。」

我正胡思亂想著，那古裝美女盈盈款款地走下樓來，臉上還帶著紅暈，衝我深施一禮，嬌柔無限地說：「師師見過仙境主人。」

沒錯了，絕對是劉老六領來的新人，但這個老神棍呢？這個叫什麼師師的，為什麼會在我的廁所裡？包子又哪兒去了？

我顧不上問這麼多，只覺得「師師」這個名字在哪聽過，情急之下忘了該怎麼稱呼古代女性了，也不知哪根神經抽住了，我隨口說：「小娘子貴姓啊？」

……然後我馬上聯想到一個人：滿臉淫笑的高衙內，再然後又想起一個同朝代的人，不禁道：「李師師？」

李美女掩口嬌笑：「正是。」

呀，要命了，這一笑媚到骨子裡去了，不愧是幹小姐出身的。

李美女見我瞅著她，露出了白癡一樣的微笑，尷尬地輕咳一聲，柔柔道：「承蒙劉仙人（劉老六）引領，到得尊處，適才已拜見過此間仙后，多蒙照顧，不想初來乍到就唐突了主仙（說到這臉紅），恕罪則個。」

靠，跟我拽文，我笑（色）瞇瞇地說：「別跟我客氣，我也不是什麼神仙，以後你叫我強哥就行了，劉老六和你嫂子呢？」

李師師滿臉迷惘，我只好換個說法：「劉仙人和仙后呢？」

「劉仙人打獵去了，仙后上朝去了。」

「仙后上朝」的意思大概是包子上班去了，可劉老六打的什麼獵呀？幸好她補充說：「劉仙人走得甚是匆忙，說是有一隻叫『中石油』的怪獸被套住了。」

哦，明白了，劉老六買股票被套牢了，切！

看來劉老六領著李師師來找我，結果碰上包子剛要去上班，倆人誰也沒空，包子只當是我朋友，正好李美女內急，包子把人家塞進廁所就自己跑了，那鎖八成也是包子幫忙鎖的——知我者，包子也。

我這才發現我在沙發裡翹著二郎腿，李美女恭謹地站在原地，我幾乎就要脫口而出：「來，給大爺唱個曲兒……」估摸當年的宋徽宗也沒這麼狂。

我拍拍沙發：「坐吧妹子，來我這跟誰也別客氣，這就是讓你享福來的，在我這個地界兒，除了殺人放火，你想幹什麼都行。」

李師師興奮地說：「這麼說，我以後都不用吹簫啦？」

我暴汗地說：「……當然，你想吹就吹，不想吹可以不吹……」

幸好李師師沒聽懂我在說什麼，她說：「你知道簫管上是用蒜膜裹的，我最受不了那個味道了。」

咳咳！

這時荊二傻趿拉著拖鞋從樓上走下來，揉著惺忪的眼睛衝我一伸手：

「給我錢，我去買電池。」

李師師很有禮貌地向他施了一禮，荊軻傻乎乎地問：「新來的？」

我忙給他們做了介紹，李師師在得知眼前人就是刺秦的荊軻時，眼睛發亮，又深深一揖：「想不到竟然能在這裡見到荊壯士，真是三生有幸，在賤妾心中，壯士乃是古今第一英雄。」

就聽樓上嬴胖子的聲音：「撒（啥）話麼，歪他絲（是）英雄就是社（說）餓該死捏？」

嬴胖子三步併做兩步跑下樓來，不滿地瞪著李師師。

李師師疑惑地看著我，我只好給她介紹：「秦始皇，以後你叫嬴哥。」

李師師尷尬了幾秒，隨即笑道：「說荊大哥是英雄，乃是讚他不畏強秦，一諾千金，置個人生死於不顧，隻身犯險；陛下也是英雄，一統華夏，氣吞山河。」

不愧是擅交際的女公關，話說的多圓滑呀！

秦始皇這下開心了，說：「你這個女子怪會社話滴，歪你以前是哪國人，餓都沒有見過你麼。」

我急忙說：「你死一千年以後才有的她，她男人跟你是同行。」

荊二傻根本對他們的對話不感興趣，還伸著手：「給我錢。」

我覺得我已經開始混亂了，我首先沒想到劉老六一個勁往我這塞人，塞就塞吧，他還變著性別、跨越朝代的塞，照這樣下去，我很難預料下一個到這兒的人會是趙匡胤還是努爾哈赤，又或者是樊梨花？王寶釵？

我給了荊軻兩塊錢把他打發走，對秦始皇說：「你領著妹妹上樓玩去——不許欺負她啊。」

我說了，包子其實是一個很善良的人，她雖然不知道李師師為什麼穿著一套古裝滿大街溜達，可是她已經為她準備了一套自己的衣服。

李美女再下樓時，腳上蹬著涼鞋，露出圓潤的腳指頭，修長的牛仔褲襯托出那讓人發狂的S線條，上身是一件很俏皮的Hello Kitty T恤，然後……外套胸罩！

那件看著很眼熟的帶蕾絲邊的胸罩箍在李師師身上，像畫上的性感女妖，再舉個叉子什麼的就更神似了。我的腦袋直接掉在茶几上還彈了幾下，打死我也不明白為什麼古人都有內衣外穿的癖好?!

李師師看到我的反應後，轉個身子審視著自己，問：「有什麼不對嗎？」

我只好把雙手虛扣在胸前，結巴道：「這個……是穿在裡面的。」

李師師把胸罩拿下來，疑惑地研究了一下，喃喃說：「難怪這麼緊（看來她要比包子大一號）。」這才意識到我還在場，「啊」了一聲，紅著臉匆匆跑上樓。

剩下我一個人其實挺鬱悶的，首先我意識到我跟劉老六是樹欲靜而風不止（用在這很合適）的關係，我永遠不知道他會不會在下一秒就出現，身後跟著誰。

其次，這回我很難跟包子交代，我還沒想到該怎麼介紹李美女給她，別看她對李師師不錯，那是因為她對外人一向如此，我甚至懷疑如果有人要殺她全家，那人只要不是我，她都能笑臉相迎。

我得承認我對漂亮女性有時候會產生一些齷齪想法，但我保證那只是想法而已，包子的威懾力像一個無數倍於卡巴斯基的病毒防火牆，能把我那些想法扼殺在搖籃之中。她用很自然平和的語氣告訴過我，我要是敢對不起她，馬上就會成為有資格練《葵花寶典》的現代第一人，我有理由相信她絕對有這樣的能力。

最後一個問題很現實，那就是晚上我們五個人該怎麼睡？當然，我有一個最美好的分配辦法是：我和李美女一起，包子單間，荊二傻和嬴胖子一起。

但往往美好是不現實的同義詞，最現實的分配方法是：包子和李師師睡臥室。剩下我還有二傻和胖子怎麼睡，看來已經不重要了……

李師師這次上去以後再沒下來，秦始皇興沖沖地跑下來，把MP4塞到我手裡：「餓發現咧，這個家什會畫滴很，你把餓也畫哈來麼。」合著他才發現MP4連人也能照出來。

我拿MP4心不在焉地拍了他幾下，嬴胖子下意識地正王冠，一手扶劍，照出來跟《智取威虎山》裡的楊子榮似的。我把MP4連在電腦上，畫素不高的MP4在秦始皇手裡把我房子犄角旮旯都拍了個遍，光線昏暗角度歪斜，看起來跟命案現場一樣。

但是看著看著我眼前一亮，螢幕上一個俏佳人朱唇微啟，目光斜眺，蘭花蕙指無意間撫著耳邊的秀髮，既有一股古韻古香，又不乏少女懷春的嬌憨挑逗。

後面幾張更是乖乖不得了，不用人教就知道怎麼樣能擺出最誘人的姿勢，這小尤物一手扶床，香肩半露，雪白的肩膀上，黑色的胸罩帶子格外觸目，那件粉紅色的 Hello Kitty 簡直是對所有男人占有欲的原始召喚。

我瞪著秦始皇：「這都是你照的？」

「絲（是）滴，餓社（說）給她畫張畫兒，這女子就衝餓掛（傻）笑捏。」秦始皇看看我，忽然又說：「你滴鼻子咋流寫（血）咧？」

我一邊擦鼻血，一邊瞪了嬴胖子一眼：「你見過啥呀，還當了半天皇帝呢，阿房女和孟姜女都沒朝你這樣笑過吧？」

嬴胖子立刻顯出難過的表情來，我只好把ＭＰ４又還給他，告訴他，下次想「畫」自己可以對著鏡子。秦始皇一聽又開心了，登登跑上樓去——自從他和荊軻成了朋友以後，智力下降很明顯。

我翻來覆去地把李美女的照片意淫著，這時，ＱＱ（編按：大陸通訊軟體名）上的網友「狼頭」頭像閃著，我點開，他說：「幹什麼呢？」

「看美女呢，沒空理你。」

狼頭是我在一個美女圖片網站上認識的「狼友」。

「不是我羞辱你，你桌面上的美女圖片哪一張不是我給你的，你要真有本事，就把『芙蓉姐姐』修片成林志玲。」

狼頭的確有資格這麼說我，他確實擁有數量驚人的美女圖片——他是一家知名雜誌的攝影編輯和記者，這本半月刊雜誌的封面美女有六成以上都是出自他的手。

我氣不過，把一張李師師的照片給他傳了過去。

沒過三秒，狼頭歇斯底里地傳來一串色色的表情，問我：「還有沒有？」

虛榮心得到極大滿足的我把另兩張也傳給了他。

過了好半天狼頭才回話：「女的堪稱完美，就是拍照的傢伙手法太粗糙了，你是從哪個站上看到的？」

「……這女的是我表妹，照片是我拍的。」我只能這麼說。

狼頭開始了長達四十多秒的聲討，說我忘恩負義，有了好網站也不告訴他，還編那麼沒技術含量的話來忽悠他。

我沒說話，把秦始皇拍的「命案現場」裡李師師坐過的地方給他發了過去。

又過了好半天，狼頭才說：「看來你說的是真的，照片賣給我怎麼樣？我下個月的封面還沒著落呢。」

我半開玩笑半認真問他能給多少錢，這傢伙很認真地說：「按每張四百買你的，先聲明，我只用一張，其他的我可以幫你推薦到別的雜誌，如果採用了，他們還會付給你稿費。」

從這一點看狼頭很厚道，其實他就算直接用了，我也八成不會知道，就算知道了，八成也不會告他，我是個懶人。

一千兩百塊錢這麼輕易就能到手，這個誘惑對我很大，如果是以前，我肯定不會答應，但現在我得養活三個閒人，嬴胖子能吃，荊二傻費電，最花錢的還是李師師，怎麼說人家也是皇帝級的頭牌，你總不能拿地攤貨隨便搪塞吧——從包子身上可以看出：女人很花錢，她還安慰過我，說漂亮女人更費錢，現在，我家裡女人和漂亮女人都有了，要命的是我沒錢。

狼頭很痛快，得到我的答覆以後，立刻下線給我匯錢去了。

美女經濟，美女經濟呀，讀者們！萬眾矚目的王者和英雄來了現世，只能製造排泄物和廢電池，看看人家李美女，屁股還沒坐熱，已經給我帶來了不菲的收入。

劉老六，你要有良心，就把妲己、褒姒、趙飛燕、貂禪等等美女一股腦都帶來吧！

說到女人，我又想起包子了，想到包子……我餓了。有位聖人說得好：食色，性也。他要能來，我一定好好跟他聊聊。

嬴胖子和荊二傻已經廣為附近居民所知，荊二傻同學經常披頭散髮，鬆垮著褲子，把耳機掛在耳朵上，用他散光的眼睛四十五度角仰視天空，我跟附近的鄰居說他是搞搖滾的，大家都深信不疑。

嬴胖子不愛出門，但也混了個臉熟，我們這條街雖然僻靜，但兩個人都已見過了汽車，而且由於荊軻的習慣，他還偶爾能發現飛機，這兩個人領到大街上去很安全，但現在多出一個李師師，她如果看見什麼都問，很容易讓人誤會我最近在收集弱智人士進行不法活動，最後我只好叫一大堆外賣來吃。

秦始皇現在越來越會玩了，他愛站在鏡子前拍照，然後把照片調出來，記住裡面自己的表情和動作，再照一張一模一樣的，再把兩張照片換來換去，玩起了「大家來找碴」。

李師師剛來時就見到了傳說中的荊軻和秦始皇，對這個地方已經做好了心理準備，現在她居然在這個怪異叢生的環境裡看起了書，我看了一眼書名，驚出一身冷汗：《中國通史》。

這書不是我的，不知道是哪個倒楣孩子落在包子她們店裡，一直沒人領，包子乾脆拿回來，後來就扔在電視櫃裡靜等變古董了。

李師師見我在看她，嫣然笑道：「真冒昧，隨便動你的東西。」我跟她說不必客氣，就拿這當自己家一樣。

她把書扣到桌上，說：「後面的呢，為什麼只到西漢？」

我看了一眼那書，背面印著「全十本」，我長吁了一口氣，幸好那孩子落下的是第一本，要不然李美女看到宋朝滅亡，不知道多傷心呢。

李美女的精明很讓我感到頭疼，她懂得怎麼誘惑男人，還懂得通過最古老但最可靠的管道去瞭解一個世界，我不知道她能看懂多少現代字，但想要像矇荊二傻那樣矇她，顯然是不可能的。

簡言之，懂得勾引男人和能靜下心來看書的漂亮女人很強大，很無敵。書上說她不卑不亢、溫婉端莊，對她的職業卻只以一句「精通琴棋書畫的名妓」帶過，這很不科學！

我把書拿走，用剛好她能聽見的聲音說：「你大概也明白了，這裡沒什麼神仙，這一年你想幹啥就幹啥吧，還有，你以後可以叫我強哥。」

李師師輕嘆一聲道：「我到『仙境』的目的原本如此，就是想過一年沒有男人、遠離政治的平淡生活。師師這個名字多有不便，以後我就叫王遠楠吧。」

聞聽此言，我咕咚一聲栽倒在地。欲知後事如何，且聽下回忽悠。

看李美女傷心欲絕的樣子，好像對全天下的男人都傷透了心。

也難怪，當初和她相好的，哪一個不是達官貴族，公子王孫，可他們寧願相互爭風吃醋，也沒有一個想過要把李師師徹底救出風塵，包括後來的徽宗和著名詩人周邦彥。

小周有次興沖沖去見她，兩人正溫存時，結果碰上徽宗也來了，被堵在門口的他，無奈下只好藏在床下聽自己頂頭上司和心上人親熱，嚴重吃醋的他便寫了一首詞諷刺徽宗，結果被貶出京城。

後來徽宗也覺得不好意思，又把他弄了回來，還給他一個不大不小的官當（節選自張×花主編《千年戲說史》第N章第十三回：〈你們要快樂〉）。這說明李師師在他們心目中的地位不過是一個「小姐」（就是你心裡想的那種）罷了。

我覺得我很有必要給李美女心理建設一下，灌輸她正確的愛情觀，讓她重拾找回真愛的信心，我搬用了一句我媽一見我就要說的話：「有合適的還是找一個吧，你也老大不小的了……」

吃飯的時候我們聊得很投機，李師師只問嬴胖子當初是怎麼想起要統一度量衡和修建長城的艱辛，對焚書坑儒的事一點也沒提。她又問了荊軻一些關於舞劍方面的細節，荊軻十分臭屁的說「我只會殺人，不會舞劍。」你就吹吧！

這時候就看出人家當過皇帝和英雄的不一樣來了，這兩個人顯然沒意識到李師師是在故意討好他們，對問題本身很關注，完全沒注意到李美女的波濤洶湧。

秦始皇家裡掃廁所的丫頭都是從六國裡海選出來的，荊軻在太子丹那也受過很高規格的招待，倆人對美女的防禦力十分強，可憐的我，每天面對的只有包子。

晚上快十點的時候，我跟李師師說：「你先睡，過一會兒你嫂子（我多想把「你嫂子」換成第一人稱「我」啊）來陪你。」然後對嬴胖子和荊二傻說：「你們兩個是睡一塊呢？還是有誰願意和我睡一屋？」

秦始皇說：「餓跟你睡，這掛皮（傻B）歲覺打鼾捏。」

我點點頭：「那就這樣吧。我去接包子下班，你們各回各屋。」

李師師把我拉在一邊，小聲問我睡覺用不用鎖門，我告訴她：只要我不在，完全沒這個必要……

我去接包子，是要跟她解釋李師師的事，我想了一個通古博今的方案：就說李師師——王遠楠是我表妹，是一個時裝模特兒，來這裡只是借住，而且會付房租。包子並不貪財，不過把我和另一個女人擺在利益關係上，能讓她不要胡思亂想。

包子一聽就急了：「你怎麼能跟人要錢呢？」

這一刻，我甚至感動了，我摟著她的纖腰，走在無盡的夜色中，幾個不明情況的痞子衝我們吹口哨，等我們出現在路燈下的時候，他們突然四散奔逃，不知道是看見了我手中的板磚，還是因為看清了包子的臉。

那天晚上，我女朋友睡在一個「小姐」身邊，我隔壁是一個殺手，我的行軍床上躺著秦始皇，我在離他很遠的地方打地鋪——我怕他掉下來砸到我。

我的神經變得很強，幾乎達到了末梢壞死的程度，以至於第二天我一看見劉老六都懶得搭理他了。

我氣息奄奄地說：「這回你又把誰領來了？」

劉老六朝身後招招手，我那扇玻璃門立刻被堵得黑漆漆的，一個比姚明低一點的巨人，裹著一身雨衣走了進來，寬大的雨衣被他的肌肉撇得緊巴巴的，嘎嘎作響。他進來把雨衣隨手一扯，露出裡面的細甲來，看樣子是一位高級將領。

他的兩道眉毛又粗又濃，像兩把西瓜刀一樣指著天空，這人雖然長得凶悍，但是神色落寞，進屋後只是掃了我一眼，默不作聲。

我隨手一指對面的沙發，雲淡風輕地說：「坐吧兄弟，哪個朝代的呀？」我現在是「債多了不愁，蝨子多了不咬」，秦始皇是睡在我上鋪的兄弟，豈能輕易就被人唬住？

那大漢通的一聲坐在沙發裡，抱著頭不說話，看樣子鬱悶之極。

劉老六笑嘻嘻地一指他說：「項羽——楚霸王。」

我急忙站起身：「呀，羽哥，失敬失敬。」

項羽雖然最後功敗垂成，但他是千古公認的英雄，史上第一霸王，我可沒膽跟他叫板。

項羽卻鳥也不鳥我，劉老六為了緩解尷尬，說：「門外還有一個呢。」他又招招手，一個黃臉漢子踱了進來，看了我一眼，微微點點頭，然後一撩袍子就坐在了桌上——真會揀高地方。

我跟他說：「你坐那兒去，那兒比較舒服。」我指了指沙發。

黃臉橫了我一眼，氣勢逼人地說：「朕乃九五之尊，豈能屈居人下？」

這人太不好相處了，我耐心地跟他說：「這不是坐人的地方。」

黃臉咳嗽一聲，傲然道：「朕本就不是人，昔，朕母見一龍盤桓於上，乃孕，遂有朕，朕自斬白蛇起義……」

我一把把他撥拉下去，指著劉老六鼻子罵：「你個王八蛋，你把項羽和劉邦一起弄過來是什麼意思？」

劉老六點根菸，笑嘻嘻地說：「沒事，倆人已經不鬧了。」

我看了一眼巨人項羽，指著劉邦跟他說：「這人啊——你可以揍他，但別把他弄死，我們這有規矩。」

項羽捂著腦袋，很頹廢地說：「你放心，我不會揍他的。」

劉邦可不幹了，他打開我指他的手，叫道：「大膽奴才，你敢如此對朕！」

我一把抓住他領子，厲聲說：「秦始皇就在你頭上呢，以他的飯量，什麼都不做就能把你吃了！」

劉邦頓時傻了。

我們知道，此人年輕時是個職業混混，好吃懶做，他爸經常跟他說：你再不種地，我就沒你這個兒子。但是這小子人緣其實不錯，估計是當了多年的皇帝，腦袋秀逗了，被我這麼一嚇，臉上呈現了一種很奇特的表情：既想陪笑臉又習慣性地板著。

我瞧他怪可憐的，把他放開，來到項羽跟前，說：「霸王兄，怎麼了，上輩子的事都隨它去吧，有什麼想不開的？」

項羽抬頭看了一眼劉老六，好像頗有忌諱，劉老六把菸掐了，說：「他有心事，可能不想讓我知道，我本來是會讀心術的，可惜一天只能用一次——剛才我發現你想用菸灰缸砸我腦袋。」

他站起身說：「那我走了，你不用那麼恨我，項羽如果不是鬧得那麼厲害，我也不會這麼快就來找你。」

劉老六走以後，項羽忽然衝到我跟前，一把把我提在半空中，低吼道：「快把我弄回去！」

我踩著蹬雲步叫道：「把你弄哪兒去？」

「我要回到我的戰場，我要見到我的虞姬！你快把我弄回去！」

我立刻想起劉老六第一次見我就跟我說的話，現在看來楚霸王雄心未已，如果真的回到戰場上去，就算把他放在垓下，憑著前車之鑑，他和劉邦之間勝負還是未知。

從個人情感上講，我更喜歡項羽，雖然他從進門就對我鼻子不是鼻子，眼不是眼的。但把他送回歷史的後果顯然連閻王這樣的高層也擔不起，所以才會找我這隻替罪羊的。

我無奈地說：「我又不是神仙，怎麼可能把你弄回漢朝去？」

項羽聽完，掃了劉邦一眼：「漢朝？這麼說你最後真的當了皇帝？」

劉邦臉上又出現了那種「一笑跟哭似的」表情。

項羽猛地回頭看著我：「江山我可以給他，你只要把我送回去！我只求虞姬不死。」

我放棄了掙扎，在半空中說：「就算把你弄回去，人家幾十萬兄弟群毆你和你馬子，照樣玩完。」

項羽笑了起來，只是表情猙獰，笑聲裡夾雜著憤怒和自負：「憑我和虞姬要殺出重圍易如反掌，只是虞姬見我壯志消沉，要以一死來激勵我的雄心，最後項某為人所愚，恨死烏江。及至陰曹，我才恍然，什麼雄圖霸業不過是過眼雲煙，要我再選，我寧願和虞姬靜靜地相守一年。」

我感動地說：「你說得太感人了。」

項羽目眶欲裂：「我再說一遍，我要你把我送回去！」

我雙手一攤：「反正我是辦不到，不怕實話跟你說，我根本不是什麼神仙，這裡也不是什麼仙界。」

「那這是哪兒？」

「你的老家，湖北。」

「這兒離湖北有多遠？」

「坐火車二十多個小時——哦對不起，忘了你聽不懂了，騎馬得走半個月。你去了也沒用，就算你能找到虞姬的骨頭，那也是國家的。」

「你真的不是神仙？」

我指了指在空中飄來盪去的自己：「我要是神仙，你覺得你還能這樣對我嗎？」

項羽失神地把我扔在地上，喃喃道：「原來我大鬧陰曹換來的一年時間只能和狗一樣苟活喘氣（正解為：苟延殘喘。這個成語宋朝才出現。）」

這個鐵一樣的漢子就當著我的面抱頭痛哭起來。

這一舉動引起了我的極大同情，這麼有情有義的男人實在是不好找了，而且能保持英雄本色，想哭就哭，想笑就笑。我走過去，拍拍他的肩膀說：

「羽哥，也別太傷心了，咱們再想辦法嘛。你想想，既然你能來這兒，嫂子她說不定也會來，我發誓，要是她來了，我傾家蕩產送你們去歐洲旅遊去。」

項羽抬起頭，猛地一把摟住我：「你說得對，我怎麼沒想到呢？」

我被他摟得岔著氣兒說：「你再不放開我，我就能去陰曹給嫂子帶話了——」

項羽放開我，抱歉地說：「對不起呀兄弟，你說虞姬她真的能來麼？」

「只要嫂子她還沒投胎，我託關係走後門，一定把她弄到這兒來。」

項羽又想抱我，我趕緊跳開，他尷尬地笑笑說：「以後你就是我親兄弟。」

這時我發現劉邦神色古怪，我指著他說：「我們說的話你不許跟別人說，要不然我就把你和秦始皇關在一個屋裡！」

劉邦一縮脖子。

我看了一眼項羽身上的細甲和劉邦身上的皇袍很是頭疼，我已經沒什麼衣服再給他們換了，現在「配置」最好的是荊二傻，上身穿愛迪達，下身穿Lee牛仔褲；秦始皇就要差些了，穿著一套地攤貨，加上換洗，根本沒有衣服可以給項羽和劉邦穿了。

我領著兩個人躡手躡腳地上了樓，穿過第一間臥室——包子她們已經起床，在裡面聊天呢。再穿過第二間房——倉庫改造的臥室，秦始皇還在睡覺，按道理講，這三個人見了面其實是打不起來的，項羽和劉邦雖然都曾見過嬴胖子的儀仗在眼前經過，理論上他們絕對不會看見秦始皇本人，而秦始皇就更不可能知道這兩人是幹什麼的了。但我還是覺得要把這三個人放在一個屋子裡感覺太過詭異。

我把他們領到荊軻那屋，對劉邦說：「隔壁那胖子就是秦始皇，你要是敢亂說話，我就告訴他你都做了什麼，然後把張良和韓信都叫來，把你們哥仨綁一塊。」又對項羽說：「羽哥，我知道你是英雄，什麼也不在乎，不過那些上輩子的事……」

項羽打斷我說：「除了虞姬，我什麼都不關心，我不會招惹他的。」

接著我來到秦始皇那屋，從衣櫃裡翻出一大堆亂七八糟的衣服又回來，把躺在床上聽音樂的荊軻拉在門口，跟他們兩個人說：「把衣服換了，從裡到外一件也不能少。」

項羽心不在焉，我說什麼他就聽什麼，劉邦剛才被我嗆了一頓，不敢得罪我。

我站在客廳裡，心裡犯了難，安排李師師後已經造成了我和包子的分居，現在又來倆個吃閒飯的，我該怎麼跟她說？

倆人一出來，我就知道該怎麼說了。

項羽穿著我高中時候的校服，袖口到他胳膊肘那，當年我穿著還得縫褲腿的褲子，他穿著像七分褲，這套校服我之所以沒扔，原本是想破了當拖把的。

劉邦更好笑了，穿著秋衣秋褲就跑出來了，這倆人一高一矮，看似不倫不類，簡直像兩個逃難的。

我以攻為守地喊道：「包子快來，出人命啦！」

包子一探頭，問：「怎麼了？」這時她也看到項羽和劉邦了，好奇地問：「這是你朋友？」

「是我遠房親戚，家裡淹大水了，你快弄點吃的來。」

包子急忙走出來問：「怎麼會這樣，他們從哪兒來的，政府不管嗎？」

「都是湖北的，你先別問了，政府管也不如在親戚家，你先弄點吃的唄。」

我說著話，把連荊軻在內的三個人都推進屋裡，囑咐荊軻：「這倆人要幹什麼你先陪著，別亂跑。」

我關上門，見包子滿臉疑惑：「我怎麼不知道你湖北還有親戚？」

我支吾著說：「特別遠的親戚……」

包子很小聲問我：「那他們是不是也要住在這裡？」

我馬上說：「你要不願意，我給他們點錢，打發他們走。」

包子嘆了口氣說：「咱們怎麼能幹那種缺德事呢？」

我見四下無人，一手環住包子的腰，一隻手整個貼在包子那渾圓的屁股上摩挲著，包子回頭瞪了我一眼，但已經有些微微喘息，我把手伸進包子的牛仔褲裡，觸手是膩滑的肌膚，我用牙齒輕輕咬著她的耳朵，低聲說：「真想現在就……」

包子挑逗地回看我一眼：「你敢麼？」

就在這時，背後「呀」了一聲，一回頭，正好看見李師師那漲紅的小臉，我急忙把手拿開，誰知忙中出錯，下面那隻手怎麼也抽不出來了，就那樣夾在包子褲子裡，最後還是包子幫忙給我掏出來的。

包子趕忙把昨天晚上吃剩的飯菜都端出來熱上，我滿臉尷尬，朝李師師勉強笑道：「表妹，睡得怎麼樣啊？」

李師師一愣，但她反應也很快，呵呵笑道：「很好呢，謝謝表哥。」

這時包子回頭，假裝很意外地說：「呀，小楠你怎麼也起來了，多睡會對皮膚有好處的。」

李師師笑道：「我去一下洗手間——表嫂身材真好，我穿你的褲子就無論如何也伸不進去一隻手。」說著又咯咯笑了幾聲，瞟了我一眼就走了。

這下包子臉皮再厚也忍不住泛了紅暈，不過她沒生氣，李師師的幾句俏皮話倒像是稱讚我們恩愛一樣，本來大家都是成年人嘛。

我也是愣了一會兒才知道李師師為什麼瞟我了，我的褲子明顯鼓脹出一塊，我只好彎下腰來——某些地方太直了，某些地方就不得不彎下來（張小花語錄）。

包子看著我失笑道：「咱表妹很懂事，就是有時候問的問題太天真，昨天一晚上從床頭燈到除濕機，她問了不下幾百個為什麼，還要跟我探討歷史，我從初三以後就再沒回答過這麼多問題。」

「那你回答了沒有？」

「我知道的都說了，不知道的就說不知道，她問的那些事，我十有八九說不上來。」

我滿頭汗，可憐的傻包子被李師師套了一晚上的話啊。

這時，秦始皇聞見飯香爬下床逛蕩出來，見飯還沒好，順手推開荊軻的門，一邊嘀咕著：「這個掛皮還摸油（沒有）起捏？」說著進了屋。

這一刻，秦始皇、項羽、劉邦、荊軻進行了歷史上第一次會晤，把荊軻剔除不算，剩下的三個人幾乎是兩兩互為仇敵的關係：先是劉邦和項羽合夥搶了秦始皇的天下，然後劉項反目，不知道秦始皇要和劉邦掐起架來，項羽會幫誰？而此時的荊軻多半會幫秦始皇，瞧這亂勁！

屋裡好半天沒動靜，過了一會就聽嬴胖子說：「餓叫嬴政，你們二位絲（是）……」

劉邦心懷鬼胎，小聲說：「朕是劉邦。」

項羽大聲道：「某乃項羽。」

秦始皇沒聽出話裡的敵視來，熱情地說：「緩（歡）迎緩迎。」

又聽他跟劉邦說：「來了嘴兒（這）咧，就不要再朕朕滴咧，你是哪個曹（朝）代滴皇帝？」我急忙跑進去：「都是在你之後的事了，別問啦，吃飯。」

嬴胖子聽說吃飯了才不問了，我還沒等告誡劉邦幾句，只聽廁所裡李師師喊道：「表哥快來，馬桶堵了（我很感激她能管那個叫馬桶）。」

荊軻忽然跳下床，伸手說：「給我錢，我去買電池。」

嬴胖子把腦袋探回來：「你娃騙餓捏，飯還摸油嘍（熟）麼。」

劉邦也爆發了，拉住我氣憤地說：「有人騙朕說你這裡錦衣玉食、美女無數，朕才屈尊到此，想不到你卻如此對朕……」

包子在外邊喊：「小強，買瓶醋去——」

我頭大如斗，先派秦始皇去幫李師師通廁所，再給荊軻錢，讓他買電池順便帶瓶醋，然後對劉邦說：「你出門往右，那既有玉食又有美女。」然後對一直沉默的項羽說：「羽哥，就你是哥們！」

項羽看著窗外一個騎摩托車的人發傻，忽然拽住我問：「那人所騎何物，竟然快逾奔馬？」

我終於受不了了，像崩潰的詩人一樣揮舞著胳膊，滿含熱淚地跑到廚房，一把抓住包子的胳膊，激動地都不知該從何說起，正好看見劉邦站在一邊，索性指著他的鼻子跟包子說：「你肯定不知道他是誰，現在我告訴你，他就是劉……」

「不就是劉季嗎，他都告訴我了——吃完飯，你趕緊先去買幾套衣服去。」

劉邦確實也叫劉季，可換個說法，就很少人知道他是誰了。

這小子穿著一身內衣，站在包子跟前眉開眼笑的，跟在我們面前簡直判若兩人。我把他拉在一邊，小聲問：「你覺得她是美女？」

劉邦使勁點點頭說：「我喜歡這姑娘。」

我把李師師指給他看：「你覺得那個怎麼樣？」

劉邦鄙夷地搖搖頭：「看去頗有幾分姿色而已，比起這位姑娘來可謂是天上地下！」

我聞聽此言，頓時對劉邦佩服得五體投地。

我想劉邦既然能看出李師師頗有幾分姿色，那麼說明漢朝人的審美觀應該不至於和後代背道而馳；但我怎麼也想不通他是怎麼總結出「天上地下」這四個字來的，也是啦，要不怎麼人家幹皇帝呢，眼光果然與眾不同。

我暫時還沒有讓他明白「有主兒的包了不能碰」這個道理的意思，有件事情牽住他的注意力，不給我找麻煩那就最好，至於他會不會不規矩，已經完全不在我的考慮範圍之內了，包子在我的薰陶下能熟練使用各種板磚，而且她那劈襠一腳，除了我，能躲開的天下不做第二人之想。

「嘩啦」一聲，秦始皇的馬桶通了，李師師拍手叫好，荊軻氣喘吁吁地跑上來，把醋放桌子上就往自己房間走，我喊住他：「你站住，你為什麼只買一個電池？」

我見荊軻只往收音機裡塞了一節電池，荊軻忽然露出得意的笑，神秘地說：「你沒發現吧，其實只要換一節電池就能用了。」

我抓狂地大叫：「你那樣更費電，我說你怎麼天天換電池呢！」

他不理我，反用看白癡的眼神瞪了我一眼，然後拉住項羽說：「你信不信，這裡面的小人都是我養的？」

劉邦抱著膀子，很瀟灑的樣子倚在牆上，跟廣告裡的內衣男主角有得一拼。

因為人多，包子又下了一鍋泡麵，我把很久都沒用的方桌搬出來擺上，從各個角落把這些皇帝英雄們搜集起來，安排妥當，客廳頓時顯得很擁擠。

項羽執意在坐在秦始皇和李師師中間，因為荊軻很鬧，劉邦一定要挨著包子。我看太擠了，盛了碗麵去沙發上吃，包子看著濟濟一堂的傢伙，開心地說：「既然聚在一起就是緣分，強子，我們一會兒買點酒，大家晚上開趴吧。」

說到這，她忽然想起一件事來，「不如我們一會兒一起上街，給劉季他們買兩身衣服，等回來的時候，去超市買點東西回來自己做。」

我一聽，頓時蹦了起來，領著這五個人上街，還不如讓我光屁股在馬路上裸奔呢。

我急忙說：「不行，我還得看店，他們也都沒空。」

「你那破店反正也沒事，關一下午怕啥，大家同意去的舉手。」

「我要去。」李師師率先表態。

老秦附和道：「氣（去）麼氣麼，歪餓還摸油（沒有）見過四面（世面）捏。」他還問身邊的項羽：「你氣不氣？」

包子插嘴說：「還沒問這個大塊頭叫什麼名字呢？」

還沒等我想好怎麼應付，項羽已經說：「某乃項羽。」

「項羽？」包子把筷子支在下巴上問秦始皇：「他跟你們是一個樂隊的？」她又轉頭問我，「項羽跟秦始皇是一個朝代的嗎？」

劉邦急道：「不是！」

項羽卻無所謂，說了聲是。

包子看看他們兩個，跟我笑著說：「你這兩個朋友歷史看來還不如我呢——誒，你說項羽和嬴政真的見過面嗎？」

「摸油，餓以前摸油見過他。」秦始皇搖頭說。

「哈哈，你可真逗，我是說歷史上的那個秦始皇呢。」

秦始皇面向我：「歪那個秦死皇，他也叫嬴政？」

我這一碗麵全吸進了腳後跟，奄奄一息地說：「不是要上街嗎，你去隔壁向超市送貨的小王借一下他的麵包車。」

包子興奮地說：「對，七個人正好，我們回來的時候給他加五十塊錢的油……」說著走了。

包子走後，我把碗使勁往桌上一擺，吼道：「你們都給我聽著！」

這五個人都抬起頭來茫然地看著我，我這才意識到窮他們這些人一生，敢這麼跟他們說話的實在是少之又少，我才不管，來了我這兒，吃我的喝我的穿我的，還泡我的妞，我哪那麼好脾氣！

「我跟你們約法三章（當時沒注意到這個成語是劉邦的首創）啊，一會出去不許跟陌生人說話，尤其是你，劉邦！你再見人就朕朕的，我非揍你。」

我嘴上說著，看了一眼秦始皇，秦始皇在飯桌上虎視天下的氣魄已經把劉邦震得沒話了，他急忙表示順從。

「還有，看見什麼東西不許上手就拿，不知道做什麼用的也不許喊，記住回來問我；最後一條，也是最重要的一條，不許離開我身邊，呃……這麼遠。」

我實在不知道該怎麼說，就來回走了幾步，「這個世界其實很危險的。」

我現在的情況其實不比那個領著羊和狼，還拿著一籃菜要過獨木橋的人好到哪兒去，不絞盡腦汁根本連活路也沒有，好在新來的劉邦被我嚇唬住了，項羽心無旁騖地想虞姬，其他三個應該不會出大問題。

我心事重重地找出兩件換季衣服給劉邦和項羽換上，包子已經在樓下按喇叭了，包子不大會開，但能把車從隔壁移到我門口。

我站在樓梯口，讓他們一個一個往下走：「荊軻，把你褲子拉鍊拉上！嬴哥，兄弟帶你體察民情去，你可不要暴露身分；劉邦……」

劉邦：「我我我我！」

我：「……」

李師師意味深長地看了我一眼，好像是讓我放心，又好像是在嘲笑我。

因為我預防措施做得好，直到所有人上了車都一切順利，我把鑰匙一擰，麵包車哼哼兩聲向前出溜了沒半米，就聽身後項羽忽然說：「坐這個去湖北得多長時間？」

包子回頭對跟秦始皇坐在一起的項羽說：「要回去也得等水退了——對了，我好像沒聽說今年那淹大水了呀？」

我支稜著耳朵，不敢胡亂說話，我一直以為項羽一心想著虞姬，沒想到他對「會動」的東西這麼敏感。車上除了包子以外，全是第一次坐這個東西，項羽這麼一問，他們把剛才的約法頓時全忘在了腦後。

荊二傻首先向我發難，指著車上的廣播說：「這裡面也有小人？」

因為劉邦和李師師是和我背靠背，兩個人的悄悄話也被我聽見了，劉邦：「這個東西為什麼會自己動呢？」

李師師同樣小聲說：「我覺得是有東西在裡面起作用（一語中的）。」

秦始皇聽見了兩個人的對話，不以為然地大聲說：「簡單滴很麼，你不見強子拿了個家什扎它咧，疼滴麼。」他把車鑰匙當馬刺了。

我小心翼翼地看了一眼包子的反應，見她笑盈盈的，見我在看她，她衝我一笑：「你的朋友都很幽默呀。」

第三章

陪你去看兵馬俑

我恍然道：「你是不是想起你的兵馬俑來了？」

我忽然想到了一個驚天動地的大事情：秦始皇陵到底在哪兒，

至今還是個謎，那麼真墓在哪裡？我結結巴巴地問：

「嬴哥，你死以後，他們把你埋到哪兒了，你知道嗎？」

我回頭瞪了一眼他們幾個，車裡氣氛頓時冷清起來，當我加速把車開出熟悉的街道時，明顯感到又不一樣了，劉邦乍起胳膊幾次想說話又忍住了，看來秦始皇確實對他造成了不小的威懾。

李師師看一會窗外，低頭默記幾分鐘，一本美女版《十萬個為什麼》在迅速成書。項羽沒什麼顧忌，但他有些發傻，我從照後鏡裡注意到他好像只對飛馳的汽車感興趣；秦始皇東張西望，他之所以沒問出口，大概是因為初來乍到的時候，被荊軻灌輸過「這是仙界，說了你也不懂」的思想。我多喜歡荊軻呀，這個二傻子把收音機貼在耳朵上，安之若素。

車窗外，高樓大廈、車水馬龍，快節奏現代化的城市完全展現在他們眼前，由不得他們不震撼。

這其實就是個觀念問題，如果你一覺醒來，發現周圍的生物眼珠子都雞蛋大小，戴著氧氣罩，進出飛碟都是先有一道光打出來，那麼你就知道地球已經被侵佔，你就得拍拍屁股上的土，跟他們奮戰到底，等把它們都打敗，你的地球老鄉自然會從四面八方湧出來為你慶祝勝利。

如果你一覺醒來，一群留著辮子的男人正圍著你看熱鬧，你就得起身把他們趕散；正心情非常不爽，一個美女鮮衣怒馬衝過來，你就得留神了，這不是郡主就是格格，以後八成是你老婆之一；如果你是特種兵出身，完全可以來個勇攔驚馬；要沒啥本事也不要緊，等她撞完你就訛她，準行，騎寶馬的一般都比開寶馬的講理。

問題是嬴胖子他們根本沒受過這些基礎教育，看見滿大街的車子，傻了；見有人飛升（透明式電梯），呆了；見倆男的當街熱吻，暈了（呃，我也很少見）。

副駕駛座上的包子也感覺到不對了，低聲問我：「他們怎麼都不說話了？」

我急中生智地說：「可能是想家了……」

我把車停在富太路，包子輕輕擰了我一下，我知道她是怕人笑話，富太路是我們這有名的地攤一條街，夏天的衣服五十塊能從頭到腳買一身，路兩邊倒是有幾家專賣店，也淨是些個掛羊頭賣狗肉的地方。把朋友帶這種地方買衣服，明顯不厚道。

管他呢！我下車隨手抄起一頂小紅帽，問攤主：「多少錢？」

「十五！」

我扔給他五塊錢，他一聲不吭裝口袋裡了。

我把項羽叫下車，把小紅帽扣在他頭上，大聲對其他幾個說：「大家以這頂小紅帽為中心，千萬不要走散了，如果看不見小紅帽立刻喊我，聽懂了沒？」

看著路過的行人發笑，包子以為我是在搞怪，也沒多想。

就算多想也顧不得了，這條路有兩百米那麼長，從早到晚人都熙熙攘攘的，這要是擠丟一位就沒法找了。

我讓包子和李師師走在前面，秦始皇和項羽在中間，我領著荊軻劉邦在最後，事實證明這是一個極大的錯誤，愛逛街是所有女人的天性，包子是個一上街就特別來事的人，她不急，李師師當然更不急，她巴不得多學點東西呢。兩個女人一停，我們的隊伍也只能駐足，被人群磨來擦去的。

劉邦終於忍不住指著一家專賣店上的郭富城海報說：「這人犯了多大罪過，怎麼到處都在通緝他？」

這時，包子讓我領著項羽和劉邦進一家店裡試衣服，秦始皇蹲在一個賣舊肩章和假古董的地攤上，荊軻陪著他，我站在門口，兩邊都照看著。

只聽秦始皇跟那個賣小玩意的老頭說：「你這絲（是）假滴。」

那老頭說：「多新鮮，真的能擺這兒賣嗎——別搓別搓，那都是做上去的。」

我回頭一看，秦始皇正蹲在人家攤前，手上拿著一個仿製的刀幣，搓了一手的銅綠。

老頭說：「喜歡就買一個玩，才十塊錢，掛在鑰匙上多別致呀。」

「餓有真滴捏。」秦始皇說。

「呵，兄弟真會吹呀，你要是有真的，能來我這種地方看東西？」

你別說，我還真就想起來秦始皇剛來的時候，衣服上好像真掛著幾個刀幣，我多了個心眼，問那老頭：「要是真的，能賣多少錢？」

「真滴也不能用咧，餓都社（說）了不能再流通了。」

老頭愣了一下，指著嬴胖子跟我說：「你這個老哥可真會說笑。」

我擦著汗說：「他就那德行，真刀幣能賣多少錢？」

「好點的也就上萬吧，這種東西其實不值錢。」

正說著，只聽店裡面店主說：「他這麼大的個子只有這一件了，你去別的地方也是白去……」我再回頭，見項羽穿著一件切．格瓦拉（編按：古巴著名的共產主義革命家及游擊隊領袖）的T恤，一條給塑膠模特兒穿的運動短褲，配上他的西瓜刀一樣的眉毛和憂鬱的眼神，和那頂無比傳神的小紅帽——反正我要在街上碰見這麼一位，一定離他遠遠的。

劉邦的衣服就好買多了，這小子每穿上一套新衣服，就在包子跟前扭來扭去，人家問他滿意不，他就嬉皮笑臉地跟包子說：「你滿意我就滿意……」

李師師走到我跟前，低聲說：「我想去對面看看書去。」

我知道這個聰明的女人不肯就這麼糊塗地混日子，掏出一百塊給她：「我陪你去。」

她看了一眼包子，低笑道：「表嫂會吃醋的。」

包子似笑非笑地往我們這看了一眼，李師師一個人進了對面的小書店，我趕忙讓荊軻陪著去了。二傻畢竟有豐富的交易經驗，懂得找錢，而且他現在買菸都知道跟人家要發票了。

我忙得焦頭爛額，再看地攤上的嬴胖子——頓時驚了一身冷汗：秦始皇竟不知什麼時候已經不在了！我正要問老頭，卻猛地看見那傢伙正坐在對面的冷飲攤上翹著二郎腿喝汽水呢。

我面色陰沉地走過去，跟賣冷飲的要了瓶水，一口氣先灌了半瓶多，最近我出汗特別多。

胖子晃盪著腿，悠閒地說：「餓發現咧，你嘴兒（這）神仙待滴地方摸（沒）錢也撒（啥）也幹不成麼。」

我嘆了口氣說：「這句話說對了，嬴哥，有錢在哪都是神仙。你能領悟到這句話，你就沒白在我這待。」

「餓還發現你的威風比起餓來擦（差）遠咧，餓當年出氣（去）玩氣，開道滴就有兩千多，你再看看你。」

我鬱悶地把半瓶水都灌進去了。嬴胖子安慰我說：「不過餓還絲（是）喜歡嘴兒（這），再讓餓回氣餓都不想了。」

這話讓市長知道了不知會有多高興呢：千古一帝秦始皇，生在舊社會，穿越到現代，在他的治下寧願改頭換面做個普通小市民，這是多大的政績啊。

這時包子他們出來了，項羽頭戴小紅帽，身穿格瓦拉，劉邦穿了一身黃襯衫配黃褲子（看來他對黃色很敏感），包子遠遠地問我：「咱表妹呢？」

「我來了。」李師師手裡提著幾本書從書店出來了，荊二傻在她身後正跟老闆算帳。

我心驚膽戰地接過李師師的書，最上面的一本是《家電維修》，汗一下；第二本是《一生必看的六百部電影》，再汗一下；最後一本居然是《梁思城中國建築史》，巨汗。

我原本以為她要挑《中國簡史》之類的書，那家書店我也逛過，我記得有一本書甚至叫

《宋代名妓李師師》。這丫頭選的這三本書很立體地把現代文明介紹了個全面，看來真是個很難對付的女人。

荊軻興高采烈地舉著一堆鈔票跑過來，李師師買的都是盜版書，加起來才廿四塊（嘿嘿，一本八塊，買過盜版的朋友心領神會），她以為價錢是照書上印的算的，早知道這麼便宜，她肯定會買更多。

我給大夥兒一人要了一瓶可樂，讓荊軻把錢算了，剩下的都給他，我得好好培養這些人基本的生存常識，要不這一年我該活得多痛苦呀。

包子拉著李師師的手說：「我們要去選幾件內衣，你帶他們幾個再買幾套替換的衣服，對了，還有牙刷拖鞋什麼的，咱們電話聯繫。」

我一把抓住包子，帶著哭腔說：「你可不能丟下我一個人啊！」

包子不好意思地看著路人奇怪的目光，使勁掰我的手，我才不管，要我帶這四個在擁擠的大馬路上亂逛，不如先殺死我吧。尤其秦始皇嘗到了甜頭，手特別順，見什麼吃什麼，我還得屁顛屁顛過去付錢。

包子納悶地說：「那你說怎麼辦，要不一起去？」

我使勁點頭，李師師咯咯笑道：「表哥表嫂感情真好，一會兒也離不開。」

我瞪了她一眼，就這會兒工夫，秦始皇又在水果攤上拿了人家一根香蕉……

最後我們人手一根香蕉，浩浩蕩蕩走進了一家女性內衣專賣店，十幾排塑膠胸模整整齊齊站在我們面前，旁邊還有兩個裸著上身，什麼也沒有，我緊貼牆邊蹲下，把頭埋進褲襠。

要是只有我和包子，那我完全可以雄赳赳氣昂昂地陪著她，有時候還會提出自己的意見——畢竟女人的內衣不是只穿給自己看的。

但現在我領著一群男人，跟在兩個女人後面，怎麼看怎麼詭異，很容易讓人產生不好的聯想。

我有時候是真的很佩服劉邦，這廝背著手，不緊不慢地跟在兩個女孩子身後，不時湊上去看看胸模身上內衣的材料，有幾次鼻子幾乎埋到看不見了，我就不信他不知道這麼做是很丟人的事。

項羽顯然是在想別的事，當他走到一片波濤洶湧中時才發現不妥，站在當地左顧右盼，個子還那麼高，連店外的人也能看見他。

荊軻是個好人，但他站的太不是地方了，全店就那兩個什麼也沒穿的胸模，他為了找收音機訊號，居然站在那倆個前面，嘴角露出白癡一樣的微笑，簡直就像個變態。

嬴胖子蹲在我旁邊，疑惑地說：「餓咋看著怎麼眼嗖（熟）捏？」

我腦海裡頓時閃現出無比淫蕩的場面，嘿嘿笑說：「你那時候是不是看一大群美女跳脫衣舞來著？」

嬴胖子搖搖頭：「餓看滴都是穿衣服滴。」

我恍然道：「你是不是想起你的兵馬俑來了？」

秦始皇一拍大腿：「就絲（是）滴，你咋撒（啥）都知道？」

我忽然額頭冒汗，想到了一個驚天動地的大事情：秦始皇陵到底在哪兒，至今還是個謎，雖然比較被認可的說法是驪山墓，但在那裡卻沒有發現秦始皇本人的遺體，而且經證實，此墓沒有被盜過，那麼也就是說，驪山墓很可能只是秦始皇為了掩人耳目的一個假墓，那麼真墓在哪裡？以前沒人知道，現在至少有一個是明白人：秦始皇！

我結結巴巴地問：「嬴哥，你死以後，他們把你埋到哪兒了，你知道嗎？」

「掛皮麼，餓都死咧咋能知道？」

我擦著汗（一會兒還得買瓶水去），如釋重負地說：「不知道也好，省了我一份念想……」

「不過餓死之前，叫他們把餓埋得遠兒遠兒滴，那個地方餓也就氣（去）過一次。」

「驪山……」

秦始皇一聽驪山這兩個字就輕蔑地說：「歪（那）是假滴。」

我無窮無盡汗，小心翼翼地問：「那現在你還能找到那個地方嗎？」

胖子咂摸著嘴說：「不好社（說）。」

驪山秦王陵居然真的是假的！我還想問，包子在那邊舉著一件胸罩跟我喊：「強子，這件怎麼樣？」我就又把頭埋進襠裡了。

劉邦托著下巴說：「我喜歡那件黑的。」

包子瞪了我一眼，然後笑咪咪地對劉邦說：「那給你買一件？」

項羽站在胸罩堆裡發了一會呆，快步走到我身前，說：「小強，我們來的時候坐的那個東西，最快能跑多快？」

看來楚霸王真是兒女情長，英雄氣短，現在就是一心地要回去找虞姬，他大概還沒清楚我跟他說的回不去是時間上的，而不是距離上的，李師師就不會犯這種錯誤。

但我只能先回答他，說：「那個叫麵包車，最快八十邁，如果是好車，可以快兩到三倍。」

項羽愣道：「八十邁？」

「哦，就是……這麼跟你說吧，最好的馬能跑六十多邁，你當年騎那匹估計能跑到七十，而咱們坐的那個東西能跑八十，而且能沒日沒夜地跑。」

項羽滿眼興奮之色：「那個東西要讓它跑起來，好弄嗎？」

「呃……不好弄，而且那個東西也不是我的，我暫時還買不起。」

項羽自負地說：「錢不是問題——」

「問題是沒錢，兄弟，我跟你實話說吧，我賺的相當於你手下一個火頭兵那麼多，你想想，一個火頭兵想買你那匹烏騅馬得攢多少年的錢？」

項羽一皺眉，隨即說：「我穿來的那件細鎧乃是真金所鑄，光請人打造的費用就是三千金，你把它賣了，能不能買到一個麵包車？」

我粗略地一算──沒算出來，說：「能買無數輛寶馬了。」

「我不要寶馬，我只要一個麵包車。」

有出息！

項羽繼續說：「你一會兒回去就把它賣了。」

我頓時想起了老潘的話，一把荊軻刺秦的匕首要是能把我送進監獄永世不得翻身，一件項羽穿過的馬甲大概也差不到哪去。

我跟項羽說：「這件事兄弟慢慢跟你解釋，你要喜歡開車，我可以教你，但是回去找嫂子不是那麼簡單的。」

這時，我就聽到一種很玄妙的聲音：咕嚕嚕嚕。我二話沒說一把抱住秦始皇：「嬴哥，咱等會就吃飯，你可千萬別再出去掃蕩去了。」

項羽不好意思地說：「是我……」

也難怪，項羽一心想自己的事，早上那頓吃的跟李師師一樣多，他這體格，秦始皇也就能比他多吃半個饅頭。

劉邦不怕羞地一路跟在兩個女的後面轉到情趣內衣櫃檯，包子也不好說什麼，只能小聲跟李師師討論，劉邦把頭湊上去聽了一會兒，大聲問：「啥叫性感？強子喜歡白的啊？」

售貨員撲哧一聲笑了出來。

我後牙碰後牙，說了一句話：「羽哥，幫個忙，把那小子扔出去。」

沒等項羽動地方，劉邦自己一溜小跑站在商店門口，扶著門框幽怨地說：「不懂問問也不行？」

我臊眉搭眼地走過去，跟包子她們說：「我們先去吃點東西吧，這都半下午了。」

包子也不好意思再逛了，說：「劉季怎麼那麼少根筋呀——你說吃什麼吧，只要不吃包子。」

我嘆了口氣，把項羽安排在中間，拉著隊伍進了一家店，跟服務員說：「來五斤炒餅，一盆涼拌豆芽。」

服務員愕然地說：「先生您幾位？」

「七個。」

「呵呵，本店的炒餅分量很足，一般人吃三兩就……」

這時項羽一低頭進來了，服務員立刻說：「哦，五斤是嗎？」

這是我第一次帶他們出來吃飯，用劉老六的話說，這都是我的客戶，吃完五斤素炒餅，然後繼續逛街。

細心的包子還提醒我要買幾個床墊，要不晚上沒法睡了。想起這個來很頭疼，我實在理不出個頭緒，五個男的兩間屋，劉邦項羽絕對不能在一起，秦始皇不願意和打呼嚕的荊軻一起，劉邦不願意和秦始皇一起，項羽嫌荊軻老問他關於小人的事……至於我，我是誰也不想見！

新買的兩個床墊都讓項羽拿著，一人長的墊子給他一夾，就像普通人夾著公事包一樣，李師師提著她的書，劉邦拿著換下來的和剛買的衣服；荊軻因為只有一個手空閒，就讓他拿剛買的洗漱用具。至於秦始皇，為了堵住他的嘴，必須得讓他不斷有吃的東西，這東西還必須耐吃，我給他買了一袋瓜子嗑著。

我們皆大歡喜地往回走，在車上，包子說：「路過超市的時候，咱們進去買點東西。」

自從這個女人在本書出現以來，你見她幹過一件好事嗎？領著秦始皇這樣的吃貨進去，月薪不到好幾萬的根本出不來。我嘿嘿假笑：「咱們先回去，把你們放下，我自己出來買，順便給車加油。」

李師師插嘴說：「我看不如現在就去。」

她本來在翻著她的書，從照後鏡裡看一眼，見她一臉嘿然，我明白了，她是聽出我的緊張，故意跟我作對，因為凡是我緊張的東西，對她而言肯定是有用的東西。

秦始皇嗑著瓜子問：「幹撒（啥）滴？」

我實在不知道該怎麼跟他說，幸虧包子誤解了他的意思，告訴他：「我們去買點菜，晚上回去我做給你們吃。」

「哦——歪（那）餓不氣（去）。」

到了超市門口，我跟包子說：「你跟表妹自己去行不，我們就不下車了。」

包子痛快地領著李師師走了，我回過頭，惡狠狠地說：「你們幾個，沒一個遵守約法的，尤其是你——嬴哥，別把皮吐在車上！」

項羽根本沒在聽我說話，這一路上目不轉睛地看我開車，現在他把胳膊搭在車座上，認真地問：「踩那個是走，踩那個是停？」

我吃驚地說：「厲害啊羽哥，這都看出來了。」

「那手上那根棍兒（指排檔桿）是幹啥的？」

「你先別管棍兒，以後買輛自動排檔的就行了。」

「我來試試！」說著，他就要從後面往這邊擠，麵包車被他撞得來回搖晃。我一把把他推回去：「等以後有機會，我離你遠遠的你再開。」

等了一會兒，包子和李師師回來了，提著一大堆的菜還有幾瓶酒，李師師嘴裡居然嚼著口香糖，她上了車分給在座的每人一顆，還囑咐：「別咽下去啊——」

看來這一趟她又長能耐了。

這一次逛街可謂是有驚無險，除了我的錢包癟得像一隻被車子壓過後的蛤蟆，還算功德圓滿。

我在給車加油的時候，荊二傻把半導體收音機捂在耳朵上喃喃自語，一個黃背心的員工過來敲了敲玻璃，說：「先生，請不要使用手機。」

到了家門口，別人都跟著包子上了樓，不出我所料，項羽留在了最後，我真不忍心當著他的面把車還了，指著門口一輛自行車跟他說：「那個跑得也挺快，就是有點累。」

項羽直接回道：「那個連二十邁也跑不了吧？」給我了一個很專業的拒絕理由。

哎，把項羽當荊軻那麼騙是不行的，史上說他是婦人之仁，說明這個外表粗豪的漢子是有細膩的一面的，主要是今天這趟街上壞了，至少秦始皇知道了外面的世界很好吃，李師師知道在哪兒能買到書。

劉邦目前表現正常，因為好色的他看見滿大街的美女根本無動於衷，而且就算醜點的也根本無法跟包子相比，看來想讓他移情別戀，必須找到包子她們以前店裡的一個姐妹——那個姐妹跟人搶男朋友，臉上被情敵潑了兩罐硫酸。

後來我想了一個辦法，那就是先把項羽灌醉再還車，俗話說，一醉解千愁嘛。

就是我忘了問他能喝多少了，這說明自從我跟荊軻認識以後，智商也變差了，後來發生的事情讓我很後悔。

早知道就應該多跟李師師在一起——如果包子同意的話。

我和項羽一上樓，就見包子在那頤指氣使地指派人幹活：「胖子，你把這顆蒜剝了；劉季，把雞蛋和勻了；軻子，把米淘了。」

見我們上來，包子一指煤氣筒：「強子，你看你和大個誰去換了？」

我抓住煤氣筒挪了兩下，說：「羽哥，搭把手，放我肩膀上。」

項羽只用了一根指頭就把煤氣筒勾在半空中，問：「放哪兒？」

「……你拎著跟我走吧。」他能力拔山兮，換個煤氣筒還要我扛幹啥。

我走在前頭，後面一個大個拎著我們家的煤氣罐，這感覺怎麼就那麼好呢？

我忽然想起個有趣的事：「羽哥，你當年有孩子嗎？」

項羽悶著頭說：「有個侍妾給我生過兩個兒子。」

我笑道：「這麼說，你還有可能是包子的三十幾代祖宗呢。」

項羽頓時站住，問我：「你這話什麼意思？」

我這才意識到自己失口了，項羽如果知道自己現在是在距離那個時代兩千多年以後，不知道他會幹出什麼事情，可以肯定的一點就是：他弄不好會再死一次，而在這一年裡，理論上他是不能死的，跟我玩無限重生我可受不了。

我的想法是慢慢教他開車，楚霸王再聰明，畢竟是幾千年以前的人，加上我故意不好好教，要學到包子那個程度，怎麼也得半年以後了，到時候我破費點油錢，領著他到小學校園裡兜幾圈，給他來個「樂不思虞」。

香車美女，車永遠在前，你見過美女給車做模特兒的，沒見過車給美女當陪襯的吧。

話說回來，別看在這兒已經過了千年，其實項羽離開虞姬也不過就幾天時間，所以還有個念想也不奇怪，像他這種事業有成的男人就愛玩個初戀的感覺，可以理解。

我隨便敷衍了幾句，到了換煤氣的地方，我進去付錢，老闆上小學四年級的兒子回來了，手裡拍著一個籃球，看見項羽，他後腦勺與地面平行仰視，好奇地說：「叔叔，你是打籃球的嗎？」

項羽低頭看了看他，走開了——我猜他是怕一不留神把小孩踩死。

那孩子把籃球拍了拍，天真地問：「這個你能扔多遠？」說著把籃球拋給項羽。

項羽接住以後愣了一下，為了不讓小孩再纏他，他隨手一扔，那籃球像長了翅膀一樣劃著弧度就沒影兒了，小孩開始還睜著眼睛，天真地等它下來，我付完錢出來已經過了兩分鐘了，小孩一屁股坐地上號啕大哭。

最後我賠了那倒楣孩子五十塊錢，一邊埋怨項羽。

項羽無辜地說：「我又沒使勁。」說著把煤氣筒倒手拋來拋去地玩著，我心驚膽戰地說：「這個可不能拍啊。」

當天晚上，全市的電視都收不到任何訊號，經檢修，在電視塔接收器的關鍵部位發現了一貌似籃球的不明物。

我們回去的時候，基本上他們手裡的活都幹完了，就是秦始皇嘴裡一股蒜味，我很納悶怎麼會有這種皇帝，連剝蒜頭都得嘗一顆，蝗蟲的「蝗」右邊是個「皇」字，該不會是跟他有關？

劉邦確實是善於攪和，一碗蛋汁已經被他攪得跟太極圖似的了，還在那兒拌，一臉欠揍的諂笑，不知道在跟包子說什麼。壞就壞在包子不是美女上，有男人跟她搭訕，她根本就不會多想。

但是從後面看，包子和李師師絕對是兩位頂級模特兒，包子比李師師高出不到兩公分，與李師師的魔鬼身材不同的是，包子的曲線似乎帶著一種神性，就像一件無瑕的瓷器放在一束陽光下，看似半明半暗，圓柱體的光線下可視的微塵緩緩游移——這麼說吧，你一見就得想：這房間也該打掃了……

李師師把洗好的菜交給包子，包子運刀如飛，說：「強子，沒什麼事了，你們男的玩會兒撲克牌，一會兒吃飯。」

我捏了副撲克牌，愁眉苦臉地一揮手：「你們都跟我進屋。」

我把包括劉邦在內的四個人全叫到包子和李師師的臥室，他們一個個眼巴巴地看著我，這一次他們可聽明白了，包子說的是「玩」，習慣時時得到驚喜的他們，還從來沒專心見我玩過什麼，我估計以他們現在的心態，我就是把拖鞋變成一隻熏雞他們也絲毫不會奇怪。

我把撲克牌嘩啦一下倒在桌上，攤手說：「玩吧你們。」

這四個傢伙每人拿了幾張，然後面面相覷，荊軻拿起一張鬼牌端詳了半天說：「這小人不會動嘛。」

秦始皇把牌放在鼻子前聞著，我趕忙把他們手裡的牌都收攏起來，不抱希望地把規則說了一遍，荊軻抽了一張紅桃三放在桌上，劉邦也隨便抽了一張，看了一眼，啪地摔在桌上，是一張梅花四，秦始皇抽了一張紅桃二，手一飄飛在桌上，衝跟他瞪眼睛的劉邦說：「看撒（啥）捏，餓比你大。」項羽更絕，把牌都翻過來，揀出鬼牌壓在最上面。

我驚奇地發現，這些人居然真的把基本規則都聽懂了。

其實我犯了一個錯誤，老以為他們智商沒我高，其實就算荊二傻也很不簡單，趙本山能把人忽悠笑了，荊二傻能把樊於期忽悠死了，誰強？

我把牌洗好，跟他們玩普通的玩法，其間幫贏胖子改正了一次拿兩張的毛病和劉邦喜歡看人牌的習慣，五分鐘玩兩把，我居然輸了兩把！幸虧我沒把輸家要進貢的規則告訴他們。

隨著一聲「開飯」，我號召大家各搬各的凳子，來到客廳排排坐吃果果。

包子弄了五個菜，李師師不斷把熱菜端上來，包子說：「你們先吃，我洗洗手就來。」

直到包子坐下來，我還有些發愣。

現在讓我們總結一下這頓飯：蒜是秦始皇剝的，米是荊軻淘的，雞蛋是漢高祖打的，煤氣筒是西楚霸王項羽換的，傳菜小姐是名妓李師師——要把這頓飯比做一部電影，就好比場記是阿湯哥，美工是布萊德彼特，送飯的是馬龍白蘭度，就是製片和導演差了點，分別是「好幾號」當鋪經理小強，和某灌湯包子迎賓員項包子小姐。

前幾年媒體報導了一則新聞，說有人在五星級飯店吃一頓飯花了三十六萬，引起社會大嘩。我這頓飯成本是一百八十塊，但要說歷史意義，那根掉在地上又被包子踩了一腳的豆芽都不止這個數。

包子敲敲桌子：「強子，你發什麼愣呢？」

我這才發現一桌人都在看我，誰也沒動筷子，我奇怪地對秦始皇說：「嬴哥，你怎麼也不吃啊？」

秦始皇墩墩筷子說：「怎社（說）你也是嘴兒（這）的主人，正式場合餓也得給你個面子麼。」

合著一桌的帝王英雄都等我起頭呢，我狠狠給自己一個嘴巴清醒了一下，用筷子挑起一根油菜說：「吃，吃。」

劉邦詫異地說：「你們這兒吃飯還有這規矩啊？」說著扇了自己一下，然後夾起一片醬牛肉塞進嘴裡。

秦始皇：「餓以前還不知道。」也扇自己一下。

項羽：「倒奇特的很。」扇自己一下，夾了塊魚。

荊軻：「……」一樣扇了自己一下才夾菜。

李師師摸了一下臉，默默吃了口蝦米。

包子愣然，笑道：「你們太鬧了。」直接吃飯。

一桌人齊齊怒指她，包子只好也給自己來了一下，然後把兩瓶五糧液和一瓶香檳擺上來，把白的遞給我：「給大家倒酒。」

李師師忙接過去，先給包子倒滿一杯，道：「表嫂勞碌了一天，理應先敬。」然後端著瓶子環視眾人，嫣然說：「在座的都是……」

我緊張地瞪著她，她感覺到了，瞟了我一眼，又看看包子，停滯了一下，才說：「……都是傑出人士（你說她是跟哪學的?!），師……我就按結識的次序給大家斟酒吧，各位可別挑理。」

說著先給荊二傻倒滿：「荊大哥始終是我心目中第一英雄。」然後笑對贏胖子：「還是那句話，贏大哥雄視天下，也是英雄。」對項羽：「力拔山兮氣蓋世，項大哥胸懷才情令人絕倒，祝你早日和虞姐姐團聚，仙侶呈諧。」

包子都聽傻了：「小楠你不是模特兒嗎？」又傻乎乎地問項羽：「你對象姓于？」

李師師衝她一笑，轉向劉邦：「至於劉大哥，呵呵，用人之明，古今無匹。」

劉邦咂摸著滋味，點點頭。

李師師面向我，眼眸流動，閃著頑皮和調侃，我把杯舉到她跟前：「啥也別說了表妹，緣分吶。」

這可惡的女人，在刀鋒上跳舞，跟我玩心跳，包子要是上學那時不蹺課，非穿幫不可。

李師師給我和她自己的杯子都倒上，包子還說：「想不到表妹也能喝白的，我那瓶色酒算白買了。」

我端杯站起：「各位，相聚是緣，在我這個地界住段日子，然後咱們各奔前程（我多想添一句永不相見呀），萬一以後還能見面，還是朋友。」

包子聽了道：「強子真是越說越離譜了。」她當然聽出我這話有點混帳，在幫我打馬虎眼。

在場的除了她誰都沒在意，本來我說的是實話嘛。

包子說：「第一杯酒，咱們走一個，小楠你可以慢點。」說著一乾到底。

為什麼包子長那麼醜，我還離不開她？因為平時丟的臉，飯桌上全能給我找回來，要在以往，包子這酒一下，哪個朋友不得挑大拇指，只是今天一個也沒有……

荊軻和項羽大概從沒見過拿這麼小的杯子喝酒還這麼豪邁的，兩個人吸乾了酒，同時看向酒瓶，二傻上輩子是個類似無產階級流氓的酒鬼，腦袋估計是喝壞的；項羽被包圍那晚上還喝個通宵，最後還能殺到河邊，很可能他就是傳說中的「二斤的量」。

秦始皇和劉邦還不習慣有人敬酒對方先喝，李師師喝完一杯，皺了皺眉，但沒說什麼。

包子抄起酒瓶，笑道：「看來都能喝點？」

在包子的帶動下，三輪酒只用了不到十分鐘，沒喝過這麼高純度酒的秦始皇明顯已經有點嗨了，摟著荊軻的肩膀說：「歪（那個）餓當年絲（是）不對，你也不應該那樣對餓麼……」

我急忙接過話頭：「不痛快的事咱都不說了。」

包子問我怎麼回事，我胡謅說：「這倆當年弄樂隊，翻過臉。」

李師師跟項羽竊竊私語，她很仰慕虞姬，喝了點酒明顯思維短路，跟項羽要虞姬照片呢。

在眾人之中，跟我性質最像的其實還是劉邦，混混出身的劉邦喝完酒是個很好處的人，他摟著我，用老大哥的口氣跟我吹牛，說他當年怎麼怎麼樣，要是再喝二兩，他準會說：「以後有事找你劉哥，別的咱不行，打架叫個幾十萬兄弟還是有的……」跟我當年一個德行！

這時我就聽樓下有人喊我，趴在窗臺上一看，只見劉老六仰著頭，身邊停著輛計程車，在他身邊──還有一個人！

我點了根菸，仗著酒勁，滿臉殺氣地衝下樓去，出了門先看劉老六身邊那人，瘦瘦小小的一個中年人，皮膚很白，我想了想歷史上哪個名人是如此孱弱蒼白的，我一把拉住他，說：「陳後主？漢獻帝？你祖宗就在我樓上喝酒呢。」

瘦男人把我的手扒開，驚恐地跳在一邊，我嘿嘿笑說：「切，怪不得你保不住江山呢。」

劉老六慢悠悠地說：「他是計程車司機──我沒帶錢。」

……

我多給了人家司機十塊錢，氣焰消減了不少，我還是不放心地四周看了看，沒人。

劉老六說：「你放心吧，我以後不會一個一個地往你這兒帶人了。」

我趕忙抽出根菸給劉老六遞過去，神清氣爽地說：「你也有良心發現的時候呀。」

劉老六點上火，吐著煙說：「最近冥界鬧得最兇的是三百岳家軍和梁山上的五十四條好漢，單個的暫時都不敢跟他們搶名額，那些好漢們只能等下批。」

我一口氣忘了倒騰，把菸屁都抽進去半個，我用很平靜很平靜的聲音說：「什麼意思？」

「沒辦法，你沒聽說『撼山易，撼岳家軍難』嗎？這三百個人做為岳飛的特種部隊和死士，直衝金兀朮五十萬大軍，幾乎斬首成功，雖然沒一個生還，但搞得老金灰頭土臉，被岳飛攆著屁股殺了兩百多里，這些人是一批到陰曹的，現在一起鬧著要回去，好不容易做通工作讓他們到你這兒來。」

我很平靜很平靜地說：「你是騙他們的吧？」

「當然不是，不過你還有一個月的時間準備，手續辦下來也差不多了，也有可能岳家軍和梁山好漢一起來，我不是說過麼，我不會再一個一個往你這帶人了。」

「那你也不能在我這兒拍《三百壯士》啊，還有梁山那一百多個，我受得了嗎？他們來了，別說吃飯，怎麼睡？輪班站著睡？光樓上那五個我已經養活不起了，光今天一天我就花了兩千多，卡裡只剩七十多塊了，他娘的，提款機只吐一百的票子，你讓我拿這七十塊怎麼辦？」

我暴走完，拉住劉老六，很煽情地說：「你們神仙也是爹生媽養的，不能這麼幹事吧？那白起活埋了四十萬趙兵，那四十萬人也是一起玩完的，他們要鬧你們怎麼辦？我們全市才一百萬人……」

這個老神棍抽著菸，半天才說：「我們不會那麼過分的，不過，岳家軍和梁山那幫兄弟是已經說好的，改不了了，具體辦法你自己想去，錢的方面……」

我立刻把手合在胸前，眼裡全是閃爍的星星。

「呃……也得你自己想辦法。」

我低頭踅摸，劉老六哈哈笑說：「附近的板磚都被我移走了。」

我看出來了，劉老六比我狠，這老傢伙沒成神以前，肯定是那種被幾十號人圍毆，不慌不忙抱頭一蹲的角色。

我無力地用菸屁股劃拉著牆說：「那三百個我就收編了，可梁山上那一半好漢都是些個有組織無紀律的主兒，我跟你問幾個人，時遷不來吧？我反扒大隊沒熟人；還有李逵，找頭華南虎那麼難，別再讓他禍害了；花榮和阮家兄弟來倒沒啥，下回奧運，射箭和游泳咱不是還沒報名嘛？」

「嘿嘿，有工夫跟爺爺貧嘴，不如想想怎麼賺錢——我幫你算算啊，就按每人三十塊一天的標準，三百多人一天光吃飯就得一萬，加上住宿，最普通的標準間一天一百，委屈他們點，睡通鋪，三十間房是三千，應付各種問題給你算兩千，一天開支是一萬五，十天十五萬，一個月……」

劉老六摸出一個計算機撥著，「一年四百八十萬，我發發善心，以後每年把人數就給你控制在這個數量上，你一年有五百萬也就夠了。」

「五百萬？也就夠了？你們神仙說話都這麼沒心沒肺嗎？你從閻王那兒把盤古開天地以來我們蕭家列祖列宗全找來，我看看能湊夠這數不！」

劉老六笑呵呵地拍拍我肩膀：「五百萬而已嘛，憑你的頭腦……確實難了點，再想辦法嘛。」

我現在滿腦子都是網路上的小廣告，什麼「投資兩百，月入萬元」啥的，那些人難道也跟我一樣是半仙之體身分給逼的？

看來，實在不行，我只能把二傻的刀或者項羽的馬甲賣掉了。想到項羽，我問劉老六：「你庫存裡虞姬在不？」

劉老六居然很罕見地嘆了口氣說：「你真的以為我不知道項羽在想什麼呀，我跟你說過，生死簿上弄錯的只不過是一部分人，虞姬屬於正常死亡，她現在已經投胎了，現在你明白為什麼梁山只聚了五十四條好漢了吧？」

「那你能不能把虞姬再弄到陰間去，然後把她再送我這兒來？項羽太可憐了，那麼大的個子每天哭喪著個臉。」

「我靠，你是讓我把虞姬弄死？憑你這心狠手辣勁兒，你以後不成仙也成魔，那小妞現在活得好著呢！其實，就算她現在壽命又到了，也記不起項羽了，沒喝孟婆湯以前，她最多還記得她是一個……」

說到這，劉老六忽然警惕地看了我一眼，馬上打住了，他說：「其實那些帝王將相遲遲不願意投胎，倒不是非要回到自己那個朝代再做出一番事業，他們只是捨不得這份記憶，像秦始皇劉邦都是這種類型。提醒你一句，那三百岳家軍對岳飛忠誠度很高，這麼跟你說，岳飛要是指著一個火坑說句跳，這三百人用不了十秒就能把那坑填平。岳飛是個好人，只可惜也投胎了，這三百人聚集在一起不肯散，不知道是想幹什麼，你要留神，那五十四條好漢反而比較好管理，他們就是玩來的。」

我笑模笑樣地把半盒菸揣進劉老六的口袋：「求你個事，在他們來之前，能不能先給我搞倆會做生意的人來，范蠡呀什麼的，要不行，你給我弄倆猶太人。」

劉老六鄙視地說：「拿半盒白沙送禮的，我還是頭一次見——等我先把我那『中石油』解套了就給你想想辦法吧。」

最後劉老六滿臉諂笑地說：「跟你說個事，再借我六塊錢吧，搭計程車從這到股市不跳錶——」

哼！我就給五塊，看你跟司機怎麼說！

我上了樓，秦始皇正拿著MP4見誰照誰，劉邦摟著荊軻的肩膀在沙發上正興奮地說著什麼，包子和李師師一左一右坐在項羽兩邊，項羽滿臉通紅，低著頭，看樣子泫然欲泣，李師師不斷輕輕拍著他的背。

我一看，三瓶白的外帶一瓶色酒全空了，冰箱裡剩的幾罐啤酒也全擺上了桌，看來除了我，全都喝夠本了。

包子見我來了，走過來，鼻子酸酸地說：「大個兒講的故事太感人了，我以前好像聽過，那女的為了那男的抹了脖子了。」

「羽哥，你來一下。」

我把走路稍微有點搖晃的項羽叫到樓梯口，又拿出一盒菸，習慣性地發他一根，他愣一下接了過去，我和他坐在臺階上，點上火，我說：

「羽哥，兄弟說句混帳話你別怪我，你就剩一年時間了，嫂子就算一年內能到這兒，你們兩個還是得一前一後走，何必又痛苦一次呢？要我說，你不如開開心心過完這一年，然後去喝碗孟婆湯把一切都忘掉，如果你和嫂子有緣，說不定下輩子還能在一起。」

項羽無師自通地把煙從鼻孔裡噴出來，淡淡地說：「你不知道自己心愛的女人死在你懷裡是什麼感覺，如果你也有那麼一天，你就不會說這種話了。」

呸，真晦氣。

我又想起另外一個事來，說：「羽哥，現在再給你一支三百人的軍隊你能帶得了嗎？絕不比你那八百親衛差。」

「打誰？對方有多少人？」

「不打誰，管好他們，不要讓他們鬧事就行。」

項羽眼神又黯淡下去：「那沒興趣。」

這人真是個戰爭狂人，啥時候希特勒和他的法西斯黨衛軍重生了，這人估計就沒工夫想虞姬了。這難道也是個辦法？

就在這時，只聽包子的聲音滿屋響，她把卡拉ＯＫ弄開了，只聽她喊道：「強子，大個兒，聽到廣播後請速來我處唱歌。」

我站起來說：「嫂子的事我會想辦法的，咱們先去快樂一下，至少今晚啥也不想。」

我拉著他走進包子臥室的時候，秦始皇他們都已經坐好了，劉邦還是第一次看電視，荊軻開始向他訴說那個亙古不變的話題——小人兒理論。

包子把麥克風支到李師師嘴上，李師師小心翼翼地喂了一聲，滿屋都是她的喂……喂……喂……的回音。

螢幕上，容祖兒眨著大眼，開始張嘴，螢幕上閃出字幕：「當我還是一個懵懂的女孩，遇到愛不懂愛從過去到現在……」

這是包子最喜歡的一首歌，她見李師師光張嘴不出動靜，就自己接著唱：「直到他也離開，留我在雲海徘徊，明白沒人能取代他曾給我的信賴。」

我一把搶過麥克風，也不管螢幕上是什麼歌，大聲唱道：「朋友啊朋友，請你離開我——離開我！」

包子站起來，把項羽讓在她的座位上，出門的時候拉了我一下。

我把麥克風扔給劉邦，跟著她出來，我先說：「我剛想起來，你怎麼不去上班？」

「我打電話跟人換班了——強子，你今天不太對勁呀，以前家裡來朋友，怎麼吃怎麼拿也沒見你這樣過，說實話，你是不是怕我不高興？」

「啥意思？」

「家裡一下來這麼多人，我當然也有煩的時候，不過你老下逐客令（秦始皇首創），就不怕傷了人的心？你錢要是不夠我給你湊點，怎麼說人家也是投奔你來的，住段日子就住段日子，你別老板個臉給人看了。」

我家包子多偉大啊，我真想喊句萬歲什麼的，又怕勾起某些人的心事來，只好閉嘴。包子口氣很大地說：「兩千夠不？」敢情她還是有點私房錢的。

我多想告訴她，再過一個月，她小時候看故事書認識的那些「岳家軍叔叔」們就要來吃我們喝我們了，她嚮往的比劉翔（編按：奧運金牌選手）跑得還快、比毛驢還有耐力的戴宗和擅長紋身的史進將偕其餘五十二位兄弟在沙家濱紮下來了。

哎，可憐又幸福的包子，她還不知道有人……呃，是神在逼著她未來的男人必須成為千萬富翁。我該怎麼先弄點創業資金呢？現在這個家裡最值錢的兩件東西如果賣出去，我能買下半個城市；第三值錢的，就是屋角那堆酒瓶子了……

這時，屋裡的劉邦已經會玩麥克風了，只聽他聲嘶力竭地吼著他的成名曲：「大風起兮雲飛揚，威加海內兮歸故鄉！」……

第四章

秦朝那些事兒

比起劉邦，項羽其實更對不起嬴胖子，兩個人聊著秦朝的那些事兒，

秦始皇聽說過項羽的爺爺項燕，又聊了聊所謂的陳蔡美女，

總結了一下強晉三分的經驗教訓，憶往昔，崢嶸歲月稠。

不過項羽到底是幹什麼的，秦始皇最後也沒徹底問。

這時忽然屋裡沒動靜了，我推開門一看，見李師師一手捧著《家電維修》參照著，已經把一張光碟放進了DVD，螢幕上一個穿著護士裝的日本妹忙著搔首弄姿，字幕寫著：一本道極上女優某某某某子，然後一個內褲男以迅雷不及掩耳盜鈴之勢壓在某某子身上，一雙魔手上下搓揉，某某子一聲嬌吟，不能自禁。

劉邦一看樂了：「這有點意思哈！」

我趕忙跑過去堵在電視機前，李師師臉紅紅地躲到一邊去了，劉邦衝我直揮手：「起開！」

然後就聽那個某某子不斷高聲淫叫，包子過來直接把光碟退了出來，很自然地說：「這個等我們兩個女的不在了你們再看。」

劉邦：「那你們先出去。」

秦始皇：「歪（那）以前就你和強子……」

此言一出頓時驚豔全場，就連二傻也衝我嘿嘿淫笑數聲。

類似的玩笑，包子早就見慣不驚了，她不以為然地說：「我就不信你和嫂子沒看過毛片。」

除了這次，秦始皇到底看沒看過毛片，史無記載，不可考。

晚上，我們很自然地分成了三派，包子和李師師，劉邦和荊軻，剩下項羽、秦始皇和我睡以前的倉庫。

荊軻對劉邦的提問是每問必答，雖然原理都是錯的，而且只有那一種，但使用方法是正確的，如果回答不上來，他就會說：「這裡是仙界，說了你也不懂。」

比起劉邦，項羽其實更對不起嬴胖子，當年這個愣頭青占了秦始皇的天下，凡是舊人舊物，非殺即燒，還挖過秦始皇的絕戶墳，沒虞姬陪著，很難說會不會敲秦始皇的寡婦門。

現在他發現嬴胖子為人很厚道，大概也內疚了，嬴胖子還想把床讓給他睡，後來發現項羽如果要睡床，腦袋和腳就得凌空才作罷。

兩個人聊著秦朝的那些事兒，秦始皇聽說過項羽的爺爺項燕，又聊了聊所謂的陳蔡美女，總結了一下強晉三分的經驗教訓，憶往昔，崢嶸歲月稠。不過項羽到底是幹什麼的，秦始皇最後也沒徹底問。

我雖然喝了點酒，可沒怎麼睡踏實，那三百加五十四的噩夢困擾了我一夜，絕望中的我甚至夢見一個香港老頭激動地拉住我的手說：孩子，你其實是我的私生子，我叫李嘉城……

第二天我起得很晚，包子已經走了——她今天得上整整一天的班，我一看錶十一點多了，項羽已經不在他的加長鋪上了，嬴胖子枕著一隻胳膊，在用ＭＰ４玩「大家來找碴」。

我出房一看，李師師繫著圍裙在弄午飯，圍裙口袋裡放著她的生存秘笈——《家電維修》，這個姑娘不但胸大，而且有腦，每一件電器都是先學會關以後才去開，據說她不到八點就起床擺弄了。也幸虧她心細，那煤氣可是剛換的，他們陽壽還有一年，我可就不保了，對了，下次見了劉老六問問他，我能活多少歲。

項羽跑步去了，在虞姬問題上他雖然是個定時炸彈，但現在還不用擔心，劉邦一大早就爬起來，等包子一走，就纏著李師師給他放昨天那張毛片。殊不知毛片都被我收起來了，因為其中有一張男主角的假想敵就是李師師。

二傻在做什麼我就不囉嗦了。我發現這些帝王將相居然沒有一個是愛睡懶覺的，以前一說他們驕奢淫逸，我腦海裡就出現「睡覺睡到自然醒，數錢數到手抽筋」這兩句話來，但現在看那太幼稚了，其實他們才真正是起的比雞早、幹的比驢多的第一批白領。

我在李師師的侍奉下喝了一碗皮蛋瘦肉粥，咬了根牙籤，腆著肚子像地主老財一樣晃悠下樓。

我這兒的門一直是開著的，一來這地處偏僻，沒什麼生人，二來也沒什麼能偷走的東西，你看著是還算氣派，皮沙發水晶茶几，那東西項羽一次都未必能拿走，就連牆上那藝術畫框我都多了個心眼，釘子最後幾下是砸歪的，想偷？你得踩著沙發拔半天。

最值錢的是我那台開個網頁就得喘半天的筆電，我的櫃子裡還有一套夏天穿的西裝，是我那個郝老闆要求的。有次他打電話給我，很嚴肅地要我注意公司形象，說什麼工作時間不穿西裝者格殺勿論。半個月後他來我這閒逛，事先知道他要來的我穿著筆挺的西服，他一見就樂了，問我做什麼呢，我說這不是你讓穿的嗎，跟他說了半天，他一拍腦袋：那天我喝多，把你當別人了。汗！

現在我有半年多沒見他了，別說還真有點想他，要不是工資每月都很準時地匯進我帳戶，我甚至懷疑他是不是忘了這還有他一塊地盤了。

我忽然想到，就算老郝也養不起那麼多人呀。錢！錢！錢！怎麼才能一個月弄五百萬？讓二傻給人平事兒，讓李師師去坐檯，秦始皇擺攤，劉邦傳銷；項羽什麼也不幹，留在身邊當保鏢？（我要這麼寫你還看嗎?!）

這時，一個很精幹的男人捧著一個盒子走了進來，他看了我一眼，用懷疑的口氣問：

「你是這的老闆？」

我嚼著牙籤問：「什麼事？」對他的居高臨下我很不爽。

這個男人把盒子輕輕放在桌上，掏出一張名片遞給我，我看也沒看，拿過來直接裝進口袋。

他也很不耐煩地說：「鄙姓陳，這次來是為這個東西，你看看貨吧。」說著把盒蓋打開，緞繡裡鑲著一個很奇怪的白瓶子，如果不是頸子比瓶底要長很多，根本看不出哪邊是上哪邊是下，除了造型奇特外，基本跟普通的插花瓶一模一樣。

「這是……」

「這是一件古董，現在先請你給行個價，成與不成我們再說。」

我看這姓陳的這麼沉穩，反而更加疑心，摸出電話給老潘撥過去。

姓陳的說：「可以先告訴你，這是一件宋徽宗時期的古董……」

我敷衍地點點頭，老潘的來電鈴響：二〇〇二年的第一場雪……

這時反應過來的我愣了一下，問：「你說什麼時候的？」

「宋徽宗時期的。」

我馬上掛掉電話，衝樓上喊：「表妹你下來，看看見過這個瓶子沒——」

李師師款款走下樓來，要是把圍裙繫在後面，還真有點公主的味道。

她問我什麼事，我指指那個瓶子，低聲說：「你看看這個什是不是你們那時候用的。」

李師師隨便地拿起來看了看，姓陳的見她滿手油膩，不滿地說：「你會看嗎？小心點！」

李師師呵呵一笑說：「不就是個聽風瓶嗎，有什麼大不了的？」

姓陳的臉色一變，伸手做了個請的姿勢。

李師師卻把瓶子放回盒子裡，撩起圍裙擦著手，看著外面的天氣，好像剛才看的不是一件古董，而是一個長滿蟲眼的蘋果。

我用眼神詢問她，她微微一笑說：「東西確實是宋朝的，但這在當時是個普通貨色，上不了大檯面。」

姓陳的肅然起敬說：「想不到這位小姐真的是行家高手，東西既然已經看過了，請給個價吧。」

這下我可懵了，瓷器這東西我只知道景德鎮和二里窯，後者是一個盛產鹹菜罈子的地方。

我把李師師拉到一旁，問她：「那到底是個什麼東西？」

李師師說：「那時候有錢有地位的人家家裡，側屋都有一面鏤空的架櫃，你也見了，那瓶子上下一般細，放在架櫃上有個風吹草動就會微微搖晃，煞是有趣，為了不讓它掉下來，它的底其實都是六菱形的——不仔細摸根本摸不出來，然後加上一個一模一樣的座兒，這個座兒很薄，放在櫃子上看不出來。

「那個聽風瓶做得倒是中規中矩，可惜不是什麼名匠的手筆，如果是大師的作品，他們一般會把自己的名字浮刻在瓶底，也只能用手摸出來。」

「那這個東西在現代能值多少錢？」不知不覺中，我已經把李師師當現代人了。

李師師為難得咬咬牙說：「你先告訴我銀子對人民幣的匯率（這詞哪學的？）。」

這個我哪知道？我問她：「你們那會兒豬肉多少錢一斤？」

「我沒買過，不過好像是一百六十文一斤。」

「現在十六塊一斤，不過只有十兩——一兩銀子就按兩百塊錢算吧，那那個瓶子得多少錢？」

「二十兩銀子吧。」

「四千塊？」我疑惑地說。，我怎麼覺得一個宋朝的瓶子好像不該這麼便宜啊？一個沒蓋的痰盂也不止這個數吧？

我一拍腦袋，才發現我忘加那一千年了！

這個李師師可就幫不了我了，她自己還糊塗著呢。我把她打發走，坐回沙發，翹起二郎腿，指指那盒子：「這東西的座兒呢？」

姓陳的愈發恭謹，說：「座兒是沒了，不過能保存這麼完好，已經很難得了。」

我說：「那不行——沒座兒它只能待在盒子裡，沒使用價值你懂麼，就像羽毛球，拍子再好，你沒球也白搭啊。」

「那……」

「再說你這東西也不是什麼名匠做的，這有錢人家裡的擺設都很講究的知道嗎，你見有擺招財貓的，見過供加菲貓的嗎？」

現在就算傻子也該看出我已經露出了當鋪老闆的猙獰面目來了，姓陳的微微一笑：「說那麼多沒用，你給行個價。」

這時老潘回電話來了，我又走到僻靜地方接起，直接問他：「一個聽風瓶現在能賣多少錢？」

老潘吃驚了一下說：「有長進啊，能知道聽風瓶這名字就很不簡單了，這東西從『靖康』之變以後就絕跡了，我前年在拍賣會上見過一次，很普通的一個賣了一百八十萬；現在的行市，不炒作的話，賣兩百萬應該問題不大。」

老潘忽然警覺地問：「你是不是另請高明了？」

我笑呵呵地說：「我要另請高明還用你給行價嗎？」

「也對。」老潘掛了電話。

兩百萬的好東西呀！

我很沉著地走回來，這時才想起看看這姓陳的名片，名片上只寫著私人助理和電話，連所屬公司也沒有，我假裝推心置腹地說：

「陳助理，我和我的助手商量了一下，覺得您這個還算不錯，現在市價大概一百萬，按規矩兩成底當是二十萬，每年折價也是兩成；也就是說，您要過一年想贖回去就得給我廿四萬了——您應該理解，我們把二十萬存在銀行也是有利息的，不能白借給您，不滿一年按一年算，如果您要覺得可以接受，我這有合同……」

「不必麻煩，我當死當，就按你說的二十萬。」陳助理嘲諷地說：「二十萬——蕭經理，我們明人不說暗話，你我都明白這東西的市價絕不會少於這個數的十倍，我之所以二十萬賣給你，一是因為你識貨，二就算給貴行的一個見面禮吧，為的是以後長久的合作。」

陳助理從公事包裡掏出一遝文件：「這是轉讓協議書和聽風瓶的官方鑑定書，你只要把錢匯進我們的帳戶，我馬上簽字。」

我一伸手，他就把一個帳號給了我，我趴在電腦上鼓搗了幾下就搞定了，沒過幾分鐘，他也收到了訊息，他很痛快地把該簽的都簽了，跟我握握手說：「跟你合作雖然得很小心，但至少很痛快。」

我嘿嘿笑說：「哪裡哪裡。」兩百萬買賣就這樣做成了！

按規矩，我有百分之五的提成，加上應該給老潘的百分之二，我今天賺了十四萬！

要是平時不定該多欣喜若狂呢，但現在卻高興不起來——十四萬，再湊一萬夠養活那些人一個月而已，而且我想起來，劉老六還沒算給他們買衣服的錢，就算讓他們真的就像《三百壯士》裡似的只穿大褲衩，那也得不少錢呢！

其實還有個辦法，就是我自己湊二十萬把老郝的錢補上，把這個瓶子A下來，如果是以前，我可能還會假想一下當有錢人以後的感覺，可現在我壓根沒往那上面想，就算有兩百萬，還不夠這些人花半年的呢，你要說讓我用這兩百萬以錢生錢?!

我小強雖然理論上掌握了四則運算，但常在河邊站哪有不濕鞋，久在江湖飄哪有不挨刀？夜路走多了總得遇鬼——十把中難免錯上那麼兩三把，現在畢竟到手十四萬，比一窮二白要強。

想到這我又開心起來，我抱著盒子跑上樓，秦始皇和劉邦正在玩撲克牌，劉邦這小子學會記牌了，不一會就把秦始皇的牌都拿光了；李師師在看書——真是個好女孩。

我看了看，發現沒什麼地方稱得上萬無一失，這瓶子長得細腳伶仃，一副欠碎樣，可不能讓他們見著。

這時，我的目光落在了沙發後面，在這我要交代一個伏筆，之所以我能從沙發底下抽出板磚來（詳情見〈嬴胖子大戰荊二傻〉章），是因為我這沙發有一條腿是斷的，現在已經又支上了，下面有十公分的空間，把瓶子放在這兒應該是最安全的，就算沙發塌了，那盒子也足夠撐得住——這盒子紅木的，大概也得幾千塊錢。

我撅著屁股把東西放好，一起身就見荊軻正躺在床上看我，沙發正好和他臥室對著，我把手指放在嘴上，衝他做了個「噓——」的手勢，這個二傻向我露出了神秘的微笑，表示會意。

我志得意滿地下樓，趴在電腦上玩遊戲，QQ一閃，狼頭說：「小強，你表妹的另外兩張照片經我手都賣出去了，過幾天錢到了，我就給你匯過去。」

現在的我怎麼會拿千把塊錢看在眼裡乎，我回：「算你有良心，我不要了，給你買菸抽吧。」

狼頭：「呵呵，有句話我一直沒好意思問你，你這個『表妹』到底和你什麼關係？你要不介意，我想給她找個生錢的道兒，我認識香港《花花公子》的編輯，那一張照片要用了，錢可就多了，也不用露點，用手抱住咪咪，露點大腿，一張可是上萬起跳的。」

我想像了一下那香豔的場景，回：「你怎不讓你老婆拿根魚線把三點擋住寄過去？」

「哈哈，我老婆懷孕了，就算想當裸替，也得等安潔莉娜裘莉和小布再戰江湖之後了。」

這時門一開，隔壁給超市送貨的小王進來了，我把電腦合上，小王給我點了根菸，前言不搭後語地說：「……強哥，你以後要用車說話，兄弟只要不送貨，給你當司機也行，不要錢。」

我不明白他啥意思，他支吾了半天，坐了一會兒就走了。

項羽跟小王前後腳進來，手裡提著件什麼東西，氣哼哼地往樓上就走，開始我沒在意，等我看清了他手上的東西，簡直是魂飛魄散——是他那件黃金甲！

我踉踉蹌蹌一把拉住他，帶著哭音說：「羽哥，你這是幹啥去了？」我真怕他告訴我：「某心情甚是不爽，出去殺了幾個宵小之輩。」這事他不是幹不出來。

項羽情緒很低落的說：「我這件金甲難道真的連一個麵包車也換不了嗎？」

我反應了半天，明白了：他肯定是拿這件黃金甲跟隔壁小王做交易去了。

我抓狂地大叫：「羽哥，你就給兄弟省點事吧，你這個東西讓懂行的人見了，我家的祖墳也得讓人刨了！」

我們的楚霸王摳著指甲，委屈地說：「我只想要個麵包……」（你是餓了幾輩子了這是？）

「兄弟保證，一定給你買個麵包。」

「什麼時候？」項羽興奮地問。

我順口想說一年來著，後來才想到這麼說他肯定跟我翻臉，只能說：「一個月之內。」

項羽把黃金甲甩到我懷裡：「這事就託給你了。」然後上樓去了。

我抱著他的馬甲跟著上來，冷汗一層一層的出，虧得小王沒換——一上樓，我就看到了驚心動魄的一幕，心臟差點停止了跳動。

那是世界上任何一個文豪也描述不出的恐怖場景。

那是比一群喪屍狂奔刺激一萬八千倍的驚悚畫面。

那是一個任何人看一眼都會留下永恆陰影的瞬間。

——那支價值兩百萬的聽風瓶孤苦無依地倒立在桌子上，看上去搖搖欲墜的，而荊二傻站在兩米開外的地方正鼓著腮幫子使勁吹它！

嬴胖子叉著腰，說：「你不行就餓來麼。」

劉邦手裡捏著撲克牌，正學著賭神一張一張發著牌……

我跳腳爆喝一聲：「你們給我住嘴手（住嘴手——就是這麼喊的）！」

他們三個愣了一下，都停住了。

樓板在我這一跳之下微微一顫，那支聽風瓶以極其優美的姿勢傾斜，像個一心要殉情的姑娘一樣義無反顧地掉下桌子，我一個惡狗撲食凌空補救，瓶子的邊擦著我的手指掉在地上，「匡噹——」碎了。

我趴在地上，欲哭無淚。

所有在場的人都報以熱烈掌聲，劉邦說：「還是強子有辦法。」

秦始皇說：「要絲（是）餓跳，它早就哈（下）氣咧。」

荊軻意猶未盡地說：「你再給我找一個來。」

我在地上靜靜趴了一會，總結了一下我的悲慘人生：現在那個瓶子到底能賣多少錢已經不重要了，重要的是它實打實地花老郝二十萬，現在我已經從負資產四百八十六萬直接變成五百二十萬了。

就算我是八國聯軍侵華留下的後裔，老天爺也不該這麼不公正地對待我吧？

我臉紅脖子粗地衝他們大喊：「你們知道那東西值多少錢嗎——兩百萬！」

我想就算他們以前都是有錢人，多少也該感到慚愧吧，可他們都沒往心裡去，秦始皇還和劉邦討論了一下兩百萬能幹什麼，得出的結論是：什麼也幹不成。然後他們鄙夷完我，就各幹各的去了。

這就是階級差異了！這些上流社會的人平時驕奢淫逸，只會魚肉百姓，哪裡懂得民間疾苦！

就算善解人意的李師師也沒意識到兩百萬對我意味著什麼，在她眼裡，那個瓶子不過是個二十兩銀子、上不了檯面的貨色，她小心地把瓶子碎片收集起來，我正準備感動一下呢，她說了一句很氣人的話：「別把腳扎了。」

我崩潰無語，真想跟項羽掐架，索性讓他把我捏死算了。

這時，一個俊朗的年輕人順著樓梯走上來，穿著一件白底淺藍色花紋的襯衫，像張浮水印似的，頭髮打理得很精神，他掃了一眼眾人，問：「誰叫小強？」

我沒好聲氣地問：「什麼事？」

「劉老六讓我來的，我是小強的客戶。」

我當時正在氣頭上，根本沒想別的，只是對「劉老六」這三個字無比過敏，我手一揮，扯著嗓子喊：「老子不幹了——滾！」

這個年輕人一點也沒生氣，笑呵呵地說：「不幹可以，那五百萬可就賺不到嘍。」

我早該看出這個小夥子肯定不是普通人，他打扮的十分新潮，襯衫第一個鈕扣是鬆開的，露出好看的巧克力膚色，脖頸處掛著時尚的軍牌，更重要的是，他手上戴著一塊百達斐麗，手上還捏著一把車鑰匙。

這時李師師已經打掃完地上我那兩百萬的垃圾，來到客廳一看有個陌生人，禮貌地朝他笑了笑，便回房看書去了。

這小子兩眼直勾瞅著李師師，我咳嗽一聲，看在五百萬的分上和顏悅色地說：「你是怎麼回事？」

他這才回過神來，恢復了瀟灑自若的樣子：「我們下去談。」

一下樓，就見一輛屁股很翹的雙排小跑停在門口，浮水印小子坐下來開門見山地說：「我是你的客戶，只不過有點特殊。」

「哦？你是什麼情況？」

「今天是六月十二號，五天以後——也就是六月十七號，各大報紙頭條都會是同一則消息：電影大亨金廷的獨子金少炎車禍身亡，年僅廿四歲。」

我聽得滿頭霧水：「啥意思啊，這跟我有什麼關係？」

「我就是金少炎，五天以後死在車裡的那個倒楣鬼——」

我差點栽在地上，把菸灰缸往這邊拉了拉，心驚膽戰地說：「你是人還是鬼？」

金少炎笑道：「你別怕，你要砸我菸灰缸我照樣頭破血流，其實你也不是沒見過我這種人，你說秦始皇和劉邦是人還是鬼呢？」

這小子居然知道這麼多！

他繼續說：「死也就死了，誰知道我到了陰間以後，他們才發現把我的陽壽弄錯了，我不該死。」

「你也弄錯一年？」我心想這小子挺倒楣的，折騰半天還能再活一年。

「錯的有點多，判官把七看成二了，我還能活五十年。」

「恭喜你呀，人生七十古來稀，呃……你不會要在我這兒住五十年吧？我抽菸喝酒還縱欲過度，絕對活不過你——我認出你來了，你經常上雜誌，你就是那個……」後面的話我沒說。

「我就是那個花花公子，據那些記者們說，我和每一個新出道的女明星都有一腿。」他渾不以為然地說。

我越聽越糊塗，說：「我到底能幫你什麼？」

「你得救五天以後的我，你現在看見的其實是五天以後的我，而現在的我剛從香港趕回來，因為五天後是我祖母八十大壽。」

亂，太亂了！我急忙用手勢制止了他說下去，我說：「對不起你慢點說，我智商只有八十多——你是說我現在看見的你，是到過陰間被復活的你，與此同時，還有一個你剛從香港回來，我現在如果趕去機場，甚至能看見他？」

金少炎笑著點點頭。

我納悶說：「既然這樣，為什麼你不親自去救你自己，他只要一看見你不就什麼都明白了，你倆比親兄弟要親多了吧？」

「他信不信先不說，我們用的其實是同一個身體，現在的我只要一見到他——或者說一見到我自己，就會變成隱形人，他既看不見我也聽不見我說話，因為這件事情的緊急和特殊，閻王才會安排我加塞到你這兒，尋求你的幫助。」

「那具體說我該怎麼幫你？」

「很簡單，五天以後你只要阻止我上汽車就行了。」

「閻王為什麼不直接在五天以後把你的靈魂送回到你的身體裡，讓你復活就好了？」

金少炎笑著說：「理論上他是可以做到的，只是撞完車之後的我，腦袋就跟沙其瑪一樣了，要讓我繼續活蹦亂跳，大概會死更多人，而且……」金少炎愛惜地摸著自己俊美的臉龐說，「而且那樣活著，我寧願去死。」

我以後再也不吃沙其瑪了！

我說：「事情我已經搞清楚了，現在該說說你幫我的事了，在我的客戶裡，你還是第一個來自未來的，雖然只有五天，你是不是要告訴我五天以後體彩的中獎號碼？」

金少炎笑著說：「那些東西我可沒興趣，其實五百萬對我來說不算什麼……」他有點不好意思地提醒我。

我一拍腦袋：真呆！五百萬對金家確實連九牛一毛也算不上，何況老金家千頃地一棵苗，這五百萬可以說買的是他們全家族的前程。

我說：「我沒問題了，錢等你過了十七號再給我？」

「不可以，十七號一過十二點，現在的我就會和現在的他合二為一，可是關於陰間以及和你接觸的這段經歷會被清除掉，你的錢我會在這幾天陸續匯給你的，條件是你必須先做到幾件事。」

我質疑地說：「說白了，你是一個見不得正主的傀儡，你哪來的錢給我？」

金少炎哈哈笑說：「看來你的智商連八十也不到，我怎麼可能不知道自己卡的密碼？」他說，「門口的車，手上的錶，還有我這身行頭，都是我剛剛才買的。」

我納悶地說：「你小子還是省著點花吧，現在那個金少炎萬一發現卡上少了錢，改了密碼怎麼辦？」

金少炎嘿嘿一笑：「你為什麼老把我和他分得那麼清楚，你別忘了，我們本來是一個人，就算他怎麼改，也逃不出我的思維，而且，五天前的我根本就是個二世祖，反正我從來不去算花了多少錢。」

我也樂了：「說吧，你想我幹什麼？」

「首先，你得和現在的我——哦不對，是十二號的我成為朋友，為十七號的營救工作做鋪墊。」

「那我可沒工夫，跟你說吧，樓上那個斜眼是荊軻，胖子是秦始皇，長得特猥瑣那個是漢高祖，你旁邊那大個兒是項羽，這麼一家子人我能走得開麼？這樣吧，五天後我不讓你開車就是了，你要實在尋死，我拿板磚把你拍昏，受點傷總比丟了小命好吧？」

金少炎有點發傻地說：「那胖子居然就是秦始皇？我還以為那是你二舅呢，你就讓滿屋子的皇帝跟你擠在這點小地方？哦對了，那個女孩是誰呀？」

我警覺地說：「那是我表妹。」

紈褲子弟和一代名妓雖說挺般配，可李師師不是決定從良了嗎？再說，過幾天浪子燕青就要來了，要讓這兄弟知道我做仲介，把跟他關係曖昧的乾姐姐又派出去接客，不說別的，柔道冠軍和跆拳道七段的他一隻手就能打八個，而且聽說他和李逵那傢伙關係不錯……

金少炎跳過話題說：「其實你和『我』打好關係對你也有好處，我說句話你別介意，你以後好像很需要我這麼一個揮金如土的敗家子在經濟上支持你。」

「溜鬚拍馬的事——」我嘆了口氣說：「為了五百萬，我就幹一回吧。」

逼著別人巴結自己，金少炎也覺得挺不好意思的，他說：「你也不用感到為難，有我幫你，你想玩死他都易如反掌。」

我心想：這小子對自己可夠狠的。

他說：「我先把我活著時和死以後的電話給你，再告訴你一些注意事項，這五天內，你什麼時候能和我成為朋友，我就把一半錢給你。」

我跟他說：「咱們以後管十七號以前的你一律稱為『他』好吧，要不聽著太亂了！」

金少炎在一張紙上噌噌寫著，然後撕下來給我：「我最後還有一個請求——晚上我能請你表妹吃飯嗎？」

我皮笑肉不笑地說：「你還是先管好你自己吧，別忘了你的沙其瑪腦袋。」

我拿過那張紙，見上面寫了一大堆注意事項，我也沒仔細看，直接編了一條「你猜我是誰」的簡訊照著紙上的號碼發了過去。

金少炎笑說：「他本來是不習慣發簡訊的，不過我猜肯定會回……」

這時簡訊回：「寶貝？」

金少炎看都沒看一眼就說：「寶貝！」

我佩服得五體投地：「那我該回什麼？」

「你就回：就是寶貝，然後約個地方和他見面。」

「你……他會去嗎？」

「絕對會，你先甭搭理他，讓他自己找你。」

我指著他說：「你小子就不怕遇上詐騙集團？」

「我從小受過不少專業訓練，一般人七八個近不了身，所以才讓你用這種辦法接近他。」

靠，我第一次希望燕青早點來了。

金少炎伸個懶腰說：「你要不反對，我想請樓上的各位吃個飯，畢竟我也算半個東道，看著一幫皇帝每天吃泡麵，擠集體宿舍，我都過意不去！來一趟不容易，讓他們見見這浮華世界吧。」

這個我倒是沒什麼意見，這麼多人的飯本來就不好弄，包子又上晚班，這幫人連富太路都逛過了，這個城市也就沒什麼地方不能去了。可是包子怎麼辦？

「請假啊！」金少炎聽完情況，把車鑰匙扔在桌上：「拿去。」

像他這樣的公子哥兒有很多是被慣壞了，從來不考慮別人，請假了，全勤獎不就沒了？

我說：「他什麼時候才回我簡訊呀？」

金少炎看看錶說：「晚上八點準回，但你不用理，等明天再說。」

金少炎站起身，總結說：「人要不死一次，很難知道自己賤在哪兒——我上樓和他們聊會兒天行嗎？」

我點點頭，對這個五天後就會失去這些記憶的人，不用設防，我囑咐他：「別和項羽說虞姬的事；嬴胖子，哦秦始皇還不知道劉邦是誰，你別說漏嘴就行了。」

後來我發現我的擔心純屬多餘，浮水印小子對幾個老古董根本不感興趣，我上樓發現他坐在李師師跟前，把那本《一生必看的六百部電影》拿到自己膝蓋上，俊男美女合看一本書，旁邊放著輕音樂，那場景比韓劇還浪漫。

金少炎指指點點，說這是怎麼怎麼回事，那是在哪兒拍的，他還到過拍攝地，一開始還好，但很快便露出本性來，一隻胳膊悄悄繞到了李師師背後，我揚著嗓子喊：「羽哥——」

項羽低著頭進來了，我指著金少炎對他說：「你要是開這位公子的坐騎，回你老家連個把時辰也用不了，你讓他教教你。」

項羽問我：「比麵包車如何？」

我說：「光一個輪子就比麵包車跑得快。」

項羽兩眼放光，二話沒說就夾著金少炎出去了——再讓你小子泡我屋裡的妞！

李師師似笑非笑地看著我，我訕訕地說：「我是為羽哥著想……」

李師師呵呵笑說：「這世界上最快的車也不能把他從現代送回到西元前吧？除非能超過光速，使時光倒流。」

我驚得直翻白眼，這妞已經連愛因斯坦的相對論都研究過了?!

「那位金少爺不像是壞人，而且挺見多識廣的。」

「那什麼樣的才算壞人，把扇子插脖領裡、提著鳥籠子的才算？見多識廣還不容易嗎，你強哥要是有錢，打發美國人把你送月亮上跟嫦娥姐姐聊天去！哥跟你說，林子大了什麼鳥都有，有錢人沒一個好東西。」

我這番擲地有聲的無產階級理論好像對李師師造成了一定的觸動，她呵呵笑說：「我同意你最後一句話的前半句。」

這時金少炎又回來了，後面跟著滿臉沮喪的項羽，金少炎笑呵呵地說：「項大哥的身高，我那車坐不進去。」他回頭衝項羽說：「沒事，項大哥，我送你輛悍馬，絕對沒問題，實在不行，咱讓廠家訂做。」

項羽摟著他的肩膀進了睡覺那個屋：「什麼馬？性子很烈是嗎？」

……

哎，想不到英名赫赫的西楚霸王這麼快就被金錢腐蝕了，看來錢真不是什麼好東西。

就聽那屋說：「嬴大哥喜歡攝影是嗎，我送你一部數位相機吧。」

秦始皇探出頭問我：「強子，撒（啥）絲（是）數位相機？」

我跟他說：「不能聽歌，不能玩遊戲只能畫畫的ＭＰ４就是數位相機。」想邀買人心，沒那麼容易。

秦始皇：「歪（那）餓不要。」

金少炎：「原來嬴大哥還喜歡玩遊戲啊，那簡單，從任天堂到索尼，我送你套珍藏版。」

金少炎索性各屋轉，對荊軻說：「荊大哥的愛好很是特殊，我只能送你一套立體聲音響了。」

當金少炎問到劉邦的愛好時，兩個人交頭接耳，一起嘿嘿壞笑。

金少炎說：「那我介紹幾個小女星給劉大哥？」

劉邦又不知道跟他說了句什麼，邊說還邊看我，金少炎也看著我笑，頻頻點頭，他走過來跟我說：「劉大哥說他只喜歡包子，我要給他介紹女人，他說長得不如包子的不要。」他好奇地問，「包子是誰，長得很漂亮嗎？」

我說：「很難用漂亮不漂亮來形容她，只要是男人，見到她沒有不發呆的，還有——包子是我女朋友。」

金少炎悠然神往地說：「能讓漢高祖癡迷的女人，可以想像——那她和你表妹比，誰更漂亮？」

我說：「借用劉邦的原話，那叫天上地下。」

金少炎滿臉的豔羨：「你真有豔福，我什麼時候才能見到她？」

我嘿然：「你晚上就能見到她了，如果你喜歡，可以隨便泡她，我要跟你搶，我是你孫子。」

我本以為這小子會滿心歡喜，誰知金少炎竟鄭重地跟我說：「你太不知福了，這麼好的女人你應該認真愛她。」

我苦著臉說：「等你見到她的人以後，就會後悔這麼說了。」

但他顯然誤會了我的意思：「我金少炎雖然不是什麼好鳥，卻絕不幹奪人所愛的事，你放心，不管你女朋友是多傾國傾城的美女，我也不會動心，就算動心也不會動手。」

這小子比劉邦懂事，知道有主的乾糧不能碰。

晚上八點的時候，金少炎隔幾秒看一下錶，說：「那些一線明星我也沒這麼等過。」

九點過一刻時，金少炎不耐煩地說：「你認識他們老闆嗎，打個電話。」

笑話，我怎麼會認識？包子她們老闆可是擁有三家連鎖包子鋪，月入超過十萬的企業家啊。據說人家在停車場一次給十塊錢都不找零的，嘖嘖，多大的氣派。

我看時間差不多了，給包子打電話，想告訴她別在店裡吃飯，電話響了兩聲直接掛了，我趴在窗戶上一看，包子果然已經到樓下了，金少炎聽說，也趴過來一看，讚道：「光這身材就是我見過最好的。」

眼看著包子進了門，金少炎跑下樓去。

安靜……可怕的安靜，想像中的慘叫聲為什麼沒出現？

又過了一會兒，包子自己上來了，她疑惑地跟我說：「樓下那個是你朋友？犯什麼病了？」

我下樓一看，金少炎正左右開弓抽自己大嘴巴子呢，邊抽邊說：「我正在做夢，我看到的都是假的……」

我過去拉住他，金少炎帶著哭腔說：「從我出車禍到下陰間，再到來了你這兒，我一直都保持著樂觀，可是從剛才見到你女朋友那一剎那，我對這個世界失望了。」

「沒那麼誇張吧？」聽見別人這麼說自己女朋友，我也有點怒了。

金少炎一把拉住我：「你別誤會，比她醜的有的是，可是身材比她好的我確實沒見過，這世界真不公平，只要她比現在稍微漂亮一點，我立刻做主簽下她。」

金少炎痛苦地吶喊了一聲，「這是為什麼呢——」

我問金少炎：「你準備領著他們去哪兒吃？」

「醉八仙？」金少炎馬上就自己否定了：「那裡全是復古建築，他們應該不會感興趣。」

我補充說：「就是，那裡的服務員肯定不會見人就跪，嬴胖子要滅人九族或者劉邦要人家侍寢，咱就麻煩了。」

金少炎說：「五大菜系，你挑一樣吧。」

我很有啟示性地說：「有沒有跳出這五系以外的地方，讓他們一見之下就覺得不一樣，充分享受美食的前提下還得壓得住他們，別一有人侍候著，又覺得自己是皇上了。」

金少炎想了想說：「那只能吃西餐了，有家叫『凱撒』的法式西餐很正宗。」

我說：「不過我好像聽說那是要提前四十八小時先預訂的。」

金少炎笑了笑。哎，我腦袋秀逗了，才想起所謂的規矩又不是給他這種人定的。

我們在樓下說著話，秦始皇聽說有人要請吃飯，已經拉著隊伍衝下樓來了。

金少炎拿出電話，發了一會兒愣，對我說：「抱歉，我不能找車隊來接，因為『他』剛回家……」

「搭計程車唄。」我很自然地說。

金少炎失笑道：「搭計程車？你不會讓我搭計程車去『凱撒』那種地方吧？」

我說：「那還有個辦法，就是我親自開車去。」

金少炎點點頭，我衝包子一努嘴，包子已經直奔小王家去了。

見包子走了，金少炎跟劉邦說：「劉大哥，按照你的條件，兄弟很為難呀。」

過了幾分鐘，就聽一陣喇叭聲，原來是金少炎的法拉利把路堵了，他剛一拿鑰匙，項羽不耐煩地走出去，端起跑車站在臺階上，等包子過去以後又放回到原來的位置。

項羽愛惜地摸著麵包車的後屁股說：「還是這車合我心意。」

金少炎心驚膽戰地摸著麵包車後面髒兮兮的標誌，說：「這難道就是傳說中的金杯？」

我揮揮手說：「你要覺得實在丟人，出了街有家人民銀行，讓羽哥把標誌摘下來掛上，就說這是賓士新出的大型商務用車。」

金少炎回頭看看李師師，見她笑盈盈的不以為意，這才老大不情願地鑽進去。

包子剛剛才知道那輛法拉利是金少炎的，悄悄跟我說：「你什麼時候認識這麼有錢的朋友啦？」

我真想告訴她我一下午賺了兩百萬——一跺腳又沒了。

在「凱撒」的停車場停車的時候，一輛本田阿庫拉豪華車跟我搶道，被我一腦袋敲得差點撞在一輛藍寶堅尼上。

車僮見一輛聽聲音就早該報廢的麵包車愣頭愣腦地撞進來，忍著笑走過來對我說：「先生，對不起，我們這不是停車場。」

我指著周圍一個比一個威名赫赫的標誌說：「那這些都是什麼，牲口？」

車僮正準備叫保安了，金少炎在後座上有氣無力地說：「我們是來消費的。」

車僮無意中掃了他一眼，立刻驚叫道：「金少？」

我們下了車，引來一片驚訝的目光，項羽劉邦他們揚揚得意，因為麵包車在一片車海裡確實顯得人高馬大，氣勢咄咄，很迎合他們虛榮的心理，我估計項羽吃完這頓飯就再也看不上別的車了。

我們的到來引起了眾人的圍觀——眾人眼見從一輛麵包車裡不斷地走出人來，男男女女，形形色色，尤其最後無比高大的項羽下了車後，眾人幾乎要報以熱烈的掌聲。

我把掛著指甲刀、挖耳勺的車鑰匙扔給車僮，迎著「衣衫不整謝絕入內」的牌子大步流星走了進去。兩個身高一米九以上的門僮只能大眼瞪小眼地看我們魚貫而入，可能是被我們的氣勢唬住了。

領班是一個文質彬彬的中年男人，訓練有素的領班帶笑給我們來了一個半躬。能來到這裡面，就已經英雄莫問出處了，就算是個要飯的也得陪著小心。我趕緊跟他說正事，心裡真怕嬴胖子喊「平身」啥的。

我跟領班說：「給我們找一個包廂吧。」

領班笑咪咪地說：「對不起先生，我們這不設包廂，請問您預訂了嗎？」

這時金少炎狼狽地從後面擠過來，手裡還捏著錢包，大概是剛給完車僮小費。

領班驚訝地說：「金少？」看來金少炎在這從上到下都是熟人，從他們不叫他「先生」這一點上，透著他們對他的親熱和討好。

金少炎擦著汗說：「安排我們入座吧。」

我們這群人站在大廳裡確實很有喜劇效果，尤其是荊軻和穿著切・格瓦拉的項羽，我聽見離我們最近的一桌人小聲議論：都是搞表演藝術的……

領班大概很能體會金少炎此時的心情，把我們安排在相對僻靜的一個角落裡。

等坐定，一個金髮碧眼的法國女孩拿著菜單走過來時，金少炎才終於恢復了自信和從容，他先用法語說了聲謝謝，然後轉向我們，說：「開胃酒要什麼？」

我說：「不需要開，我們就早上十點喝了一碗粥，現在的胃是一馬平川沃野千里，餓到不行了。」

我就眼睜睜看著金少炎抹著髮膠的頭髮一根根耷拉下去。

李師師接過菜單翻著，對法國妞說：「一份八分熟的牛排，半份鵝肝，一份義大利通心麵。」然後把菜單遞給包子，包子為了不露怯，說：「我跟她一樣。」

李師師也不知道跟哪部電影學的點菜，菜單輪到我手裡時，我看看滿桌人對法國妞說：「我們就這麼多人，你看著上行嗎？反正把你們的好東西都擺上來，除了果子狸，其他都來一份。」

金少炎鬱悶地說：「就按他說的辦吧，上一瓶八二年的紅酒。」

哇，傳說中的八二年的紅酒，據說八二年那年葡萄欠產，所以紅酒匱乏，但奇怪的是大家喝了這麼多年，這八二年的紅酒怎麼就喝不完呢？

秦始皇熟門熟路地說：「再拿幾雙免洗筷。」上次吃炒餅學的。

也不知道法國妞是聽不太懂中國話還是以為這是中國式的幽默，只是微笑地看著我們，在得到金少炎確認後離開了我們。

再上菜的時候，就換成了土生土長的中國妞，烤雞一上來，眾人紛紛上手，金少炎和李師師剛把刀叉舉起來，就見盤子裡一排雞肋骨在原地轉悠。生菜上來時，荊二傻靈機一動，一叉子全穿起來旋進嘴裡，跟吃棉花糖一樣。

這時侍應生夾著紅酒來了，禮貌地問金少炎：「要試酒嗎？」

項羽一把搶過來，聞了聞說：「這酒沒香味。」倒了一杯一口喝乾，說：「你這可樂放餿了吧？」然後問我：「咱們上次喝的什麼？」

我說：「五糧液。」

項羽跟侍應說：「你給我們上三瓶五糧液。」

沒等侍應說話，金少炎掏出一疊錢塞給他：「我知道你們沒有，想想辦法吧。」侍應生哭笑不得地走了。

第五章

敗家金主

我走過去，拉了把椅子坐在他對面。

這種感覺很奇怪，眼前的這個人是那麼熟悉，又那麼陌生，

比起金二，這個金少炎眼裡多了一絲拒人千里之外的清高和冷漠，

那是一種真正從小長自豪門的混蛋氣派。

金少炎這小子大概是練過瑜珈，直接把腦袋藏到腳後跟去了。

包子也知道丟人了，笑道：「你們怎麼到哪兒都這麼鬧啊，我聽說這家餐廳真的是一個法國人開的，你們這樣，不怕給中國人臉上抹黑呀！」

我手一攤說：「已然這樣就啥也別說了，他們法國人拿刀叉吃包子怎麼不嫌丟人？」笑話，跟我說貴族，在座的除了我和包子，那都貴得沒法再貴了；再說，五糧液都要了，再裝著也不合適了。

不一會兒，侍應生端著一個盤子上來，金少炎的錢紋絲沒動，跟我們說：「我們老闆聽說了金少的要求，對各位這種中西結合的吃法很感欽佩，特地把自己珍藏的兩瓶極品茅臺送給大家，希望你們吃得開心。」

金少炎一聽這人已經丟到法國人那去了，索性噌一下從桌下鑽出來，擼胳膊挽袖子，抓起一瓶茅臺挨個倒酒，說：「今兒咱就就著果醬喝回茅臺吧。」

我有點喜歡這小子了。

後來我們索性要了筷子，八二年的紅酒和茅臺兌著喝，吃了一肚子龍蝦蝸牛和菜葉子，桌子上要能放個火鍋就完美了。

吃得正歡的時候，金少炎去了洗手間，他剛離開幾秒鐘，一個俊朗的年輕人扶著一個漂亮女人的腰從門口走了進來，我不看則已，一看之下倒吸了一口冷氣。

是「他」——另一個金少炎！

金少炎摟的那個女人很面熟，好像在哪部電影裡見過，領班迎上去的時候，非常納悶地往我們這邊看了一眼，當他發現我們這桌金少炎缺席時才多少有些釋然，直接在前面帶路向我們走來。

我趁誰也沒注意我，急忙站起把他們攔住，在領班耳邊說：「假裝不認識我們，金少在泡妞。」

那領班不愧是職業好手，不動聲色地把金少炎和那個小明星帶到隔我們一張桌子的地方坐下，金少炎還重重看了我們這些人一眼。

這時我才發現兩條細微的汗水已經順著我的脖子流了下來，這些人裡，只要有一個發現金少炎，就會惹起很大的麻煩，最主要的還不能讓包子看見他，嫉惡如仇的包子如果發現金少炎「翻臉不認人」，很難說會發生什麼事。

現在的金少炎背對著我們，暫時還沒有被發現的危險，我來到包子身後，跟她說：「你領著他們先走，到停車場等我。」

包子看了我一眼，奇怪地說：「還沒吃完，走什麼？」

我沒跟她多解釋，使勁捏了捏她的肩膀，朝她使了個眼色，包子知道出事了，低聲問我：「金少炎那小子跑了？帳誰結？」

我開始往外推她，包子以為自己猜對了，氣哼哼地說：「這小子太不是東西了——你問問多少錢？」

「把你賣了也賠不起——不是錢的事，我看見倆過去的債主。」

我很後悔這麼說，因為包子四周一掃，就看見了那個小明星，興奮地說：「咦，那不是演《狗尾巴花》那個演員？」

她邊說邊往那邊走，我一把拉住她把她往外邊搡，包子邊扒我的手，邊指著金少炎後背驚奇地說：「那不是……」

「不是！」我把她扛到門口，塞進旋轉玻璃門裡，抓住一邊一轉，包子就被甩了出去，我趕緊跑回來，把秦始皇劉邦他們屁股下的椅子抽走，讓他們跟著包子去外面等我。

秦始皇不滿地說：「幹撒（啥）捏？」

我騙他說：「我們換個地方吃。」他這才出去。

等人都離開了，我擦著冷汗掏出電話，給上面編輯為「金少炎2」的打電話。

二號金少炎漫不經心地接起來，說：「你們又想起什麼來了，有想吃醋吃蒜的就跟服務生要。」

我低沉地說：「你聽著，金少炎現在領著一個妞就坐在大廳裡，你要現在出來，凱撒西餐廳今兒就發生靈異事件了，我不知道別人，反正我膽子這麼大的也受不了。」

未來版金少炎吸著冷氣說：「我記得我那天從香港回來就直接回家了，怎麼會跑到這裡吃西餐？」

我說：「現在先別說這些，想想辦法，你總不能在廁所裡待到他們吃完吧，他和那小妞才翻菜單呢，這頓飯不吃兩三個小時肯定完不了。」

這時，領班托著盤子找我買單來了，我一手拿著電話，沒留神地順口說：「找金少結。」

他衝我微笑了一下，就直奔一號金少炎去了。

等他微笑著站到一號身後我才反應過來，趕忙把他拉回來，餘悸未消地讓他等會兒過來。金少炎莫名其妙地看了我們一眼。

我哼哼著說：「現在還有一個問題，人家找我買單呢，你再不出來就找他結，為五天後的自己結帳，你這算預支消費。」

廁所裡的金少炎鬱悶地說：「你趕快想個辦法把他調開，我還從來沒在廁所待過這麼長時間呢。」

我一手握住茅臺酒的空瓶子，說：「你怕疼嗎，我把他拍進醫院裡，五天後也該好了。」

金少炎催道：「老大，別玩了，快想辦法吧！」

我說：「你設身處地的想想，在你和一個漂亮小妞吃飯的時候，什麼才能把你吸引開？」

金少炎想了半天，很認真地說：「那只能是另一個漂亮小妞了。」他突發奇想說，「對了，讓你表妹勾引他！」

「你這小子分明就是在趁人之危落井下石，現在勾引他，以後便宜的還不是你？這法子不予考慮。」

「小強，不，強哥，求你了，我真的只想出去，你讓你表妹意思意思就行，又不真的勾引他。」

我想了想，也只有這個辦法了，我只好又給包子打電話，告訴她：「讓表妹接。」然後如此這般吩咐一番。

李師師過了幾秒鐘走了進來，在路過一號金少炎旁邊時，很「不小心」地一個趔趄，整個身子撲在桌上，把一杯水恰倒好處地灑了金少炎一身。

金少炎一皺眉，看到一個千嬌百媚的美人垂著手局促地說：「對不起，實在對不起。」這小子立時就呆住了，眼睛盯住李師師，神魂顛倒地說：「沒事……沒事……」

那個小明星幫他擦著身上的水，見他這副德行，賭氣地把紙巾扔在他懷裡，金少炎這才反應過來，嘿嘿說：「失陪。」起身上了洗手間。

我立刻打通二號金少炎電話：「他去洗手間了，你只要聽到有人進來立刻往外走——洗手間裡沒人吧？」

李師師完成了任務，在小明星的白眼中離開了。

我已經告訴她這件事事關緊急，所以雖然她看到一號金少炎很奇怪，但什麼也沒問。這時我才發現另一個致命的問題：這小女明星怎麼辦？

他和一號金少炎坐的地方正好面對著洗手間方向，二號金少炎就算穿著一身浮水印，她不可能認不出他的！

我立刻衝電話低吼：「情況有變，計畫延遲。」

二號金少炎著急道：「怎麼回事，我已經看見他進來了，再不出去就沒機會了！」

「狗尾巴花就坐在洗手間正對面，擋著路呢！」

金少炎愣了一下明白了，急道：「那是個小騷貨，找人泡她！」

靠，這時找誰？潘安和宋玉要在就好了。

我想了想，只好又打給包子，這次我只讓她把劉季叫進來。

劉邦來了以後，我指著狗尾巴花跟他說：「那個姑娘你覺得怎麼樣？」

「頗有幾分姿色……」劉邦看著氣鼓鼓的狗尾巴花說。

又是這句！我跟他說：「劉哥，委屈你去泡……勾搭勾搭她，你就坐在她對面，你的任務就是讓她只看你的臉。」

劉邦摸著下巴說：「我臉上又沒長著花……」

「長花的那是妖怪，劉哥，發揮你魅力的時候到了，你要記住：昔，你媽夢見一龍盤桓於上，乃有你——反正你不是人，要對自己有信心。」

「我試試吧。」劉邦腰板了板，儼然地走到狗尾巴花的對面坐下，沉聲道：「想聽我的故事嗎——美人？」

狗尾巴花托腮嬌笑：「很久沒人這麼叫我了。」

我打給二號：「馬上下樓！ＮＯＷ！」

剛掛電話，包子就打進來：「你們怎麼還不出來？」

我讓她把車停在門口，這時二號金少炎衝下樓來，把一張卡扔給領班後奪路而逃。

我見他跑出門外了，一把拉住劉邦的脖領子就往外走，只聽狗尾巴花正在說：「你說你是劉邦？呵呵你真幽默。」

我拖著劉邦跑到外面。見車停好了，鑽進駕駛室，發動，沒成功，兩下，還是沒動靜，我大喊：「羽哥，幫忙！」

項羽跳下車一膀子扛過來，我們的車一溜煙衝出了停車場，我把項羽接上，一陣狂奔消失在眾人的眼簾中。

在車上，包子看看這個，望望那個，幾次想張嘴都被我用眼神制止了。

最後她還是忍不住，猛地回頭對金少炎說：「你看見沒，吃飯的地方有一個和你長得一模一樣的人，我雖然沒看見正臉，但光那個後腦勺就絕了，我猜他要是參加超級模仿秀模仿你去，光憑後腦勺就能拿第一。」

李師師深深看了我和金少炎一眼，金少炎尷尬地說：「是嗎？」

包子指證歷歷地說：「要不我們回去吧，我指給你看，我覺得世界上有個跟你這麼像的人那是緣分——雖然可能只是後腦勺像。」

我邊開車邊琢磨著，插嘴說：「包子，我實話跟你說了吧，那個人其實是……」

金少炎拼命咳嗽，包子瞪了他一眼。

我繼續說：「那個人其實是金少炎的孿生兄弟，就比他小五……秒，兩個人因為家產問題鬧得挺僵。」我先給她打預防針。

包子一臉恍然地說：「豪門恩怨呀，太好玩了，跟電視劇似的。」

李師師似信非信地看著我們兩個，她再聰明，有些事情靠想是想不明白的。

包子還想問什麼，秦始皇突然說：「撒（啥）時候吃飯氣（去）？」

敢情一萬二的西餐，他當是零食呢。

這時，我們的車路過一排路邊攤，秦始皇抽著鼻子說：「撒味道？」

那是烤羊肉串和餛飩湯的味道。我說：「都沒吃飽吧，咱們再墊補點？」

大夥兒都點頭，看來這洋玩意兒確實伺候不飽他們這些很傳統的肚子。

我領頭坐在露天的啤酒攤上，跟旁邊叫了餛飩湯，然後跟老闆說：「啤酒、肉串、羊腰子、燕兒魚你看著上，最後一起給錢。」我豪氣干雲地說：「這次我請。」

餛飩一上來，秦始皇吸溜完半碗，讚嘆道：「早該來嘴兒（這）麼。」

一直保持沉默的荊二傻鄙視地看了金少炎一眼，意思是說你沒錢還裝大瓣蒜，淨請人吃菜葉子，看人家強哥多夠意思。

劉邦項羽等肉串一上來，紛紛讚不絕口，一掃在西餐廳裡低迷的氣氛。

竇娥要不來，金少炎就是廿一世紀最冤的人了，他把人丟到家，花了一萬二買了一堆埋怨，一瓶啤酒下肚，我安慰他說：「沒事兄弟，反正丟人的也是留在『凱撒』的那個金少炎丟。」

金少炎嘿嘿傻笑了半天才醒悟過來，急赤白臉地跟我說：「那也是我！」

李師師咬著一個肉串發呆，知道現在這個地方不是什麼講究的地方，公主富家女愛在地攤上吃東西那都是扯淡的說法，旁邊幾個小流氓在李師師胸口掃來掃去的，項羽衝他們一瞪眼，全結帳滾蛋了。

包子在喝過八二年的紅酒、極品茅臺、燕京啤酒之後開始發酒瘋，在一邊教劉邦划酒拳呢。

金少炎拉住我說：「強哥，我那事得抓緊辦了，我怎麼也想不通他為什麼會出現在『凱撒』，這不是我五天以前幹的事啊，看來事情已經開始脫離我的控制範圍了。」

我說：「有沒有可能是因為我那條簡訊，惹得那小子春心萌動，又得不著回音，這才聯繫狗尾巴花的？」

金少炎想了想說：「很有可能，看來這就是蝴蝶效應，一步錯步步錯，現在連我都猜不透他下一步會做什麼了。」

我壞笑著說：「至少今天晚上他幹什麼我就知道。」

金少炎臉一紅，說：「明天一早我就給狗尾巴花打電話，就說以後讓她離我遠點，好方便咱們下手。」他想了一會，補充說：「我考慮過了，如果是你要接近他，難度很大，你知道我……」金少炎說到這，有意無意地掃著李師師。

我說：「你不會又在打她的主意吧，你想也別想，再說她已經曝光了，再去幹這件事，難道他不會懷疑她別有用心嗎？」

金少炎笑笑：「別有用心的女人多了，我又不是沒碰到過，只要條件好，我來者不拒，狗尾巴花就是這種情況，為了能和我『偶遇』，她雇了十三個代工監視我的動向，後來我也確實幫了她一把，她現在也算小紅了。」

「問題是我表妹已經不打算再幹這種事了。」

金少炎愕然：「以前幹過？」

「具體細節不清楚，不過那人地位比你高多了，你在她眼裡不過是個做買賣的罷了。」

金少炎吃驚地看著我，觀察了一下四周，低聲問我：「搞政治的？」

「何止，中央一級的。」

金少炎腦袋垂下去了，我跟他說：「你也不用不平衡，那位已經死很多年了。」

「一過十二點，我們就剩四天時間了，你要知道，以前的我不怎麼好接近，要是知道給他發簡訊的是個男的，絕對封鎖你，我們機會可就越來越少了。這樣吧，你可以說你是你表妹的經紀人，和小楠一起去見他，然後小楠以後就可以不用出現了，你拖他三四天，到時候阻止他上車就行了。」

「你說實話，你這麼迫切地把我表妹介紹給他，有沒有私心？是不是想給以後鋪路？」

金少炎低頭：「想不到還是被你看出來了。」

我把一塊沒熟的肉吐掉說：「這個世界上要說有一個人是全心全意地為他好，以前得說你媽，現在那個人肯定是你啊，我告訴你，別看你有錢有勢，再過一個月——不，廿九天，哎……跟你說這些沒用，你非要穿著新鞋踩狗屎你就試試。」

這最後一句被李師師聽見了，她呵呵笑道：「表哥，誰要踩你啊？」

金少炎目瞪口呆地看著她，口水流了一排，跟《加勒比海盜》裡的黑船長似的。

我也發現了一個嚴重的問題，那就是李師師實在不能笑，她一笑，比大熊貓還能牽動億萬男人的心，有些女人的笑很浪蕩，有些女人的笑很純真；有些女人笑得浪蕩內心純真，有些女人笑得純真內心浪蕩，李師師則不然，就算她想要故意表現得很浪蕩的時候，也自然地夾雜著三分純真——當然反之也是一樣，純真和浪蕩在她的笑裡是接連播出的。

金少炎竟然有點痛苦地說：「我是真的喜歡小楠的。」

我說：「我其實是哈佛畢業的。」

「怎麼可能？」金少炎看了我一眼說。

「你看，有些話不用經過大腦思考就知道是假的了。」

金少炎苦笑道：「你是對我們有錢人有意見。」

「放屁！這跟有錢沒錢沒關係，我問你，你除了喜歡她前凸後翹和臉蛋漂亮，還喜歡她什麼，前凸後翹誰都喜歡，我看你那是精蟲上腦。」

「跟你說不明白，就是一種感覺，就算她長得不如現在漂亮，我也會喜歡上她的。」

我悠然說：「那你怎麼沒一眼喜歡上包子呢？」

金少炎瞠目結舌了半天，才小心翼翼地說：「我說實話你別生氣，我一直沒把她當女人。」

他這麼說倒也在我的意料之中，我沉浸在自己是好男人的感覺中，因為我覺得這就是所謂的「真愛」。

包子跟劉邦倆人在那拍個不停，玩得很開心，我忽然好像明白劉邦為什麼會喜歡包子了，傾國傾城的美女他肯定睡過無數了，這些女人都拼命地討好他，而呂后又太明白他是個什麼東西了，一直瞧不上他，在女人方面，劉邦可謂是夾縫裡求生存。突然有個女人雖然對他愛搭不理的，但還拿他當朋友，於是乎他就死心塌地愛上了。

項羽這時突然站起，怒髮衝冠地說：「酒裡有毒！」他一手捂著肚子，一邊向地攤老闆怒視著，兩人雖然離著有兩米，不過項羽要是一探胳膊就能把他抓住。然後項羽肚子咕嚕嚕一陣響，打了一個大大的酒嗝——他一口氣喝了兩瓶啤酒，不撐得難受才怪呢。

他打完嗝直眉愣瞪地站在那兒，我說：「舒服了沒？羽哥，坐下吧！」地攤老闆撿了條命啊！

金少炎看了一眼說：「你看看這幫人讓你招待的，什麼也沒見過，我想用這幾天帶他們各處走走。」

「你別帶他們去好地方吃喝嫖賭去，過幾天你是拍屁股走人了，他們上癮了我怎麼辦？」

「有小楠跟著，我怎麼會帶他們去那種地方呢？」

我斜睨著他：「你這是項莊舞劍，意在沛公吧？」

這話太敏感了，劉邦把腦袋藏在領子裡向四周望了半天，見沒什麼事這才放下心來。應該說醉翁之意不在酒來著。

金少炎苦笑：「你別老像防賊一樣防著我行嗎？再說小楠又不是那種胸大無腦的女人，誰對她是真心的，她一定能分辨出來。」

我說：「壞就壞在胸大上了，你們這些富家子弟一般都缺少母愛，看見奶水充足的女人容易情不自禁。」

金少炎哭笑不得地說：「要在以前，打死我也不能想像我能和你這種人相處一分鐘以上，你簡直就像個流氓。」

我勃然道：「你少侮辱我，什麼叫像，本來就是流氓！」

劉邦：「誰叫我呢？」……

金少炎說：「你跟他見面的時候千萬別這麼說話，最好能再謙遜點，你要知道，每天跟他打交道的人身分都不低，這些人都跟他客客氣氣的。」

我扭頭跟秦始皇說：「贏哥！」

「咋咧？」

「你是掛皮。」（編按：陝西話，意思是傻、笨或者腦子不開竅之意。）

秦始皇笑呵呵地回罵：「你才絲（是）掛皮。」

我看著金少炎說：「看見沒，這是咱中國的開國皇上。」

金少炎滿頭汗說：「那我不管你了，反正你正式把他套牢那一天，我給你一半的訂金，不管你用什麼辦法，哪怕你在大排檔裡和他成為朋友。」

我忽然很感興趣地問他：「如果有人叫人在大排檔裡見面，你會去嗎？」

金少炎很為難地說：「還從來沒人這麼做過，我很難回答你這個問題──書上怎麼說的，最猜不透的人其實是自己。」

「如果是小楠約你呢？」

金少炎兩眼放光：「肯定會去的。」

我把李師師叫過來，叫她打通一號金少炎的電話，說：「就說你是在『凱撒』見過的那個女孩，約他一會兒在瓦窯溝見面。」

金少炎還沒聽出什麼不對來，他歡欣鼓舞地說：「你終於肯讓小楠見他了──瓦窯溝？吃野味？」

「你說他會甩下狗尾巴花去見小楠嗎？」

「當然會……那個……我想了想，瓦窯溝好像沒有什麼著名的野味館啊。」

「別說著名的，連不著名的也沒有，那只有一家拉麵館。」

金少炎多少瞭解一些我的做事風格了，他小心翼翼地說：「你不會讓他們真的在那個地方見面吧？」

李師師打完電話，我結了帳，跟金少炎說：「當然不會，因為我們要回家睡覺了。」

「那……」

我指著他說：「我就是想讓你死了這條心，沒把你支到省外我是發善心。」

在路上，包子已經開始打盹，這個女人見了酒就像見了仇人一樣，每次她去和朋友聚會，我都得囑咐她少喝點。

別看包子長成那樣，她喝多了一個人往回走我還是有點不放心，因為回家的路有一段沒路燈，在光線越差的地方包子就越危險，除非歹徒在幹壞事以前還有拿手電筒照清楚受害者臉的習慣。

這一路上大家都顯得心事重重的，嬴胖子是吃飽了睏的，金少炎和項羽悶悶不樂，只有荊二傻的收音機喋喋不休地說：「下面播報天氣預報，我市在明天將迎來又一個豔陽高照的日子……」

到了家門口，我把已經睡著的包子扛在肩膀上，問金少炎：「上去坐會嗎？」

金少炎坐進自己的超跑裡，鬱悶地說：「不了，我回酒店，明天我來接大家，當然，除了你，你還有正事要做。」

我看著他說：「你不會打電話告訴他別傻等了吧？」說完才想起，他說話那個金少炎根本聽不見。

金少炎臨走的時候告訴我：讓他們明天多穿點衣服，天氣預報是錯的，明天會下雨……

包子因為那天換班欠了同事的人情，答應幫人家頂兩天，所以早上睡起來又走了，金少炎也不知道從哪真的搞來一輛賓士大型商務車，一早把人都接空了。

那是一次很盡興的遊玩，是第一次完全由我的客戶組成的隊伍，李師師的書堆滿了半車，金少炎給劉邦雇了一個地陪小姐，那小姐是旅行社最醜、業績最差的，但劉邦對她很滿意。

至於秦始皇，金少炎直接發給他一捆一百塊的鈔票，告訴他，想吃什麼就隨便抽幾張扔過去就行了。秦始皇這才徹底體會到有錢的好處，他所過之處，都是一片歌舞昇平的景象，後來到了一家鑽石店才發生一點小誤會，他把那些白色小晶體當成冰糖了……

我睡到十點多，被一個電話叫醒，我的老闆老郝用很平常的口氣說：「最近開張了？」

我的心一懸，下意識地說：「郝總，那筆錢……我借用一下，最多一個月帶利息補上。」

老郝笑呵呵地說：「沒事，你要不夠就跟我說。」

哎，遇上這種老闆你還有什麼說的，雖然道上的人都說老郝老奸巨滑，在某幾件事上有失厚道，但對我算夠意思了，哪怕是虛情假意。

看來得加緊幹那件事了，沒錢是什麼也幹不成，我拿過電話給一號金少炎撥過去，過了好半天對方才接起，還沒說話先打了一個噴嚏：

「我昨天站在荒山上等了你半夜，你為什麼沒來？」

我無聲地打了一個哈欠，捏著嗓子學著電視上的小白臉說：「對不起，我是王小姐的經紀人，王小姐有意加入到貴公司發展，不知您意向如何？」

金少炎愣了一下說：「王小姐？」

「哦，就是昨天約您出去的王遠楠小姐，昨天她因為急事趕班機先走，特意讓我為此事向您道歉。」

金少炎聲音變冷，想了一下才慢悠悠地說：「下午兩點半，你來我辦公室找我。」說完就掛了電話。

娘的，金一明顯比金二大牌多了，讓我去找他，連個具體地址也不給。

不過也難怪，如果我是一個沒事就飛美國德州、名模的經紀人，沒理由不知道金廷影視公司的本城分部，就算我是一個常去山東德州的模特兒經紀人，這也屬於常識。

問題是我根本不知道所謂的經紀人是幹什麼的，不知理解成「會計」對不對？數錢我不算快，但多數幾遍倒還不至於錯。

我一邊給金二打電話，一邊下樓打開電腦，我得要查查這個經紀人到底是個什麼人，電腦給我的答案很專業——就是看不懂。

後來我自己總結了一下，所謂的經紀人，就是捨棄一切為另外一個人撈錢的角色。

話說史上最早的經紀人大概是齊桓公的管仲，管仲說過：倉廩實而知禮節。看來這經紀人無非是心狠手黑臉皮厚，把要經紀的人無限抬價。

這個職業很好理解，只要和我現在的職業換個思考，在砍價方面我是大師，那麼抬價應該也差不了多少。

這時金二電話通了，我問他：「你辦公室在哪兒啊，你小子說話怎麼那麼衝啊，真他媽不想管你了。」

金二陪著小心說：「我都說了以前的我不怎麼好相處，你開車……」

「說公車路線！」

「……你坐二〇五路到科技園，下了車揀最高那座樓進，我辦公室在十六樓，你最好提前半小時到……」

我沒聽他說完就掛了電話，隨手打開QQ掃一眼，狼頭留言：「你表妹的照片我排在本周用了，你可以買本看看，別忘了，我們雜誌叫《夢幻》。」

我關了電腦，想準備一下，結果發現沒什麼可準備的，能證明我認識李師師的好像只有嬴胖子的MP4，我裝進口袋。想到金少炎說今天下雨的預言，抽出一把黑傘夾著出了門，在去車站的路上買了一本《夢幻》。

不得不說金少炎的表達能力很強，他沒有告訴我複雜的什麼樓幾座，是因為我一下車就看見一棟鶴立雞群的摩天大廈矗立在那兒，比附近其他的豪華建築更有俯瞰天下的氣勢，一排個個都有擎天柱大的字張牙舞爪：金廷影視娛樂集團。

「金廷影視」在只喜歡看個熱鬧的電影大眾中並不知名，但在業內可是如雷貫耳，每年除了幾部大導演拍的賀歲大片，支撐中國影視骨架的電影作品幾乎都和這家公司有一腿。它的總部設在上海，但據說香港分部更為奢華。

在科技園的這個分部屬於金廷百足之中最不起眼的一條，如果不是因為金少炎的祖母定居在此，這個分部根本沒必要設立。金少炎從小和祖母生活，十四歲那年才開始隨父母奔波，這座城市能成為金少炎眼中除上海香港之外第三重要的棲息地，可以說是一種榮幸。

現在這棟巨魔建築的少主正等著我去拯救呢，我昂首闊步地走到門口就被保安擋住了。高大的保安一看就是在特種部隊待過，跟一般穿著夜光背心、拎根塑膠棍的那種根本不是一碼事，他倒挺客氣：「先生請問您有何貴幹？」

「有何貴幹」這詞聽著客氣，但只要有人跟你這麼說，一般是想幹什麼就幹不成了。也不怪人家，我們身邊穿梭的人一律名牌西裝，有的胸前還掛著工作證，再看看我，穿著短袖T恤，雖然還算乾淨，胳肢窩裡夾著本半色情雜誌，不倫不類地拎著傘，十足怪叔叔形象。

對付「看門狗」，最常見的做法應該是鼻子冷哼一聲，橫行無忌地說：去把某某某給我叫出來！「看門狗」聞聽，頓時色變，待叫出正主，立時卑顏奴膝，點頭哈腰送將進去，最好再說幾句「小子有眼不識泰山」什麼的就更完美了。

如果在裡面坐鎮的是金二，我這麼做基本沒什麼問題，問題是金一認識我個鳥啊！到時候出來一看不認識，就該把我給踢出去了；再說人家保安確實沒錯，我要是他，也不會放我這樣的人進去。

我只好把電話打給金二，跟他說完情況，金二問：「他為什麼不讓你進？什麼，你穿的短袖T恤，我的注意事項裡不是讓你一定穿西裝嗎？……你怎麼才到，晚了整整五分鐘，你……」我也不管他說什麼，直接把電話遞到保安耳朵上。

……小費了些周折，我終於進來，坐電梯到十六樓，一出電梯門我就傻了，整層樓所有房間都被打空了，只留下主牆被裝飾以後孤零零地立在那裡，金少炎這小子太不是東西了，這麼黃金的地段，他居然用整層樓作為他一個人的辦公室，窮奢極欲啊！

不出我所料的，一個貌美如花的OL無聊地在大型辦公室門前正在修指甲，電梯門開的一瞬間立刻換上一副儼然的表情，掛上一個職業的微笑，靜等著拒絕我呢。

這看門狗二看來也不好對付啊。我直接跟她說：「金少約了我。」

如花姑娘果然邊笑邊冷冰冰地說：「金少約的人是兩點半，現在三點差一刻了。」

我就不信這十五分鐘他能處理什麼大事，我也沒工夫跟她廢話，把電話給她，如花姑娘一聽之下立刻笑靨如花，嫵媚地掃了一眼辦公室的大門，金二也不知道跟她說什麼肉麻話了，惹得小姐直發嗲。

最後如花用掩飾不住地關切說：「金少，你的感冒好啦？」一看可知兩人早就發生過純潔的男女關係了。

偷樑換柱計策成功後，我順利告別如花，走進了金少炎的大門。一進來就看見這小子蜷著一條腿，坐在美侖美奐的屋子裡正用紙巾擦鼻涕呢。

一號金少炎見一個陌生人突然闖進來，玩味地打量著，驚愕地問：「你是怎麼進來的？」

我假裝奇怪地回頭看了看，很認真地說：「從門。」

……

我走過去把那本雜誌扔在金少炎那可供三P的辦公桌上，拉了把椅子坐在他對面。

這種感覺很奇怪，眼前的這個人是那麼熟悉，又那麼陌生，比起金二，這個金少炎眼裡多了一絲拒人於千里之外的清高和冷漠，那是一種真正從小長自豪門的混蛋氣派。

他掃了一眼那本雜誌，眼裡閃過一縷色光，用沙啞的聲音說：「你是王小姐的經紀人？」

我調出MP4裡的照片給他看：「這幾張是王小姐的生活照，你可以看一下她有沒有在影視業發展的潛力。」

金少炎示意我放下，然後抽出幾張紙巾墊著拿起MP4，那樣子就像是捏起了一堆狗屎，那MP4被秦始皇玩得上面都是指紋，確實不太乾淨，但也用不著這樣吧？

金少炎很快就被李師師搔首弄姿的樣子吸引住了，他說：「就這幾張嗎？」忽然很驚奇地「咦」了一聲。

他這一「咦」，頓時把我驚出一身冷汗——我馬上想到裡面有幾張嬴胖子給金二拍的照片！我噌地站起，但那張巨大的桌子隔山跨海地橫亙在我們中間，我來不及多想，屁股一抬坐上去，用腳一蹬椅子就出溜到金少炎面前，一把搶過ＭＰ４：

「快沒電了……」

我又用手划著，跳下桌子。

金少炎完全被我的舉動弄懵了，我沒工夫理他，趕緊看手上的ＭＰ４，那大概是秦始皇無意中照的，天旋地轉，一身浮水印服整個貼在畫面上，只露了一個下巴，我按了往下的箭頭，下一張照片裡，金二那俊朗的臉就很清晰地呈現出來，好險吶！

雖然只是一個下巴，已經引起了金少炎的注意，那句話怎麼說來著：世界上沒有完全相同的兩片樹葉，也沒有完全相同的兩個下巴。

金少炎用金筆敲了敲桌子，再次用質疑的口氣問我：「你真的是王小姐的經紀人？」看來他暫時忘了下巴的事。

也難怪他懷疑，自打我從進門開始，就沒有表現出任何和經紀人有聯繫的做派，甚至和一個會計也相差甚遠，如果不聽對話光看畫面，智商在十五以上的絕對都會說我是一個拍了不雅照來訛錢的流氓。

金少炎又用筆敲著桌子，冷冷說：「說吧，你到底是王小姐什麼人，來找我有什麼目的？」

我挺為難的，因為我覺得我不能再用那個連我自己也不信的瞎話騙別人了。

我這個人有個毛病，就是老以為別人就算比我聰明，心眼也沒我多。自從接待了二傻他們以後，我索性就認為別人都是缺心眼了。

我跟金少炎說：「其實王遠楠是我表妹，不過她想到貴公司發展是真心實意的。」

金少炎戒懼地說：「你媽姓什麼？」

我很自然地說：「姓王唄。」耍心機？跟我來這套！

金少炎板著臉說：「只要她的人來了，我就可以做主簽下她，週薪兩萬，每年保證在主流媒體露面一次以上，有問題嗎？」

一個月八萬耶，雖然金少炎的臉色讓人很不爽，但月薪八萬實在讓人心動——跟包子他們老闆有得一拼了，以後在停車場也能十塊不找零了。

問題是我又沒真打算把李師師賣給他，我來見延遲版金少炎，用未來版金少炎的話說，是想找一個賺錢的來源。天知道劉老六以後會給我帶來什麼樣的人，要是蘇武王寶釵這樣的還能省點錢，要是把王莽和珅弄來，五百萬只怕還不夠他們揮霍一個月的。

我現在不知道月薪八萬在金廷公司是一個什麼概念，為了不讓金少炎看輕我，我欠欠屁股說：「對不起，我去下洗手間。」

金少炎沒說話，指了指門外，雖然他辦公室裡就有洗手間。

我在如花的諂笑中躲進廁所，打電話給金二，問他：「他給小楠開的週薪是兩萬，我要不要還價？」

金二應該是在什麼商場裡，聽聲音鬧哄哄的，扯著嗓門說：「別還價，他對錢沒概念，但不喜歡人和他談價錢。」

我罵道：「我他媽怎麼老忘了你們是一個人，你這麼說是不是在替自己省錢？」

金二呵呵笑：「沒有沒有，我可以保證。」

金二越這樣，我就越對金一不滿，想到他們其實是一個人，我就拿金二出氣：「你板著個臉，給誰擺架子呢，看著太來氣了，要不是衝著現在的你，非教訓他一頓！」

金二一路陪笑：「對不起啊強哥，我那時候不是小，不懂事嗎？」

我終於找到一些平衡，說：「那你說我該怎麼近一步接近他？我請他喝酒他能跟我去嗎？先說好，我只帶了兩百塊錢。」

金二奇怪地問：「你們還沒談完？」

「我在你樓裡的廁所呢，一會兒回去繼續談。」

金二一拍腦袋說：「我給你的注意事項，你是一個字也沒看啊，跟他談事情千萬別說去洗手間，要穿西裝，要稱呼『您』……」

「少扯淡，就說我現在該怎麼辦！」

「壞印象已經留下了，趕緊閃，別把印象弄得更糟，咱們再想辦法——我現在就給你買一部最新功能的藍牙手機，我需要知道你們說了什麼，尤其是他的。」

我掛了電話回來，跟金少炎說：「按你說的，沒問題，我表妹四天以後回國，在這期間，如果方便的話，我想和……『您』多多交流。」

金少炎又抽出一張紙擦著鼻子，嘲諷地看著我，好像我剛才說的話是什麼可笑的事情，他哼哼著說：「下次最好是我和王小姐直接會面，還有——在下次見到王小姐以前，我不希望再見到你了。」

我沒往心裡去，這小子還不知道他在和自己作對。最大的敵人就是自己，這句話其實不是哲理，是真理。

我走到門口的時候，金少炎終於忍不住問我：「你為什麼會在大熱天拿一把傘？」

我說：「今天會有一場大雨。」

金少炎看著外面晴朗的天空，嘲諷意味更重了：「誰告訴你的？」

「我的一位腦袋長得像沙其瑪的朋友。」

我的腳剛邁出金少炎的辦公室，天空就被烏雲遮滿了，一聲驚雷之後下起了瓢潑大雨。

第六章

一代賭神

劉邦道：「一四條都扔完了，你留著這張幹什麼？」

我腦袋差點杵在牌堆裡，劉邦這小子，打麻將門兒清啊。

包子也很奇怪：「你不是不會玩嗎？」

劉邦很自然地說：「看兩把不就會了？」

哇，一代賭神就這樣誕生了。

我回去時，金少炎他們已經到家老半天了，這小子算準了時間，趕在第一滴雨水落下前回到了家。

所有人都得到了豐厚的禮物，李師師的書又增加不少；秦始皇穿了一件新買的導演服，每個口袋都塞滿了零食，上衣裡還有半捆鮮紅的鈔票。劉邦得到一套最新出版的經典「動作」大片；荊軻坐在床上，他的對面是一套組合音響，剛拆去包裝，整個屋子裡迴蕩著高清音質廣播，不過二傻是個很念舊的人，在他看來，那裡面的小人遠不如破舊半導體收音機裡的和他感情深厚，所以沒聽一會就關掉了。

只有項羽什麼也不想要，他對隔壁小王的麵包車垂涎已久，金少炎其實已經用包子的身分證真的給他買了一輛悍馬，只不過車得從北京運來，還得等一個星期，金少炎——或者說二號金少炎是看不到楚霸王在悍馬上馳騁天下的英姿了。

他給我準備了一部最新的藍牙手機，囊括了時下手機一切功能，它還是一臺出色的偷拍機和竊聽器，支援即時傳送，幾乎是一臺帶攝影功能又可以打電話的筆記型電腦，除了不會變成一隻機器狗，簡直就是一個變態科技怪胎。這部手機市價是四千七百美元，一般人有錢也買不到。它的體積和重量也很可喜：剛好是一塊板磚。

現在有一個很尷尬但卻不得不想，一想又興奮的問題充斥著我的腦袋：一年以後，這家裡所有的東西，包括悍馬就都是我的了！感謝判官，感謝閻王，感謝他小舅子……

我見了金少炎就氣不打一處來，先捶了他幾下，這小子嘻嘻哈哈地受了。從他有意無意抵擋那兩下看，確實練過功夫。

然後金少炎很認真地說：「強哥，你今天差點就壞了事，你約會遲到、不穿西裝、中途上廁所，他討厭的事你幾乎幹遍了，我給你寫的注意事項。你是一項也沒看啊？」

我索性把那張寫有注意事項的紙撕了，告訴他我的想法。

金少炎聽完，點著頭說：「他也應該交一個你這樣的朋友，可是……」

金少炎大概是在為難，以我這個樣子要想接近以前的他，那幾乎是不可能的事。

金少炎忽然道：「幸好有我幫你，我總會讓他喜歡上你的。」

我連忙擺手：「你可千萬別，你知道我的性向很正常──你那個小秘不錯啊。」

「呵呵，那個小狐狸精，床上功夫一般，不過平時很會照顧人，他現在病了的話，她絕對能把握住機會，暫時集萬千寵愛於一身。」

包子回來已經十點多了，一家人都還沒吃飯在等她，我們餓了，就把秦始皇的話梅山楂片亂吃一通，都消化得前心貼後心了，讓一家子叱吒風雲的人物等一個包子鋪的店員，對此我表示抱歉，他們在以後的日子裡幾乎養成了反射動作，一餓就想起了包子。

金少炎早就想去吃韓國料理了，加上吃西餐的慘痛教訓讓他刻骨銘心，他覺得還是讓這些人離傳統飲食近一些比較好。

我們坐他的賓士車來到韓國料理店，受到了很熱情的招待，點菜的時候金少炎學精了，烤肉、部隊鍋、拌飯和紫菜飯糰一路海點，吃飯氣氛非常熱烈，以至於那些穿著韓國傳統服飾的傳菜小姐都掩口偷笑。

飯間，一個韓國二流歌手前來助興，當所有人注意力都被吸引過去的時候，我親眼目睹了一幕極為恐怖的事情：金少炎當著我的面硬生生消失了！

我滿頭黑線，大腦瞬間當機。

與此同時，我看見了更恐怖的一幕：金少炎帶著他的小秘如花正大步走進來，三秒鐘後，我終於明白發生了什麼事：兩個金少炎終於碰到了一起，因為兩人同用一具身體，金二同學下線了！

這時我那部手機大嘩，我接起一聽，金二帶著哭音說：「強哥，我就在你身邊，我也看見他了，怎麼辦？」

我跟他說：「唔唔唔……」這才發現嘴裡含滿了紫菜飯糰，我趕緊咽下去說：「別人現在看不見你我知道，能不能聽見你說話？」

「除了他聽不見，別人是可以的。我現在已經走到舞臺旁邊，有音樂蓋著，可一會兒怎麼辦啊？」

果然電話裡傳來的聲音和韓國歌手的歌聲是同步進行的，想聽清楚頗為費力。這時候，我也沒有主意了，隨口說：「到這個地步，我只能讓李師……小楠把他引開了。」

「不行啊，只要他現在一離開，我就會馬上現形，非得嚇死所有人不可，還有——你不能讓他看見小楠，如果讓他知道你們又騙了他，我們的事就全完了！」

我徹底崩潰：「這他媽太刺激了，你讓我怎麼辦？」

包子收回目光，不滿地說：「吃飯呢，你喊什麼喊——咦？金少炎呢？」

荊軻畢竟幹過殺手，眼睛尖，一指已經落座的金少炎說：「在那兒呢。」

我急忙解釋：「他可能是遇上老朋友了，過去說幾句話。」

不幸中的萬幸是我們坐在卡間裡，隔著一層紋花的玻璃，金少炎不會那麼快發現我們，而且這小子大概是看了我ＭＰ４裡那件浮水印衣服以後覺得不錯，居然也買了一件穿在身上——品味出奇地相同呀！

我的話暫時沒有引起懷疑，我伸手掏走秦始皇上衣口袋裡的錢，來到舞臺下面交給飯店經理：「請你們一直演奏下去，我的朋友們都很喜歡。」

經理興奮地抓住我的手說：「你們都是韓國的留學生吧，#¥…%（韓語）？」

我回到座位已經陷入到半癲狂狀態。

金二突發奇想：「這次你去把他引開，最好到僻靜的地方，我會一直跟著你們，這樣別人就不會看出異常，等你們離開以後我再顯形，就不會嚇到別人了。」

不得不佩服這小子的應變能力。

「外面停車場就很僻靜，可我怎麼才能把他叫出去？」

「先過去，跟他聊天。」

我站起來，跟包子說：「我過去認識一下，你們繼續吃。」

包子看了看那邊的如花姑娘，瞪了我一眼說：「不許留電話！」

我往前走的時候，金二提醒我：「戴上藍牙——把牙籤吐了！」然後繼續指揮我，「走過去，先跟他握手，我說什麼你跟著說什麼：『很冒昧，又見面了』。」

可金二說完這些話的時候，我已經大咧咧地坐在了金少炎面前，只聽金二一聲哀嘆：「你是豬腦子啊？」

我一時沒反應過來，就跟著說：「你是豬腦子啊？」

一號金少炎錯愕地說：「什麼？」

金二奄奄一息的聲音通過耳機傳過來：「噢賣尬的！」

我知道這句不能學了，面對微有怒色的金一，急中生智說：「你是豬腦子啊——是一句韓語問候，可能我說得不太道地，金少還認識我嗎？」

金一就這樣被我矇過去了，他沒跟我說話，指著我，對如花說：「就是這個人，他說會下雨，果真就下了，可天氣預報明明說今天晴天的。」

如花呵呵笑說：「我認識，他下午還去找你，你們不是最好的朋友嗎？」

私下裡的金一要親和一些，他明察秋毫地掃了我一眼，卻沒有揭穿我，敷衍說：「呵呵，但願我們以後能成為朋友吧。」看來他對我也很好奇，已經不板著那張死狗臉了。

金二繼續指示：「讚美那女的。」

我立刻對如花說：「你長得超像宋丹丹……年輕的時候。」

耳機裡傳來金二扇自己臉的聲音：「現在他肯定以為你是故意找碴來的，馬上會趕你走，跟他說小楠！」

金少炎正要發作，我慢條斯理地說：「王小姐今天還打電話來，讓我代問金少。」

金少炎像被一棍子抽回去似的頹然坐倒，他倒不是有多在乎李師師，而是現在發脾氣，容易被如花誤會，以為他幹過什麼始亂終棄的事。

這小子追求的是萬花叢中過，片葉不沾身的境界，「花花公子」的頭銜他能安之若素地接受，要說他最後搞不定，只能以當白眼狼爛尾，他可不幹。

沒有誰能比金二瞭解金一了。

金二：「跟他聊賽馬，告訴他明天香港馬場『屢敗屢戰』爆冷門，以一馬鼻優勢戰勝『天下無雙』。」

「金少玩馬嗎？」

一度沉默的金少炎果然眼睛發亮：「你也玩這個？」

金二提示：「沒事的時候消遣一下……」

與此同時我說的是：「我哪有閒錢玩那個，瞎起鬨。」

金少炎這次倒沒怎麼在意，笑道：「明天這場我買了五十萬的『天下無雙』，你怎麼看？」

「那你輸定了，明天『屢戰屢敗』準贏。」

金二糾正我：「屢敗屢戰！」

金少炎想了一下，狐疑地說：「是那匹叫『屢敗屢戰』的馬吧？我有點印象，名副其實的屢敗屢戰啊，最好的成績是第四。」

金二：「跟他談馬經！」

我說：「那匹馬長得跟騾子似的，沒理由跑不快啊！」

如花終於忍不住笑出聲來，金少炎也沒生氣，用看小丑一樣的目光看著我，帶笑說：「這樣吧，就我們兩個賭一場，賠率十比一，我買『天下無雙』贏。」

金二：「別跟他賭，一定勸他買『屢敗屢戰』，他是個輸不起的人。」

於是我跟金少炎說：「我知道錢對你沒什麼，不過明知輸定了還往裡扔錢，那不是氣節，是缺心眼，聽強哥一句，買『屢敗屢戰』吧。」

金二發出一聲嘆息。

金少炎冷冷說：「你最好別跟我稱兄道弟的，說說賭注吧，我買定『天下無雙』了。」

我攤攤手：「除了這身衣服，我從娘胎裡出來什麼樣，現在還什麼樣——我要輸了，可以把腎給你。」

如花看出我們已經賭起氣來，拉拉金少炎小聲說：「你別跟他一般見識了。」

金少炎瞪著我說：「你要輸了，去我公司給我打掃一個月廁所。你放心，我會給你工錢的，甚至可以不用幹活，但你必須給我天天按時按點到，讓所有人都知道你是打賭輸了給我掃廁所的。」

這小子真他媽陰損啊！

「如果你輸了呢？」

金少炎輕蔑地笑了聲：「我從頭到腳隨便拿下一樣來，都夠你安安穩穩過上幾年的，你說吧，要什麼？」

我手一揚指著外面，金少炎冷笑：「想要我那輛九一一？可以！」

金二興奮地喊：「答應他！我就是開那輛車出事的。」

靠，他開著那車撞成了沙其瑪腦袋，現在要讓我贏回來?!這小子怎麼跟劉備一個德行，正所謂「古有劉備送龐統的盧馬妨主，今有金少炎送小強哥九一一自戕」。

其實我本來也沒那個意思，趙本山講話了：要啥自行車啊。

「如果你姓金的輸了，就在大庭廣眾之下叫我一聲『強哥』。」

金少炎一時被我的王八氣震住了，隨即說：「好，一言為定！」

這時他才奇怪我怎麼會在這裡，我指著卡間告訴他：「我和朋友在那兒吃飯，一會兒讓他們過來拜訪你。」

金少炎根本沒往那看一眼——他要看一眼馬上就會發現李師師了，他厭惡地站起身，跟如花說：「我們換個地方。」

我緊張地回頭看看，生怕大廳裡演了鬼片。只聽金二的聲音在耳邊說：「別看了，我就在你身邊呢。」

如花奇怪地問金少炎：「你說什麼？」

金少炎：「什麼什麼？我跟你說話了嗎？」

我假模假樣地站起來往外送著，金少炎手捏鑰匙衝保時捷跑車一按，那車必恭必敬地哼了一聲，金少炎拍拍車頂，冷笑說：「萬一你贏了——我是說萬一，你本來是可以得到它的，我給你個機會重新考慮。」

這次輪到我厭惡地揮揮手：「你快開走吧，我看見它肉疼。」

金少炎和我鬧得不歡而散，挎著妞開車一溜煙沒影兒了。

我一回頭，見又一個金少炎好端端地站在我面前，我一把抓住他，把他搖得像電風扇上的紙片一樣。

我這麼幹完全是惡人先告狀，我失去了一個救他的機會，把簡單的事情又搞複雜了，如果我答應金一的賭注，沒有那輛倒楣的車，就算那天我不出現，他出事的可能性也大大減小了。

金少炎被我搖得連連求饒，我放開他以後老半天，他才反應過來，開始搖我：「死強子，你不把那輛車弄過來也就算了，你還讓他當眾丟人，這人特小心眼你知道嗎？你還想要那五百萬嗎？」

我把他甩開，又開始搖他：「你愛給不給，又不是我花，老子都不想理你了！你看看你小子那德性，老子賣腎去也不要你錢了，再過四天，你就頂著一個碎腦袋長長地活你那五十年吧，記住以後痰桶上掏兩眼兒扣頭上再出門！」

金少炎被我數落地蔫了下去，哭喪著臉不說話了。如果是別人，至少還能理直氣壯地說：得罪你的人又不是我，幹嘛拿我出氣，他就不能這麼說。

我看他也怪可憐的，其實嚴格說來，得罪我的人也確實不是他，重生後的金少炎雖然在某些小動作上不可避免地還帶著以前的痕跡，但他為人處世要懂事多了。

我放開他以後安慰他說：「算了，強哥不會不管你的，跟他打這個賭，教他學個乖，以後做人不要橫衝直撞的。強哥沒錢，就送這麼一個小禮物給你吧。」

金少炎嘆息道：「只怕他理解不了，我更怕他會恨上你，我沒多少時間了，我走了以後，你們要成了仇人，我算是白死了一次。」

我說：「你也倒楣，為什麼你去哪兒他就去哪兒？」

金少炎嘆氣道：「怪我沒考慮周到，我們本來就是一個人，現在同在一片天空下，我們的心情和感受應該也是一樣的，今天我一早就想吃韓國菜，他大概也一樣。」

我們回到座位，誰也沒看出什麼異常，包子還問我們：「怎麼不把那個女的叫過來一起吃？」

這時傳菜小姐端著贈送的開胃泡菜站在金少炎和如花剛才坐過的地方直發愣，一抬頭看見了金二，毫不猶豫地向我們走來……

第二天一睜眼，我的屋裡又是空的，金少炎這小子又把我的五人小組給接出去瘋去了，我想看看錶，忽然想到包子下午還要上班，應該不會跟金少炎他們一起去了吧？

我仰起脖子發出一聲長長的狼嗥，躡手躡腳來到包子的房門前，猛地推開門一看——床上啥也沒有！包子給我留了張字條，說他們今天去森林公園玩去了。

金老二領著一幫人看動物去了，也不管獸性大發的我，我已經很久沒和包子親熱了。

我像隻鐵皮屋上的貓一樣轉悠了半天，那股衝動勁也小了不少，索性就瞎收拾著自己玩起來，我穿上劉邦的龍袍，裡面套著項羽的鎧甲，在鏡子前轉著身打量著自己，又跑到另個屋，把秦始皇的刀幣掛在腰上，再回到鏡子前，照出來的那個傢伙活像民國時期壽衣鋪的老闆。

我正嘿嘿傻樂的工夫，聽見樓下好像來人了。

我跑到樓梯口一看，一個氣質逼人的美女正悠閒地站在當地觀賞著牆上的藝術畫，她穿著一身米色的凡賽斯，手裡很隨意地拎著一個配套的手提包，渾身上下散發著一種清冷和幹練的氣息，讓人不敢正視。

如果說金少炎一號和她身上有類似的氣勢，那麼金少炎完全是因為從小含著金湯匙長大；而她，則來自於自身。這種女人，一看就知道經過了職場的拼殺和奮鬥，那雙柔美的腳踝，也不知在無形中踢飛了多少敢於輕視她的男人。

我一撩皇袍走下樓來，腿毛若隱若現，拖鞋在樓梯上踢踏踢踏地響，我熱情地招呼她：

「有什麼可以幫您的嗎？」

她沒說話，靜靜等我下來。看著我這身打扮，她應該也是有點眼暈，我也很窘迫，時間太急沒來得及換身衣服，如果不穿著袍子，就剩大褲衩和項羽鎧甲了。

我等了半天，只等來她淡淡的一句：「隨便看看。」

神經病！這是當鋪又不是服裝店，有什麼好看的？但顧客就是上帝，這妞又像是有錢人，不能得罪，我只好訕訕地坐到沙發裡，說：「那你就隨便看看吧。」這廳裡我實在找不出比我更有看頭的東西了。

冰美人環視了一下四周，就朝門口走去，等她一手拉住門把手的時候，忽然回頭問我：

「你就是蕭經理吧？」

我點頭，她冷冰冰地朝我點了下頭，就出去了。

一上午就遇到這麼件莫名其妙的事。

中午我吃了一包泡麵，剛想躺會兒，就接到如花的電話，這次她是以金少炎秘書的身分打給我的，邀請我去金少炎的辦公室一起看那場賽馬的直播。

金少炎這小子確實有點不會做人，蹬鼻子上臉得理不饒人，他當然以為「天下無雙」是贏定了，想等比賽一結束第一時間挖苦我。我自然沒有任何心理負擔，很輕鬆就答應了。

想到金二三番五次地強調要穿西裝，我懶得換，劉邦的皇袍穿著又滑又涼，再說這絕對夠正式了吧？想著想著，我忽然惡毒地笑了起來，我脫下袍子和鎧甲，穿了件吊嘎，下面還是短褲和拖鞋，把那部新手機裝在一個包裡提著，出了門搭車直奔科技園。

到了公司門口，保安還是那個，這次沒說什麼就讓我進去了。

我故意在各個樓層晃了個夠，把白眼賺得盆滿缽滿，這才上了十六樓，我戴上藍牙，撥通金二的電話，那邊還是很亂，間或可以聽到包子和李師師的笑聲，還有荊二傻收音機裡傳來的聲音，金二看來玩得很盡興，不等我說話，就先跟我說了半天他們在森林公園遇到的有趣的事，還說項羽差點拿樹枝做了一張弓想要打獵來著。

我恨得牙根直癢癢，跟他說了我這邊的情況，金二說：「反正結果你已經知道了，不過你得假裝很緊張，等贏了以後替他惋惜惋惜，給他個臺階下，你不但能得一輛車，他還得感謝你，這樣你以後訛他錢就方便多了。」

金二唯一的特點就是比金一狠，我就沒見過這麼玩命給自己下套的人。

我把電話開著，很順利地進了金少炎的辦公室，這小子一臉迫不及待和興奮，看樣子就等著羞辱我呢，他下的那五十萬可能早就忘了。

我這個樣子晃進來，金少炎也沒在意，估計現在就算我在他辦公桌上拉一泡屎他都不會生氣，在他眼裡，我是將死之人。

在金少炎金碧輝煌的辦公室裡，一面巨大的電漿電視佔據了整面牆。螢幕上是某香港衛視的直播，這是專業的賽馬頻道，現在賽馬還沒開始，主持人操著粵語正在解說本場十六匹馬的資料，一號馬就是那匹「天下無雙」。

從螢幕下打出的資料，可以看出這匹馬勝率已達到百分之八十九，是一匹紅色高大的英國純種馬，主持人對牠的介紹長達一分多鐘。到十四號的時候，才輪到「屢敗屢戰」，這是一匹平平無奇的黑色馬，螢幕下勝率那一欄是灰的，最好名次：「四」，鏡頭在牠身上晃了兩下就過去了，主持人也不知道說了幾句什麼話，但諷刺意味很明顯。

我把一張皮沙發挪到螢幕正前方，搬個盆栽當菸灰缸，掏出皺巴巴的軟白沙來，叼嘴上一根，又拿出一根對著金少炎作勢欲拋，金少炎失笑地搖搖頭，靠在老闆椅裡，從雪茄盒裡抽出一根火腿腸似的雪茄，用雪茄剪剪掉封口，優雅地用火苗烤著。

哎，氣勢上先輸了一頭。

在此期間，我的電話一直開著，金二倒是心寬得很，居然只顧自己玩，不理我，我不斷能聽見他那邊興奮的叫聲，夾雜著五人組和包子的聲音，看來他們坐在觀光車裡正在看猛獸捕獵。

這時比賽開始了，隨著一聲槍響，十六匹賽馬「像脫了韁的野狗」一樣衝出馬欄，「天下無雙」很不客氣地跑在最前面引領群馬，後面是八號和三號，再後面是十五號、七號，再再後面……等我看見十四號「屢敗屢戰」以後，我被菸嗆得劇烈咳嗽起來：這畜生一躥一蹦地往前跑，像隻瘸腿兔子，剛跑半圈就被落下兩百米。

那騎師才好笑呢，簡直成了鬥牛士，被「屢敗屢戰」顛得暈頭轉向，整個馬場哄笑不斷，連一直遙遙領先的「天下無雙」的風頭也被這對活寶給搶了。

這場景快使我到達崩潰的臨界點，耳機裡居然還傳出包子快樂的叫喊：「逮住了，咬上了嘿——」

我低聲怒罵：「王八小子，你說的那匹馬快讓『天下無雙』套一圈了，你不是玩我吧？」

「別急啊強哥，那馬後勁足——呀太噁心了，腸子都咬出來了……先不跟你說了，比完告訴我。」

照這麼跑完十二公里，那騎師不給顛下地來才怪了。

不過情況確實有了改觀，「瘸腿兔子」一躥一蹦，像獨腿大仙似的，居然慢慢趕上了前面的群馬，最後一圈跑完還超越了一個。

金少炎嘿嘿冷笑：「你買的這匹馬跟你倒是有點像，都有點死心眼，其實牠不當賽馬，去馬戲團肯定更有發展。」

這小子損起人來不比我差啊，要不是我打不過他，非揍他不可！

說話間，十四號又超越了一個，成了倒數第三，我得意地看了一眼金少炎的工夫，又被後面的馬趕上，成了倒數第二。

金少炎忍不住笑出聲來，拿起電話吩咐：「讓他們送套乾淨的衣服上來。」我眼淚都快掉下來了。

在前六圈，「瘸腿兔子」跑得還算可以，沒事超超別的馬，也被別的馬超越，最後總算前進了好幾個名次，在牠身後已經有五匹馬了。

從第七圈開始，「瘸腿兔子」開始發力，牠以極其詭異的身法，不按常理出牌的思維，前躥後跳、變線漂移，以每圈跨越兩個的速度迅速跑在了第五位。

雖然這樣，跑馬場裡的人還是當看笑話一樣，他們指著十四號馬笑得前仰後合，好像是在世界盃決賽上看到了一頭豬最後凌空射門得分一樣。

但「瘸腿兔子」這種勢頭並沒有停下來，在倒數第二圈的時候，牠已經超越了十四匹馬，成為第二，人們不笑了。

雖然是第二，但和「天下無雙」差得還很遠，照目前的局勢看，無人能撼動牠第一的位置，金少炎這時也止住了嘲諷，肅然起敬地說：「這匹馬好好調教一下，再換個騎師，還是很有潛力的。」

聽這口氣，他還是認為這一場「天下無雙」是贏定了。

但如果有職業賭馬經驗的人就會發現，「天下無雙」和「瘸腿兔子」之間的距離看似不變，其實是以每秒一個線頭的距離在接近，在不知不覺中，兩匹馬已經只差一個身子的距離，人們這才驚覺，與以往最後一圈的沸騰不同的是今天的肅靜，幾乎所有人都站起身，看著這匹名叫瘸腿……呃，屢敗屢戰的馬，雖然他們直到現在還不認為牠會贏得比賽。

這時金二緊張地問我：「是不是到最後衝刺了？」

我嗯了一聲。

「千萬仔細看，太精彩了！」他興奮地喊著。

確實太精彩了！就在「天下無雙」就要觸線的那一刻，落後了半個身子的「瘸腿兔子」突然高高躍起，像一頭輕盈的麋鹿般四蹄舒展，再落下來時，比「天下無雙」提前一個馬鼻觸線。

我大喊一聲：「瘸腿兔子萬歲！」

金少炎暫時忘了輸贏，發呆地看著螢幕，喃喃說：「那是匹什麼東西？」

螢幕上萬眾歡騰，包括輸了錢的人，他們輸得心服口服，主持人都不知道說什麼好了，只能一個勁地跟著觀眾尖叫。

這時，耳機裡傳來金二很懇切的聲音：「強哥，我求你件事……」

我嘆了口氣，低聲道：「你別說了，我知道該怎麼做。」

我走到發呆的金少炎面前說：「把你的車鑰匙給我，這件事就算了吧。」

金少炎麻木地掏出車鑰匙放在桌上，我拿起來，就在我要轉身出去那一刻，他臉上又露出了那欠揍的嘲笑：「我就知道你會改變主意的，你們這種人，絕對不會為了所謂的尊嚴放棄這麼現實的利益。」

這句話一出口，金二就料想到事情要壞，他哀求著說：「強哥，別跟他一般見識……」

我一把扯掉藍牙耳機，把車鑰匙放回去，靜靜說：「姓金的，我他媽改變主意了——你準備當著你們全公司的面叫我強哥吧！」

多萬！」

金少炎生硬地笑了笑，口氣軟了下來：「你是開玩笑的吧，我那輛車不含稅就要三百

我把他的座機拿起來遞到他手裡：「打電話，讓你們所有的職員都來看你叫我強哥，當然，你叫保安把我趕出去我也沒辦法，你要能幹得出來，我也認了。」

金少炎最後看了我一眼，他眼神變冷，接過電話吩咐：「讓所有員工都到十六樓開會！」不到五分鐘的時間，十六樓那空曠的場地就被五百多名職員站滿了，其中很多人在剛才就見過我，看著我偷笑。

金少炎陰沉著臉走出辦公室，問如花：「人到齊了嗎？」

如花小心翼翼地點點頭，金少炎一指我說：「我和這位先生賭馬，我輸了，按事先說好的，我叫他一聲強哥，你們都聽著。」金少炎說完，毅然地轉過頭，像日本人似的衝我一哈腰，大聲叫道：「強哥！」

「少跟我稱兄道弟的。」我把菸踩滅，當著這五百多人的面揚長而去。

至此，我和金少炎這仇算是結下了。

我出來，立刻露出了小市民的本色，拿起電話膽戰心驚地問金二：「他不會找黑社會報復我吧？」

金二聽到事情的經過，嘆著氣說：「老實講我也不知道，他還從來沒栽過這麼大的跟頭，強哥，這事不怪你，怪兄弟以前不會做人，以後他要找你麻煩，你就讓項羽把他拆

了，我沒意見。」

哎，同樣是金少炎，做人的差距怎麼那麼大呢？

晚上的飯是從「福盛園」叫的大餐，金一金二今天都很鬱悶，金二生怕出去再碰上金一，我的五人組這兩天高興壞了，嬴胖子終於徹底有了花錢享受的概念，對錢有概念的同時卻對錢的數量沒了概念，現在買雪糕給一百塊錢都不帶找零的。

二傻兜裡裝滿了電池，用完直接就扔了；李師師學會支持正版書了；項羽還是只對車感興趣，金少炎打算把那輛賓士商務的備胎裝在車頭上，讓他當碰碰車開先練手，被我死諫回去了，這要開順手了，以後上了街還不得屍橫遍野！

劉邦態度曖昧，屬於那種「有了就吃一口，沒了也不想」的，除了對包子表現出特殊的鍾愛，還沒找到固定的愛好。

包子跟著他們窮熱鬧了半天，感覺金少炎花起錢來明顯不對勁，她偷偷問我：「金少炎是不是有事求你？」

我點頭。人命關天的事呢。

包子想了一會兒，忽然一把抓住我：「他不是要你去殺他那個雙胞胎弟弟吧？」

女人就這樣，看什麼是什麼，這幾天正看一齣豪門肥皂劇，入戲太深，還沈浸在劇情裡。

不過這句話也提醒了我，現在我和金一勢不兩立，我出面救他可能會適得其反，於是我想到了項羽，結果項羽說：「沒興趣。」這個白眼狼，人家白送你幾百萬的車了。

吃飯的時候，我和包子挨挨擦擦地十分親熱，包子當然知道我是什麼意思，暗地裡直掐我，眼眸如水，李師師臉紅的不敢看我們，鑑於她以前的職業，好像不應該這麼害羞呀，難道是……她也受不了了？

金少炎一掃鬱悶，笑嘻嘻地說：「強哥，咱們今天別在家裡住了。」

這個小子難道看出我春心蕩漾，想請我出去腐敗一下？像他這種有錢人能請我去哪兒呢？金錢豹？百花？聽說這些地方的小姐一晚上起碼上萬呀，哇！但這事不能咱私下說嗎?!

包子摸著筷子，嘿嘿笑說：「你們想去哪兒住？」這笑怎麼聽著那麼毛骨悚然呢。

金少炎止住壞笑，很嚴肅地說：「我想請大家跟我一起回賓館，我再開幾間房，咱們玩個通宵，睏了回屋各睡各的。」

不等我表態，五人組多半都投了贊成票，這些傢伙，尤其是那幾個男的，知道跟著金少炎準沒錯。其實我反而是不想去的，領著這五個人去住賓館，尤其是晚上分開以後，誰也不知道會出什麼意外。但摸著包子柔軟的腰，我也有點含糊了。

金少炎現在住的地方是一家四星級賓館，大出我的所料，他說如果住五星級，碰上熟人的機率太大。

其實真正規格的四星級也是很豪華的，我一直擔心五人組會出醜，但這次我大錯特錯了。秦始皇進了大廳只是微微點頭表示滿意而已，劉邦指指點點，說這面應該擺個白虎鎮太歲，那面應該擱個狻猊。

這些傢伙已經習慣了有電和自動化的世界，單就建築而言，沒什麼能入他們法眼的，只是秦始皇對櫃臺上一字排開的各國時刻產生了好奇，我告訴他那是世界各地此時的時間以後，他不屑地說：「統一哈（下）麼，看滴亂的很。」

死性不改啊，還想領著他的百萬秦軍一統天下呢，這人太影響世界和平了。

有金少炎操作，我們沒有登記便直接入住了，這也提醒了我：是該找個辦假證的朋友給五人組每人弄張身分證了。

我們先一股腦都進了金少炎的房間，這間三百平方的豪華住所使金少炎頗感委屈，雖然這裡有不差於電影院的視聽設備、只要按一下就會自動放水並會按摩的浴室，和可以用來招待朋友的橋牌室，金少炎還說他沒住過這麼壓抑的地方，他每天睡醒，看著房頂離他不足三米就會泫然欲泣，感覺自己是被流放了。

我有點能理解金二為什麼那麼不招人待見了，他過的奢華生活是我想都不敢想的，我要是跟他一樣，估計更面目可憎。

金少炎說：「我們玩橋牌吧，八個人正好兩桌。」然後他問我，「你會玩橋牌嗎？」

我回答他：「聽說過沒見過。」橋牌耶，那是一般人能玩的麼？

金少炎笑：「其實確實不如打麻將好玩，那我們開兩桌麻將吧。」

這次輪到我笑：「你覺得那五位誰會玩？」我壓低聲音問他，「麻將什麼時候有的？」金少炎直搖頭。

這時李師師走過來，輕笑道：「不會不是可以學嗎？」

這個女人仗著自己聰明，永遠帶著一股不服輸的勁，女人靠征服男人征服世界，她已經做到並且曾經滄海難為水了，現在又有一個世界放在她眼前，她顯得很容易亢奮。

包子積極地擺上桌子凳子，從棋牌室的櫃子裡拿出麻將，嘩啦一下倒出來，拿起一張牌搓了搓，看也不看，啪地拍在桌上說：「么雞！」

果然是么雞──她就會暗摸，打牌可臭了。

金少炎討好地用溫柔的口氣把規則說了一遍，李師師點頭道：「先玩一把試試。」結果除了在碰和槓上稍微有些遲疑，李師師的牌打得居然中規中矩的。

在這期間，項羽把酒櫃裡的洋酒翻出不少，自己當起了調酒師。秦始皇和荊軻看電視，劉邦像鬼一樣各屋瞎逛。

打了一圈之後，李師師除了不能像包子一樣摸出牌來，簡直就跟個每天浸淫於此的姨太太一樣了，再打一圈，包子開始敗退。

金少炎說：「光這麼打沒意思，賭點什麼吧。」

賭錢肯定是行不通，這一家的人現在都靠金少炎的錢養著，輸贏根本沒有意義。包子說：「貼紙條唄。」

多麼充滿童年溫馨回憶的賭注啊，大夥兒都同意了。

然後包子完美詮釋了那句話：自作孽不可活。三把下來，她的臉已經被貼得看不見了——不過這麼看就順眼多了。

這時劉邦逛膩了，搬了把凳子坐在包子身後，看了一會開始感興趣，當包子把一張六筒打出來時，劉邦替她一把抓了回來：「都往外打條子呢，咱就不能往外扔筒子，你怎麼那麼笨呢？」然後自作主張地把一個二條拋了出來。

包子不滿地說：「那張我還有用呢。」

劉邦道：「一四條都扔完了，你留著這張幹什麼？」

我腦袋差點杵在牌堆裡，劉邦這小子，打麻將門兒清啊。

包子也很奇怪：「你不是不會玩嗎？」

劉邦很自然地說：「看兩把不就會了？」

哇我靠，比李師師還強，一代賭神就這樣誕生了。

再然後劉邦就充當起當年張良的角色，幫著包子攻城掠地，不一會就把我們三個貼成了小白臉。包子乾脆讓出椅子讓他玩，劉邦上場後，絲毫沒表現出當局者迷來，一鼓作氣結束了牌局。

金少炎笑著把紙條取下來說：「不玩了，劉哥太狠了。」

劉邦得意地衝包子說：「厲害吧？」

我伸個懶腰說：「都睡吧。」其實我一點也不睏，瞄了瞄包子，她暗地裡嫵媚地瞅了我一眼。

金少炎善解人意地說：「這是房卡，你和包子先去。」

李師師站起身說：「我也有些乏了。」

金少炎卑躬屈膝地說：「我送你回房。」

我們四個一起出來，金少炎幫李師師打開房門，李師師一閃身先一步進到裡面，扶著門框溫柔地說：「天不早了，大家都早點休息吧。」

門關上以後，金少炎還傻傻的，我摟著包子頓足捶胸地笑說：「該！」

包子笑道：「過會兒我們不在了你再來敲門，她要還不讓你進，你就徹底沒戲了。」

這是什麼女人呀？

我們一進房間，顧不上換鞋，我就把包子端在胸前扔在床上，氣喘吁吁地說：「今天非弄死你——」我把上衣和褲子甩出去，包子用手支床看著我笑。

「你也脫呀。」我的兩根拇指分別已經掐住了內褲的兩腰，只要往下一脫，我就跟大衛的塑像一樣了。

包子說：「我今天……」

我已經撲到她身上，嘿嘿浪笑：「先讓我嘗嘗你變甜了還是變鹹了。」說著用牙和舌頭解開了她的褲子。

包子喘著粗氣說：「我今天……」運了半天氣才說了一句全話：「我今天來例假。」

我抬起頭看著她，滿懷希望地說：「別逗！」

「真的，我也想啊。」

我急道：「那你勾引我幹嘛啊？」

「勾引一下而已嘛，我又沒想到會出來開房。」

我急急火火地穿衣服，包子奇怪地問：「你幹什麼去？」

「老子找小姐去！」

包子一點也不生氣，笑呵呵地說：「再給你一次機會，幹什麼去？」

我哭喪著臉：「還能幹什麼，出去抽根菸冷靜冷靜。」

包子說：「去吧去吧。」末了又加了一句，「給你五分鐘時間。」

命苦的我捏著包菸出了房門，想再看看劉邦他們去，結果正看見金少炎又被李師師客氣地送了出來。李師師沒看見我，金少炎卻看了個正著，尷尬地朝我笑了笑，然後才奇怪地說：「你怎麼也出來了？」

我嘆口氣：「包子她……來了。」

這次輪到金少炎頓足捶胸笑：「該！」

我點了根菸，金少炎從我手裡搶過去，狠勁抽了兩口，嗆得直咳嗽，笑說：「我還說忘了提醒你，讓你試試賓館最新的按摩床呢。」

我口氣不善地說：「你小子也想試試吧？」

金少炎卻認真起來：「我真的沒想過要碰她，再過三天我就要回去了，就算要碰，也是以後的事。」

「你休想！」

金少炎盯著我，質問說：「你為什麼不同意我和小楠在一起，我是認真的！」

說實話，我已經喜歡上現在的金少炎了，對他和李師師的態度已經偏向於妥協，可就算他是認真的，李師師卻也只剩一年時間了。

我剛想說話，我的手機響了，顯示是一號金少炎。

我吃了一驚，先給金少炎看了一眼來電顯示，然後接起，一號那冰冷而篤定的聲音說：「我恨了你整整一天，但後來越琢磨越覺得你這個人挺有意思，我想明天請你吃個飯，肯賞光嗎？」

我用眼神詢問眼前的金少炎，他大聲說：「答應他！」

我衝他比劃了一個噤聲的手勢，他依舊大聲說：「沒事，他聽不見我說話。」

於是我說：「好的，說地方吧。」

「明天中午十二點，凱撒西餐廳，不見不散。」說完這句話，一號就掛掉了電話。

又是凱撒，這小子還敢去！

金少炎一聽這地方也頭疼，他小心地說：「你準備怎麼去？」

「坐兩輪的去（摩托車）。」

金少炎直翻白眼，看樣子就要暈厥過去了。

我笑道：「跟你開玩笑呢，放心吧，如果他是真心想和我和解，我就借坡下驢，這樣我們以後還能當哥兒們。」

「明天我開車送你去。」

「別了，你和他要是再在停車場碰上，該出現無人駕駛的情景了。」我又點根菸說：「你小子總算還沒糊塗到家，懂得好歹。」

金少炎突然露出了與他紈褲子弟很不符的滄桑的笑：「強哥，知道為什麼雖然只有短短五天，我和他會那麼不同嗎？」

我好奇心也被勾起來了，問：「怎麼回事？」

金少炎苦笑道：「其實我死以後，魂魄又在陽間飄了三天才被收回去，我目睹了自己的葬禮，親眼看見我八十歲的祖母白髮人送黑髮人的慘狀，我的父母都是很有地位的人，我長這麼大卻都沒見過他們笑，我以為他們不愛我，但我看見他們哭得死去活來，那時我才知道，親人就是親人，無可替代，是我以前太不懂事了。

「還有我那些所謂的朋友，他們來參加我的葬禮倒不如說是來秀演技的，有很多人下車之前往眼睛裡滴眼藥水，狠點的還有抹辣椒的。最可笑的是那些女人們，紅了的都說不認識我，有個最紅的女明星為了躲這件事，幾乎報名去南極探險。這些還不算什麼，最最可笑的是來的那些女人我大多都不認識，她們在參加完葬禮後，成群結隊地去搶到場記者的鏡頭，都聲稱是我的紅粉知己，有的還能講出細節來，她們沒雇幾個孩子撲在我屍體上喊我爸爸，我已經很感激了。」

我聽到這忍不住笑了起來。

金少炎瞪了我一眼繼續說：「經歷了這些事，人不可能不變的，那時我才知道其實我連一個朋友也沒有。」

最後金少炎感慨良深地總結道：「有錢人沒一個好東西啊！」

第二天我去赴約前，金少炎已經叫人給我送來一套西裝，我搭車到了「凱撒」對面，然後走過去，上次的車僮居然還認識我，討好地說：「金少已經在等您了。」

我一看錶還不到十二點，難為這小子也會等人，看來頗有誠意。

我一進門就看見他坐在我們上次坐過的地方，他看見我後，叫住一個服務生，讓他把我領過去。

金少炎看著穿得十分正式的我，滿意地點點頭，說：「我以為你又會穿著昨天那身來呢，我都準備好丟人了。」

我坐下來說：「這就叫殺人不過頭點地，昨天是昨天，今天再那麼幹就不厚道了。」

這時，上次為我們點菜的那個服務生笑嘻嘻地來到我們面前，他可能自從上次以後就認為金少炎是個很隨和、可以開玩笑的人，笑著說：「金少，今天還喝五糧液嗎？」

金少炎先是愣了一下，然後陰沉地說：「去把你們經理叫來，『凱撒』的人都這麼沒規矩嗎？」

服務生見金少炎沒有開玩笑的意思，臉頓時綠了，如果收到金少炎這種級別的客訴，他的工作丟定了。

我急忙打岔把話題引開，金少炎餘怒未息地說：「今天這裡的人都很奇怪，我停車的時候，那個泊車仔還問我，我的那群朋友怎麼沒來，我好像沒和很多人來這裡吃過飯吧。」

等鮮豔純滑的紅酒和青翠爽口的蔬菜上來時，金少炎心情才好轉，我在金二的指導下很順利地使用著刀叉，金少炎驚奇地說：「想不到你也有斯文的時候，你昨天簡直就像個流氓一樣。」

我說：「你們為什麼都要用一個『像』字呢，我本來就是。」

金少炎卻沒有注意後半句，他好奇地問：「你們？還有誰這麼說過？」幸虧他並不想真的知道，追問我，「你是怎麼知道『屢敗屢戰』會贏的？」

我神秘地湊近他說：「其實我會相馬……」

金少炎被我勾引得也湊過來，說：「能講講嗎？」

我說：「你看那匹『屢敗屢戰』……」這時我才想起來我懂個屁的相馬啊！

金少炎湊得更近了，我只能說：「你看那匹『屢敗屢戰』……長得跟騾子似的，沒理由跑不快啊！」

哎，不怪我，也不知我跟誰學了那麼一句，他說誇一匹馬好，就得說牠長得跟騾子似的。

金少炎愣了一下，想起這話我以前就說過，猛地哈哈大笑：「你太幽默了，知道我為什麼喜歡你嗎？其實就算你真的是馬神，我也不需要你幫我賺錢，我喜歡你，是因為我一看見你就想起了我的祖母。」

耳機裡，金二失笑道：「經他這麼一說我才想起來，確實有這麼點味道。」

我目瞪口呆，說：「切，你想了一晚上想到這麼一句報復我的話吧？」

金少炎笑道：「別誤會，我不是說長相。我的祖母是一個很可愛的老太太，直到現在她還只吃自己種的菜，管洗手間叫茅房，生氣了，就指著我的鼻子叫我王八小子，也不管我的父母在不在場，我覺得你們很像。」

金少炎在說起他的祖母的時候，臉上自然地帶出一種溫柔和依戀，我想他如果能一直和他的祖母生活下去的話，也不至於變成今天這樣。

「再過三天就是她老人家八十大壽，我希望到時候你也能參加，她會喜歡你的；而且我的朋友裡很多對賽馬感興趣，現在你的大名在他們那裡已經如雷貫耳了，你可以跟他們結交一下。」

金少炎還有一句話沒明說出來：他擺明了是在提攜我，把我直接扔在他們這個圈子裡了。

這次不用金二教，我滿口說：「樂意之極，她老人家喜歡什麼，我捎份禮物。」

金少炎擺擺手：「你人去就行了，十七號上午十點，你到我辦公室找我。」他說著拿起餐布抹抹嘴，「錢我已經付了，你慢用，我有事先走了。」

他走以後，二號金少炎興奮地說：「十七號那天，我是開車從一家酒店去郊外別墅的路上出事的，如果他能從辦公室出發，那麼大概會安全很多。」

我悠然說：「現在你是不是該把那一半訂金給我了？二百五十萬。」

金少炎說：「反正你離成功就差一步之遙了，等兩三天有什麼關係，到時候一次付清。」

我放下紳士的架子，衝電話嚷道：「那你先把我這個月的電話費交了！」

第七章

育才文武學校

張校長問我：「對了，你朋友的學校要叫什麼名字？」
我又愣了，只好說：「您看叫什麼好呢？」
這老頭又扶扶眼鏡，顯得自信滿滿的樣子，
我以為他能說出什麼高雅的名字呢，結果他說：
「就叫育才文武學校吧。」

在剩下的兩天裡，我們就駐紮在賓館裡，白天我偶爾去看一下店，晚上就和劉邦通宵達旦地玩，有時候打麻將，有時候玩梭哈。

與李師師需要熟悉一下才能扭轉局勢不同的是，劉邦無論玩什麼，一上手就能大殺四方，和他們在一起，總使我想到以前那種無所事事又沒心沒肺的日子。

這兩天，金少炎讓包子開自己那輛法拉利去上班，包子本來對自己的車技沒信心，金少炎說：車隨便撞，人沒事就行。這跟包子所擔心的恰恰相反，金少炎這麼一說之後，包子開著他的車騰雲駕霧居然毫髮無損。開著法拉利去包子鋪上班，真拉風！

十六號晚上，金少炎在飯桌上喝了很多酒，說了很多莫名其妙的話，所有人都看出不對勁來了，我心裡也很難受，站起來說：「跟大家說個事，明天少炎要出國了，不知道什麼時候才能回來，今天喝完這杯離別酒，咱們有緣再見。」

我剛說完這句話，李師師就瞪大了眼睛，我能看見她目光裡的錯愕和失落，金少炎跌跌撞撞地離開飯桌，我跟著他出來，金少炎坐在賓館的樓梯口，滿臉通紅，見我走過來，跟我說：「有菸嗎？」

我們倆抽著軟白沙，金少炎揉著臉，聲音沙啞地說：「我最捨不得的就是你和小楠，我也會想念他們的，有時間帶嬴哥檢查檢查血糖去吧——」

我勉強笑道：「你說反了吧，最捨不得小楠才是真的。」

金少炎突然抽泣起來，他把頭埋在兩腿之間，嘶聲說：「我是真想有你這麼一個哥。」

我摟著他，也有點難受，說：「明天強哥救完你會常找你的，咱們以後還是兄弟。」

金少炎痛苦地說：「強哥你想過沒有，如果消失了這段記憶，我就不是我了，又成了那個飛揚跋扈的混蛋。」

「我會幫你的，就怕你到時候又是那個德行。」

「相處了這麼久，除了錢，我都不知道該送你什麼好，我本來是想把包子幹活的那間店買下來送給她的，又怕會破壞了你們現在這種幸福，你要好好待她，她是個好女人，長得也還……反正你以後有錢了可以帶她去整型。」

我也不禁笑了，說：「你還有什麼『遺言』要交代的，都說了吧。」

金少炎一把拉住我，眼睛裡星光閃爍地說：「我最後一個請求——強哥，你一定要介紹我和小楠認識呀！」

我把打火機狠狠砸在他頭上，他抱著頭委屈地說：「你不會連這點小事也不答應吧？」

我嘆口氣：「你知道小楠是誰嗎？」

金少炎馬上就明白我在說什麼了，他顫聲問：「是誰？」

「她本名叫李師師。」

金少炎絲毫不為所動：「那又怎麼樣，我是真的喜歡她的，我甚至會娶她。」

「正因為這樣，我才不能再介紹你們認識，她只有一年時間，所以不管是你甩了她，還是她早早的離開了你，對你們都是一種傷害。」

金少炎悲傷地說：「我怎麼那麼命苦啊？」

第二天我們一起出門，九點四十分，我們一起到了金廷大廈，他藏在一個安全的地方後，我隻身上了十六樓，如花告訴我，金少炎今天根本就沒來公司，我一看錶，已經過去了五分鐘，我額頭汗下，直接打給金一。

電話響了很久金一才接起，我跟他說了半天，他才想起來我是誰，恍然說：「我把這事忘了個一乾二淨，這樣，你來麗晶大酒店，在門口等我一會兒，我馬上下來。」

好在事情還在控制內，但當我把這個消息告訴金少炎以後，他的臉色變得慘白，哆嗦著說：「我出事就是從麗晶出發的……也是十點，想不到繞了這麼大一個圈子，我們又回到了起點。」

我拉著金少炎就跑：「麗晶離這不遠，我們還有時間。」

當我們氣喘吁吁跑到麗晶時，一眼就看見了送了金少炎的那輛罪魁禍首：保時捷九一一，金二留在牆角後，我們保持著電話聯繫。

我走進麗晶的大廳時，正看見一號金少炎臉紅紅的走下樓來，我走上去提鼻子一聞，問他：「你喝酒了？」

他不當回事地說：「就喝了兩杯洋酒。」

「大清早的你喝什麼酒？」

他淫蕩地笑道：「這你就不知道了吧，酒有時候能起春藥的作用。」看來他昨天是和狗尾巴花之類的小女星度過的，早上起來又方興未艾了一次。

金少炎直奔自己的車走去，看上去步履輕鬆，我趕上去拉住他的胳膊說：「金少，喝酒就別開車了。」

他沒有當真，以為我只是討好他，笑著說：「沒事，你坐我車一起走，我給你介紹幾個億萬富翁家的少爺。」

這時他已經走到外面的臺階上，手一揚，九一一哼了一聲，內鎖已經打開了。這次我使勁抓住他：「金少，我們搭計程車去吧。」

金少炎輕鬆地甩開我，口氣還很和善：「我真沒事。」說話間已經走到了離車不到一米遠的地方了，金二大急，在我耳機裡叫道：「阻止他！」

我用身子撲住金少炎，決然說：「今天有我在，你就別想上車！」

金少炎有些毛了，喊道：「放手！我可生氣了！」

見我沒動靜，他徹底發火了，後肘一掃，腳上一踹，我鼻青臉腫地被他踢到了臺階上，金少炎邊拉車門邊指著我大罵：「你真把自己當盤菜啦，說白了，你他媽就是個小丑，我就拿你開開心，給我滾！」

說著，他的一隻手已經拉住了車門，金二暴叫：「快想辦法，他一上車就完了！」

我半坐起來，已經顧不上生氣，眼睛在四下裡踅摸——太乾淨了，連塊板磚也沒有，金少炎拉開車門，一條腿邁進車裡，在這緊要關頭，我下意識地摸著，然後摸到了我那價值好幾萬的手機，我操著它，輕趕幾步來到金少炎後面，他絲毫沒有察覺，我突然大喝一聲：「著板磚！」

嘩啦一聲，我的手機被我硬生生拍碎在金少炎後腦勺上，他一聲不吭地歪在了地上。做完這件事，我忐忑地回頭看金二，這小子正朝我挑大拇指呢。

金二一走出牆角就隱身了，我鬆了口氣。只覺一陣涼風飄到我近前，懇切地說：「謝謝你，強哥。那張五百萬的卡我已經放在你的枕頭下了，密碼是今天的日期。」

我看著昏迷的金一說：「現在怎麼辦？」

「你別管了，我送他去醫院，你只要打電話通知一聲就行了。」

我把金一搬進車裡，然後就看見那輛九一一真的變成了無人駕駛，自己朝著醫院方向飛馳而去。

我找了一部公用電話，跟如花說：「你們家金少被我拍暈了，你現在馬上帶人去醫院救他。」就這樣，我送走了金少炎，當我走在馬路上時，已經是一個身家五百萬的富翁了。

我現在終於也是有五百萬的人了，我飄著往前走，路過一個豆漿攤時，不禁想起那個「等咱有錢以後」的段子，等咱有錢以後，皇帝養兩個，一個秦始皇一個漢高祖；等咱有錢以後，英雄養兩個，一個荊軻，一個楚霸王；等咱有錢以後，女人養兩個，一個晚上用，一個白天看，哎，就是晚上用的那個長得有點不好理解——包子的那個應該過去了吧？

現在還有個麻煩事，就是被我拍倒的金少炎，他醒來以後不知道會怎麼對付我，看樣子金少炎身家乾淨，應該和黑社會沒有聯繫。但怕就怕他告我個「人身傷害」之類的。

這種罪可大可小，如果他們金家操作起來，判我個十年八年不是沒有可能，到時候我那沒見過面的三百岳家軍和五四好漢再加包子他們排隊去看我，基本上一年之內天天都能看上新面孔，就怕監獄不讓。

想到三百岳家軍，我的心又涼了不少，我這才反應過來我費力地掙來這五百萬只夠他們一年的生活費，想到這，我不能再猶豫，不能再遲疑，不能再耽擱了！我衝進一家二手手機店——我得馬上通知包子他們從賓館裡撤出去，一過中午十二點就得多算一天錢了！

老闆見有人進來，問我：「先生想要款什麼樣的？」

我急切地說：「要最便宜的。」

老闆看了看我的穿著，拿出一款諾基亞最新出的手機說：「這是賣得最好的一款，一千六百塊錢給你。」

我說：「你就給我拿最便宜的吧，沒工夫跟你瞎扯。」

老闆只好又拿出一款摩托羅拉的：「這個六百。」

「再拿便宜的！」

老闆直翻白眼，把一部聯想扔在櫃檯上，說：「你要就臨時用幾天，就用這個吧，不過我事先提醒你，這機子全天不定時接收信號，三百。」

「再拿便宜的。」

老闆掃了我一眼，懶洋洋地說：「你是來踢館的吧？」

最後我終於把店老闆忽悠得把他們鎮店之寶以一百塊的價格賣給了我。這款手機有著嬌小玲瓏的身材，銀灰色氣質外殼，一根強悍的天線，還白送一個看上去很像鉑金戒指的手機鍊，據老闆介紹，它可以超長待機七十二小時，因為設計師的獨特觀念，暫時不支持藍牙，但是擁有耳機孔，而且它有著深厚的歷史沉澱——比我小不了幾歲。

它是一款看不出年頭的藍色掀蓋手機。

給包子打完電話，我溜達了一會兒，回到家，包子她們已經在家了，我第一時間衝到樓上，跑到床邊揭開枕頭一看——果然有張卡，我得先把卡號背下來，這五百萬可不能丟。一串數字在我腦海裡瘋狂刷屏，甚至包子要我喊劉邦回來吃飯的時候，我回答她的都是一串數字。

什麼？劉邦哪兒去了？我這才發現劉邦不在屋裡。一問才知道劉邦打牌打上癮，被包子支到街上那家老年活動中心打麻將去了。

我急忙跑過去一看，見劉邦坐在倆老太太中間，對面是我們街上趙大爺，倆老太太面色嚴峻，趙大爺倒還有說有笑的，再看劉邦口袋塞滿了鈔票零錢，敢情是沒少贏。

我說：「劉哥，回家吃飯了。」

還沒等劉邦說話，趙大爺說：「不能走啊，他贏我們七八十塊錢了。」

我把錢都倒在桌上讓他們自己領，然後拉著劉邦就往外走，劉邦邊掙扎邊回頭說：「這回算我給老哥姐妹見面禮了，下回再來玩。」

我鬱悶地說：「劉哥，你也是中國歷史上幹過一屆皇帝的人，跑這兒來贏老太太的買菜錢，你覺得有意思嗎？」

劉邦委屈地說：「那你說我幹什麼，本來以為這有什麼好玩的呢，結果就那麼回事，住著不怎樣的房子，吃的還行吧，時間長了也膩了，女人都是庸脂俗粉，就包子好看你還不讓碰，唯一一點好就是我比過去有時間，不玩牌幹什麼？」

我說：「那你也不能老贏人家啊。」

劉邦說：「那我也偶爾輸兩把好了，其實我就是愛看他們輸了錢的樣子，咱又不缺錢，是吧？」

合著劉邦這人就活四個字：酒色財氣。

午飯又是包子主持的，離家老遠就能聽見切菜聲和哧啦哧啦下油鍋的聲音。

令我欣慰的是除了李師師情緒比較低落，五人組的其他成員從奢華的賓館回到狹小的當鋪都沒絲毫不適。

正如劉邦總結，那對他們而言，不過是又大又冷的房子，再大的房子他們都住過，現在這麼多人擠在一起，反倒讓他們感覺很新鮮。用秦始皇的話說，這是唯一不用擔心睡在他身邊的人會害他的地方，除了項羽極端看不起劉邦，五人組相互之間非常和睦。

至於李師師，我不知道她怎麼想，也許是真有點喜歡金少炎，還是因為驟然沒人捧了有點失落，大概過幾天也就沒事了。

現在我手裡至少已經有錢了，所要做的就是想想以後的事，如果這兩三天內還沒警察上門的話，我就得籌備三百人的住處了。

隨後的幾天，我試著聯繫過一次金少炎，那麼好的兄弟，說走就走，真的連一點關於我的記憶也沒留下？結果電話不通，給如花的辦公室打，也沒人接。

按理說金少炎的身體裡不管是金一還是金二，醒來以後第一件事都是想到我，難道這小子被我拍失憶了？

既然警察不來，我只好繼續好好活著了。

因為等警察的關係，這幾天我沒怎麼敢往遠走，讓人以為咱畏罪潛逃就不好了，所以給三百人找住處這事也耽擱了。

這麼多人當然不能住賓館，一來是貴，二來是剛來的客戶容易找麻煩，要讓他們住賓館，辦假證就得花一大筆錢，而且在市區，這麼多人，讓車撞了怎麼辦？哪位路過的大神看我可憐，賜我個黑煤窯吧！

還有那五十四位好漢，具體名單目前還沒下來，但依據實力排名，來的肯定都是在書裡露過臉的，這幫人都是些造反成性的，太不好弄了！

這樣風平浪靜過了一個星期，我開始託人問尋附近偏僻一點的地方有沒有空房，最好帶院子。結果人家一聽有三百個人要住，都連連搖頭，一個好心人還很誠懇地勸我：搞傳銷是要坐牢的。

我發愁啊，我鬱悶啊，我把從小學畢業以後就留著的紀念冊、通訊錄都找出來，試圖能翻出一個對我有用的資訊。從一本電話冊裡還翻出一封舊情書，一位叫朱成碧的女同學對我頗有情愫，下面還有電話，我打了過去，可惜早就空號了。

包子很少見我這麼認真，她洗了兩個水蘿蔔給我，慰勞軍心。我啃光了兩根蘿蔔之後頓覺神清目明，只是肚子裡濁氣翻滾，我放下手中的流水帳，響應包子的號召擺桌子吃飯，人剛到齊還沒落座，我終於放了一個響亮的屁。

整個房子下面隱隱有雷鳴的聲音，項羽失色道：「一屁之威，竟至如斯？」

他話音未落，房子就劇烈地搖晃起來，伴隨著轟隆轟隆的聲音，我們都開始站立不穩，先是電風扇倒地，緊接著擺在窗臺上的水杯逐一落下，屋裡所有的人臉色大變，包子緊緊摟住了我，秦始皇下意識地把一隻手套在荊軻胳膊裡，項羽騎馬蹲襠式，看表情像是要跟誰玩命，李師師就近死死抓住劉邦，劉邦卻一下鑽到了桌子底下。

這個過程持續了七八秒鐘，卻恍若千年漫長。等一切恢復了平靜，就聽窗外有人大喊：「地震啦！地震啦！」滿街的人開始稀哩嘩啦地往屋外跑，夾雜著女人的尖叫和孩子的哭聲。

秦始皇興奮地說：「餓當年統一六國要絲（是）有你……哎呀，美滴很。」

劉邦從桌子底下鑽出來，很認真地跟我說：「我以後再也不走你後面了。」

包子在我懷裡貓著，有點生氣地說：「你們可不能再鬧了，看該幹點啥？」

我他娘的啥也沒心思幹，後悔不該吃那倆水蘿蔔了！

十分鐘後，二傻的收音機裡傳出一陣亂音，一個男播音員沉厚的聲音有些緊張地說：「全市市民注意，全市市民注意，本市剛剛發生芮氏六點七級地震，震央在爻村，導致部分房屋倒塌，目前還沒有人員傷亡消息，市府已經在組織救災小組，請大家不要驚慌，下面播報地震時的注意事項和應急措施……」

秦始皇看著窗外慌張的人們，很不滿地對我說：「都絲你幹滴好四（事）！」

我看包子不在，跳腳罵：「你現在知道愛民了，萬里長城誰修的？」

我突然靈機一動，當年所謂孟姜女哭倒長城，是不是她號啕的第一聲時恰好碰上了地震？如果真是這樣，我倆倒是挺配的。

包子檢查了一下，憂心忡忡地跟我說：「我和小楠的臥室牆上有條裂縫，米麵還夠吃一個禮拜，就怕菜不好買。」

我喊道：「羽哥，跟兄弟搶米、搶麵、搶白菜去！」

劉邦陰森森地說：「天災人禍，凡有哄抬物價者殺無赦！這件事如果我辦，我會殺一儆百，安定民心——你說麻將館什麼時候才能開門呀？」

後來證明劉邦在綜觀全域上還是有點英明的，政府很快出爐了嚴禁哄抬物價的相關政策，秩序開始恢復井然。

在生活沒有後顧之憂後，人們才開始擔心以後的安全問題，廣播上說了，地震之後餘震的可能性雖然有，但不大可能超過第一次的強度，廣播還告訴我們，比較好的保全措施就是睡在床下，不建議人們搭帳棚和去野外露宿。

這最後一條反而像是提醒了人們，野營的帳篷和睡袋開始熱銷，公園和學校操場上頃刻間就被各式各樣的帳篷擠滿了。

除了公安局、自來水廠和電廠這類重點部門，學生和大部分的工廠都暫時放假了，現在安全問題也被我提上了日程，子曰：君子不立於危牆之下，讓這幫人陪著我在開裂的房子裡聽天由命，連人家的意見也不徵求就不太好了。

當我問他們要不要搬出去住帳篷時，他們異口同聲地問我：「你還放屁嗎？」

我當時唯一的想法就是當著他們的面再放一個以證明我的清白，可這屁是一股氣，不是你想放就放，你想它出聲就出聲的，硬憋住還不難，硬往外放就很不容易了。

我聲嘶力竭地說：「地震和我放屁真沒關係！」

幾個男的面面相覷，秦始皇說：「歪（那）嘖（這）四情（事情）就不要到處社（說）氣（去）咧，你看把強子哈（嚇）滴。」

劉邦點頭道：「嗯，我們以後最好也不要再提這個事了，就假裝不知道。」

項羽說：「放就放了，有什麼好怕的？」

我放棄了要解釋的念頭，這時劉老六的聲音在樓下大聲喊我，我跑出去，見劉老六居然騎著一輛電動車，一腳支地，嘴叼一根十八塊的蘭州菸，我說：「嘿，發財了啊？」

劉老六瞇著一隻眼衝我點點頭，把菸從嘴上拿下來，說：「還行，公園裡都住滿了，人們閒得無聊就找我算卦，這車是跟人借的，我來是提醒你一下做好準備，那三百岳家軍再過三天就來，我得快回去，要再不回去，這車的主人該報警了。」

我一把抓住他：「你送人來可以，但要送到我指定的地方，能做到嗎？」

劉老六揮揮手：「做不到，那是有固定傳送點的。」

我忍氣吞聲地說：「那你得晚點來，總不能大白天帶著一個營來我這兒吧？」

劉老六想想說：「這個我試試吧，你還有事嗎？」他看著我死死抓住他的手說。

我討好地說：「你就告訴我，還會不會地震？」這是我最想知道的。

劉老六撇了菸，掐著指頭念念有詞說：「我算算啊，甲乙丙丁子丑寅卯，一一得一二一添作五……」

我說：「別裝了，你不是神仙嗎？」

「上頭有規定，除了迫不得已，在人間不能隨意使用法力，不過我的卦算得真的挺準的，明天半夜三點有餘震——反正我跟別人就是這麼說的，你愛信不信。」

我之所以這次沒有對三百戰士的到來抓狂，是因為聰明的我在地震剛過不到兩小時就想到了一個應急的辦法，我已經從網路上訂了一百頂帳篷，一個帳篷可以住五個人，我現在的接待能力就是五百人，然後我把他們領著去近郊紮營，在這時機下，沒人會懷疑什麼，找房子的事就可以延後了。多等幾天，我估摸著這房價得跌不少呢！

晚上兩點半，我信心滿滿地叫醒五人組和包子，他們都沒怎麼睡踏實，當我說三點會有地震時，除了兩個女的，大家都深信不疑。

我們批著外衣走出家門，站到街對面的廣場上瑟瑟發抖。

兩點四十五的時候，從街裡陸續走出很多人，把廣場擠滿了。一開始大家都還有點不好意思，搭訕的話都是：你也聽說啦？

三點的時候，大地平靜如水，人們誰都不說話，都專注地盯著腳下，三點十五分時，有人開始鬆懈，這才互相問詢，不少人都說：我是聽公園牆底下那個劉半仙說的。

我就知道事情不妙，那天我們一直等到天亮，也絲毫沒有要地震的意思，人們紛紛打著哈欠回屋睡覺。

當天的廣播中就嚴正聲明，說某人利用這個特殊時期，四處散播要地震的謠言，其目的不可告人，公安機關已在通緝中，這人有個外號叫劉半仙，官名：劉老六。

我帶著對劉老六的深切痛恨睡醒一覺後，接了兩個電話，第一個是一百頂帳篷到了。第二個是本市最大的汽車銷售公司打來的，一開始我不知道是什麼事，跟他們說我有好幾個月沒在網上求職了。

跟我通電話的居然是他們總經理，他小心翼翼地跟我說：「請問那輛悍馬是您預定的嗎？」

我這才想起來，恍然說：「哦對對對，我差點就把這事給忘了。」

對方更加肅然起敬，能隨隨便便就把交了款的兩百多萬的車忘在腦後的人，那得是什麼級別的富豪呀？

他陪著笑說：「在這個非常時期，我們公司有個新規定，就是在交車之前，再次對我們的客戶進行問詢，請問那輛車您確定還要嗎？」

我用嗓音哼哼著說：「這車不是上個禮拜就該到了麼？」

「呵呵，實在對不起，因為您的要求配置太高，有批零件還得再從美國運來，所以耽誤了時間，現在車終於配好了，只要您確認一下，最多三天你就可以開著它馳騁了。恭喜您，在本市我還沒見過這麼炫的車呢。」

我說：「是這樣啊，過幾天我要去國外避避風頭，這車我暫時不想要了。」

對方一愣，估計他以前還從來沒聽有錢人這麼說過話，但馬上笑著說：「利用這個時機去國外散散心也好，在這幾天你需要一輛臨時使用的坐駕嗎？我給您推薦一款『牧馬人』，公司現貨，你要願意，下午就可以體驗它的駕駛樂趣，它最大的好處就是越野性強，能帶著您跋山涉水……」

我接了一句：「亡命天涯？」

對方閉嘴了，緩了半天才說：「很冒昧地問您一句，您是從事哪方面工作的，或許我可以根據您的工作性質為您量身推薦。」

「我搞國際貿易的。」

「哦，那具體……」

「軍火和毒品。」

「……呵呵，您真會開玩笑，我們會把全款退給您的，再見！」

這人太不識逗了，我本來還想問問他那有沒有二手車的呢，後天三百戰士來了，我怎麼也得要一輛車啊，小王的車這幾天是借不出來了，給超市送貨都忙不過來。

還有一個事就是給三百以及往後的五十四買衣服，這事挺頭疼的，現在是夏天還好說，可這七八月一過馬上就立秋了，過冬的衣服可就費錢了，照我這麼坐吃山空，五百萬根本不經花，好在汽車公司又退回來將近三百萬。

我到了富太街，先溜達了一圈，然後選擇了一家規模中等的店鋪進去。

老闆娘是個四十歲的女人，我問她有沒有大量的成衣，她以為我是給學校訂校服的，拿出十幾套粗製濫造的運動衣讓我選，我跟她說，我是要給幾百個工人統一服裝，如果價錢公道，以後冬衣也在她這裡進。

這個女人立刻兩眼發亮，在我耳邊神秘地說：「有一批衣服，絕對便宜，就是不太好看，你要嗎？」

我跟她說，我們的工人是在人跡罕見的荒郊蓋電廠的，不在乎好不好看。

她做賊一樣捧出一套衣服來，我抖開一看，樣子確實不怎麼好看，而且還灰撲撲的，我皺著眉頭說：「樣子好不好看先不說，怎麼看著這麼眼熟？」

老闆娘壓低聲音說：「你好好看看就知道了，提醒你一下，肩膀上如果再加兩道，胸前寫個號碼……」

我看出來了！這分明是勞改犯的衣服。

她看我有點心動，添油加醋說：「給工人穿嘛，用不著好的，而且這樣的衣服穿出去，別的包工隊不敢惹你……一套才二十，加鞋和內衣每套你給五十。」

我說：「穿這個上街，不會被公安局當越獄犯給抓起來吧？」

老闆娘拍胸保證說：「你放心，這只是半成品，等全做出來以後，領子上有花兒，你還可以選擇讓他們在背上畫一個彪馬的標誌，只不過為了不惹麻煩，那隻豹子是臉朝上躺著的……」

我問她：「能繡『精忠報國』嗎？」我想先討好一下這些岳家軍。

「問題不大，想不到你們一個包工隊還有自己的企業文化。」

「能再便宜點嗎，我要一千套，而且明天就要，現錢現貨。」

老闆娘板起臉說：「兄弟，你自己算算，就算我們的衣服都是回收布做的，光加工費也不止這個數吧？」

我想了想也笑了，確實是這麼個理。

「那我也不多說了，這是兩千塊訂金，不過得送到這個地方，別忘了繡上『精忠報國』，剩下的錢，我拿到貨以後一起給你。」

老闆娘點著兩千塊錢說：「五萬塊的買賣給兩千訂金是不是少點？」

「不樂意拿來！這剛地震完，我就領著一幫穿成這樣的人四處攬活去，不知道的人肯定以為哪兒的監獄塌了——哎對了，你男人是不是在監獄工作？」

老闆娘搶著我手裡的錢說：「行行，就兩千吧，我男人是蹲監獄的。」

剩下就是帳篷的事了，一千套衣服鞋襪不過是十幾箱子的事，跟包子隨便說個謊就行，一百頂帳篷就不好辦了。

後來我想了一個辦法，我讓那個老闆後天晚上不等我去拿貨就不許關門，開始他還愛理不理我的，我跟他說，你要不等也行，反正我知道你倉庫在哪兒，他就表示一定跟我不見不散。

做人就應該執著一點，不達目的死不休，不破樓蘭終不還，匈奴不滅，何以家為，古來征戰幾人還！雖然難免遭人誤會。

最後一件大事：地點問題。這地方必須離開市區，又不能太偏僻，我得在附近買到糧食和生活用品，而且劉老六凌晨把人帶來，我得領著他們步行，在天亮以前能夠到達。

包子這些日子正常上班，地震以後，很多家庭都不做飯了，小飯館生意更加火爆起來，因為包子上的是早班，中午那頓飯便由李師師來做。

很多人誤以為她很會做飯，那是錯的，以前就算做，也是別人做好她抓把蓮子扔鍋裡，等端給宋徽宗時，她就可以說那是她親手做的蓮子羹，她缺乏系統的做飯概念，甚至不知道蛋炒飯是要用熟米飯炒的。

正當李師師端著一盤切得很怪異的茄子要往油鍋倒時，謝天謝地包子回來了，在她身後跟著一個戴玳瑁眼鏡、穿著中山裝的老頭。

我掏出錢包對老頭說：「怎麼，這禮拜換您收水費？」

包子把李師師劃拉開自己動手，回頭瞪我說：「這是我們小學班主任張老師，現在是育才小學的校長，剛才在馬路上碰上，被我拉回來的。」

這個張老師我聽包子說過，據說是個很和藹可親、平易近人的老師，很受孩子們的喜歡。

我窘迫地給張校長打招呼，張校長苦笑說：「別叫我張校長，我已經不是校長了。」

我奇怪地說：「育才小學？我好像沒聽說過。」

張校長說：「不是什麼正規學校，其實就是村辦小學，我是退休以後沒事做，去那兒當義工的。」

我隨口說：「那趁這個機會您正好休息休息，過些日子太平了，您再繼續當孩子王去。」

張校長心灰意懶地說：「沒了，學校沒了，教室都成危房了。」

我問：「那麼嚴重？」

「我們的學校剛好位在震央。」張校長只說了這麼一句話。

我把老頭拉在一邊聊了一通才知道，育才小學其實是爻村附近十里八鄉湊錢蓋起來的學校，說是學校，其實就是幾座平房，有六個男老師，學生則有四百多。

之所以建在爻村，是因為這裡是中心點，其實離所有村子距離都不算近，最遠的村子離那有三十多里路，就連爻村自己的孩子也得走一陣子才能到學校，但是占地遼闊。

我問張校長：「那現在學校怎麼樣了？」

張校長說：「不幸中的萬幸就是沒有孩子受傷，但教室是肯定不能用了。」

「當初蓋教室花了多少錢？」

「那是十幾年以前的事了，花了將近十萬。」

我眼睛閃亮，說：「張校長，假如現在有個有錢人想借用這片地，您說能行得通嗎？」

張校長根本不感興趣，扶扶古董眼鏡沒精打采地說：「有錢人？用那地做什麼？那塊地前幾年都那麼閒著，現在更沒人要了。」

我急忙說：「我要我要！」

張校長奇怪地說：「你？」

「呃……是我一個朋友，他想用那塊地……」

「幹什麼？」張校長看了我一眼。

我張口結舌不知道該說什麼好了，迎著老頭逼問的目光，急中生智說：「他想辦學校！」

「學校！」老張像是加菲貓聽到豬肉捲一樣來神了。

「是這樣，他想辦一所文武學校，就是專收大孩子的那種地方。」

張校長目光又黯淡了下去，有氣無力地說：「那你跟村長說去吧。」

我拉住想起身的老張說：「當年他們蓋學校不是花了十萬嗎，我可以每家給他們十萬，父村二十萬，你覺得這樣可能性會不會大一點？」

張校長聽完低頭想了半天，最後說：「十萬夠他們每村再蓋一個簡陋校舍和請到一個老師了，可是，我就不能再和那些孩子們在一起了。」

我感覺自己很不是東西，好像土豪劣紳非要霸佔人家已經訂了親的小姑娘似的。

張校長想到最後，一副痛下決心的樣子：「你那個朋友如果真的要有這心思，我可以幫他聯繫各村村長，畢竟都是為了孩子。」

我說：「如果方便的話，您能不能明天就帶我去見見各位村長——我代表我那個朋友去見他們。」

張校長抓住我的手搖了搖，虛弱地說：「不管怎麼說，替我謝謝你那個朋友，孩子們有書念，那才是最重要的。」

我抽了自己臉一下，說：「他也是被逼無奈，要不肯定給孩子們蓋座教學大樓。」

張校長問我：「對了，你朋友的學校要叫什麼名字？」

我又愣了，只好說：「您看叫什麼好呢？」

這老頭又扶扶眼鏡，顯得自信滿滿的樣子，我以為他能說出什麼高雅的名字呢，結果他說：「就叫育才文武學校吧。」

吃飯的時候，張校長見我召喚出一個班的人馬來，很是詫異。

在稱呼上，張校長分別管我們叫小強、小嬴、小荊……輪到劉邦時，他老大不樂意，自從他不當二混子以後，可能就沒人再這麼叫過他了。

幾杯啤酒過後，老張談興大發，開始說古論今，說到諸子百家，秦始皇還能插幾句嘴，說到劉項之爭，劉邦離項羽遠遠的坐開了；說起李白杜甫，李師師也加入討論，之後說到紀曉嵐和曹雪芹就陷入了冷場。

我見沒啥可說的了，隨口邀請他當育才文武學校的名譽校長，老頭見自己起的名字被錄用很開心，一口答應。

第三天是事趕事的一天，上午我得去與各村村長會晤，連爻村在內十五個村長，加我和老張歡聚一堂，但氣氛並不太友好，他們總覺得有人莫名給他們十萬塊錢肯定憋著什麼壞，張校長作為我的名譽校長幫著說了幾句話，我又答應給每村多加一萬，這才打發了十四個村長。

爻村村長最後拍板，決定把那塊地借給我，他說：「你多給的那十萬我不要，我只有一個要求，你蓋學校的施工隊必須用我侄子的。」

然後村長領著我去看了地，以前的育才小學就是在茫茫無際的荒草裡開出的幾間平房，遠遠看去像龍門客棧似的，四面八方都有被孩子們踩出的蜿蜒小道，只有通往縣城的方向可以通車。

在這裡上學的孩子們其實也很幸福，我還沒聽說世界上有哪所學校，包括貴族學校的學生們利用課間十分鐘就能在操場上抓住野兔的。

村長把他侄子也叫來，是一個滿頭癩瘡的小個兒，三角眼，一看就不是良善之輩，這廝叼著菸斜瞪著我，口氣很衝地問：「你想怎麼弄？」

我說：「我打算把那幾間平房推了……」

「廢話，肯定得推啊！你就說你打算花多少錢吧？」

「一百萬吧，你給我起兩棟樓，再弄個食堂，反正夠三百五十個人吃喝拉撒的就行。」

癩子嘿嘿壞笑著，很老到地說：「不打算常年招生？想斜刺一槍，撥馬就走？」

「我這是重質不重量，招夠三百五十個就不招了。」

「嘖，跟我還說這種屁話，這麼著吧，你給兩百萬，我再給你蓋座三層的教學樓，你要多加二十萬，我再給你加砌一道圍牆。」

他這麼一說我才想起，圍牆很有必要，我說：「一共給你兩百萬，宿舍食堂教學樓和圍牆都有了，行不？」

癩子把菸一扔，回頭就走，邊說：「成，就這麼著吧。」

我老覺得這事不踏實，衝他後背嚷：「簽個協議啥的不？」

癩子擺擺手：「別搞那些虛文了，我明天就拉隊伍過來。」

他忽然回頭說：「哎對了，你學校建成以後要武術老師不，我有幾個哥們身手很不賴，現在每天沒事幹，淨他媽打架了。」

我說不要以後，他又說：「要不當老師、當校警也行啊，省得你的學生跳牆出去，我讓我那幾個哥們每天牆角蹲著，誰往外跑打斷他腿。」

我失笑道：「別折騰了，也不知道誰把誰腿打斷。」

等癩子走了，我跟張校長說：「諮詢您一下，辦學校都要什麼手續啊？」

張校長身子一歪，用顫抖的聲音說：「你別告訴我你的手續還沒辦下來。」

我撓頭道：「我壓根就沒辦，所以才問您呢。」

老張終於坐在地上，絕望地說：「我這幹的什麼事呀，晚節不保，晚節不保啊！」

我好奇地問：「怎麼，您昨晚沒回家？」

老頭指著我怒髮衝冠地叫道：「你到底想幹什麼，你這不是害我嗎？」然後捶著他帶著哭音說，「我是昏了頭了，怎麼想起當這個名譽校長……」

我充滿感情地說：「張校長，我真沒騙您，我是一心想辦學，讓那些大老遠來的……孩子們有個地方學習，我有個想法，就是頭一年不收任何學費，住宿吃喝全免，您可以監督我，我要是想賺黑心錢，天打五雷轟。」

我前面的話任何人聽了都知道是在放屁，但無疑最後一句殺傷力太大了，張校長坐在地上仰視著我，驚訝地說：「你真的會這麼做？」

我使勁點頭。

「那你那個出錢的朋友會同意嗎？」

我深沉地說：「我救過他一命，這些錢其實是他的謝禮，我就算扔水裡他也不會過問的。」

老張一下站起身，跟我說：「你可別騙我，要是真的如你說的那樣，你這學校可以先辦著，我有幾個學生現在在政府部門，我打聲招呼，可以先把你當個擺設不理，如果沒鬼，手續的事我幫你搞定。你要是敢騙我……」

老張說到這忽然聲色俱厲起來，「我有幾個不成器的學生在道上也是有名的，我寧願讓小項守活寡也得廢了你！」

看不出啊，居然是個黑白兩道一踢兩開的主！

回去的路上，我還特意去看了看我的帳篷，店老闆為了等我或者說為了防我，自己打開一頂帳篷就住在倉庫門口，好在現在滿大街都是帳篷，一點也不惹眼。

半下午，我那一千套「精忠報國」也來了，我讓送貨的人就放在門口，這街裡都是老相識，不大可能有人偷。

包子回來看見了也沒在意，以為是隔壁小王的貨。我在家裡養著五人組，在外面租了幾百公頃的地蓋樓、辦學校，箇中真相包子完全懵然無知，照她這個馬虎勁和我的辦事能力，我覺得和網上的美眉約出去見個面的時機已經成熟。

七月初的天已經不算長了，八點剛過就黑濛濛的了，我真怕劉老六現在就把人給我帶來，滿大街的居民現在都剛吃了飯，在外面一邊納涼一邊避震呢。

真希望我們的公安機關能喜傳捷報：江湖騙子劉老六落網。

晚飯是我們濟濟一堂的時候，包子這些日子活得倒是很快活，除了不能和我嘿咻，她跟項羽還有劉邦開玩笑說：「現在我們這也遭災了，湖北水退了沒？咱們一起去你們那避難吧。」

包子是一個從生下來那一刻就惟恐天下不亂的女人。唐僧經歷九九八十一難還有孫猴兒幫著扛，唐僧本人其實沒受什麼罪。但包子於我，不但不幫我，還淨給我找事。不過換個角度想想，她是唐僧，我是孫猴兒，這麼說的話就沒什麼語病了。那句話怎麼說來著，每個成功男人背後都有一個特能闖禍的女人。

她一句話勾起了項羽的心事，這個兩米多的巨人放下筷子，幽怨地離開了飯桌。是時候給他買輛麵包車了，不但可以讓他有個事忙，而且我也要用。

接下來的等待是漫長的，我雖然讓劉老六晚點帶人，但鑒於以前他的習慣，很有可能在下一秒就在樓下喊我，然後身後跟著三百個血淋淋的宋朝將士。

其實就算他一個人來，我以後也不好混了，劉老六的通緝令每天在我們市台《大長今》開始前準時亮相，不知道的人還以為這是《大長今》的開場呢。

天完全黑下來後，老頭老太太們撲扇著蚊子都回家睡覺了，我們每天都睡得很晚，秦始皇佔用電視在玩任天堂，荊軻這兩天不愛聽廣播了，因為裡面都是關於地震方面的重複報導。

我和劉邦還有兩個女的打麻將，看著牆上的時間越來越晚，心也漸漸放了下來。秦始皇打通關之後，李師師先撤出牌局去睡覺了。我們三個接著玩撲克牌，玩了幾把之後，包子把牌一扔，憤然離去。

等所有人都睡了，已經是半夜兩點多了，現在我又開始擔心劉老六不來了。我抽了一會兒菸，實在睏得不行了，就趴在桌子上迷糊睡著了，在夢裡還聽見劉老六鬼鬼祟祟的聲音在喊我，然後就覺得大腿上濕濕的，醒來一看，是我口水掉腿上了。

我正打算去洗把臉，好像真的聽見一個斷斷續續的聲音在喊我，我趴在窗戶上一看，劉老六賊眉鼠眼地觀察著四周，一邊壓低了聲音喊我，在他身後和左右，整整齊齊站著三百名宋朝戰士！

第八章

岳家軍

我下了樓一看，三百條漢子標槍一樣占了半條街，

劉老六指著一個四十多歲的老兵對我說：「那是背嵬軍小校徐得龍，

他是這群人裡官階最高的，你以後有什麼事找他說。」

「卑微軍？這是什麼名字？」

劉老六在玻璃上看見我，使勁衝我招手。我示意他等著，然後急急忙忙穿上長褲、登山鞋，我一想到得把這幾百號人領到地方頭就大。

我下了樓一看，劉老六還在鬼祟地看街兩邊有沒有警察，三百條漢子標槍一樣占了半條街，而且兩人成行，三人成列，年紀不等，最大的看著有四十歲的，最小的一副孩子臉。他們大多用破舊的黑巾包著頭，神情木然，不像跟誰有深仇大恨的樣子，他們身上，除了統一的青色軍裝外，配甲各式各樣，大多以牛皮裹著前心，有的綁著護腕，牛皮上有刀砍斧剁的痕跡。

從裝飾上就可以看出這是一支配置以輕便為主，常常執行極限任務的軍隊。

最讓我吐血的是：他們統一配著長刀，有的背著弓箭，短刀規格不一，有的在左後腰上插著，有的則綁在綁腿裡，從他們冷漠的表情和護甲損耗上看，這是一群殺人如麻的軍人。

現在公安局對管制刀具查得很嚴，他們任何一個人的刀上都能化驗出十幾個乃至更多的血跡來，這要落警察手裡，我跳進……哪兒也不用跳了。

劉老六指著一個四十多歲的老兵對我說：「那是背嵬軍小校徐得龍，他是這群人裡官階最高的，你以後有什麼事找他說。」

「卑微軍？這是什麼名字？」

劉老六回頭看了一眼三百人，小聲說：「別瞎說，背嵬軍是岳飛的親兵和特種部隊，中國歷史上沒什麼部隊比他們更強悍了，只不過人數太少沒什麼名氣，這樣的幾百人打上萬人跟玩似的，郾城之戰，五十背嵬衝進金軍營帳殺了他們主帥，導致金軍十五萬全軍覆沒，連金兀朮的王牌軍鐵浮圖和拐子馬都死光光了，兀朮當時都哭了——這是有歷史記載的，我可沒瞎說。」

我聽得雞皮疙瘩層出，問：「這麼變態的人，怎麼一個也沒活下來？」

劉老六嘆道：「這三百人原來不是正常戰死的，我以前弄錯了，他們是岳飛被害以後自殺性衝擊中陣亡的，這些人怨氣很重，就算陽壽沒有弄錯也不會消停的，希望你能化解他們的仇恨……」

劉老六說到這，很瞭解我地往後一跳，我這一拳就揍空了。

我知道我鬥不過這個老神棍，央求他說：「你把唐僧弄來幹這事行不，我煽風點火還湊合，和尚的營生實在不專業啊！」

劉老六嘿嘿壞笑：「考驗你的時候到了——喲，我得走了，今天白天有倆小子跟了我半天，我懷疑是便衣。」

說到這，他往下略一蹲身，眼望天空，似要飛翔。但老半天也沒動靜，我問他：「你怎麼還不飛？」

他白了我一眼說：「我就是放個屁。」說完一溜小跑沒影了。

我看著眼前這三百個帶著刀、剽悍異常的背嵬軍直苦笑，走到那個徐得龍的面前陪笑說：「徐領隊……」

徐得龍一抱拳：「蕭壯士！」

我額頭汗下，說：「叫我強子就行了。」我試探性地說：「既然來了這，上輩子的事該忘就忘了吧，兄弟我也不是什麼壯士，更不是什麼神仙，就是一個老百姓，你們是軍人，咱們應該軍民團結一家親。」

徐得龍衝我笑笑：「好說。」

我靠，這人為什麼像木頭一樣！我原以為他們的目的也是要我把他們送回宋朝，但現在這麼一看，他們在知道我不是神仙以後，也沒有表現出失望之情。

我心驚膽戰地說：「咱們換衣服以前，能不能把刀先交給我保管？……」

我知道凡是軍人一定很愛惜自己的武器甚至是產生圖騰崇拜，要他們繳械，有時候比殺了他們更費事。然而徐得龍聽完，回頭大聲說：「全體注意，刀交右手——放！」三百把長刀整齊地放在每人的腳下。

我打開一個箱子，取出一套衣服鞋襪，簡單示範了一下該怎麼穿戴，然後對徐得龍說：「麻煩徐領隊把你們的武器還有換下來的衣服都裝在原來放新衣服的箱子裡，找幾個力氣大的背著，咱們換好衣服以後還得走很遠的路呢。」

徐得龍指揮幾個士兵把衣服都發下來，然後這些人就當街脫得精光開始換新衣服，我注意到他們所有人身上都有累累的傷疤，他們在看到「精忠報國」後，好像也沒什麼特別的反應，雖然那時候的士兵絕大多數不認識字，但這四個字沒理由不認識呀。

換下來的衣服和武器很快都裝進了箱子，連同沒拆封的箱子都有專人負責背著，這真是一支高效率訓練有素的部隊，整個過程只用了不到一分鐘，而且沒有一個人說話。

因為都是長髮，所以包頭巾都還紮著，我看一切就緒了，問徐得龍說：「兄弟們大老遠來，用不用先休息一下？咱們得跑個三十公里越野。」

徐得龍笑笑：「走吧。」

我推起向趙大爺借的自行車，難為情地說：「不好意思我得騎著這個，沒法跟你們比……」

然後我們就開始了急行軍，開始我還怕有跟不上的，騎得慢，後來發現我再怎麼使勁蹬，這幫人都不當回事，後來體力終於出了問題，在騎了一段之後——我再也蹬不動了。徐得龍派了兩個士兵在後面推著我繼續跑，我從來就沒想過我能幹出這麼丟人的事來。

因為空闊地還有人睡地震棚，所以我盡揀荒僻小路走，儘管是小路，偶爾也有飛馳的汽車路過，路兩邊也有閃爍的霓虹燈和各種閃亮的招牌，光看外表就知道這些變態種群已經奇怪到他姥姥家了，可居然連一個問的也沒有，岳家軍軍紀嚴明果然名不虛傳。

我想我還是找個時間把這個世界給他們系統的介紹一下也好，到時候把秦始皇他們也拉來，不能再讓他們誤會這場地震和我的屁有關了。

其實一起住了這麼長時間，我是不是神仙，對秦始皇他們來說已經不重要了，該享受的他們都享受了，而且我現在有錢了，除了把項羽送回垓下去，他們想要什麼，我可以適當的小小滿足一下，跟神仙的日子有什麼差別？

在前面的收費站，一輛警車閃著警燈停在路邊，兩個警察把身子靠在警車上正在抽菸，現在再想掉頭往回走已經晚了，我放慢速度，對徐得龍說：「前面的人不能得罪，一會兒我怎麼說你們就怎麼做。」

徐得龍吩咐了下去。

兩個警察見好幾百號穿著勞改服的人向他們走來，下意識地把手摸在槍上，當他們看見我以後才微微鬆了口氣，可能是騎著自行車使他們倍感親切吧，但一個老員警還是很警惕地問我：「你們這是幹什麼？」

我一腳踩在地上，和顏悅色卻暗含玄機地說：「告訴你，你就麻煩了。」

旁邊一個年輕警察小聲說：「特種部隊執行任務吧？」

我很嘉許地對他說：「你這個小鬼很機靈嘛，哪個單位的呀？」不等他回答，我大聲命令三百人：「立正！」

喊完這句話的一瞬間，我腦袋上的汗也下來了，不知道他們能不能聽得懂這個命令的具體含義。徐得龍反應很快，他把手一背，雙腿自然分開站好，他身後的軍人嘩一下跟著照做，那動作整齊的簡直像程式設計出來的一樣，可只有一點不對：這個動作是稍息！

我做賊心虛地回過頭來，果然見老員警疑惑地說：「你們是什麼部隊的，怎麼穿著……」他忽然恍然道：「這是你們的特殊軍裝吧？」

我神秘莫測地笑了笑，不予作答。

我見倆員警暈了，趁熱打鐵說：「你們辛苦了，我們還要趕路，再見。」說著命令：「跑步——走！」

等三百人在前面跑出一段了，我才衝兩個員警笑了笑，蹬上自行車趕上他們去了。

過了收費站就離目的地不遠了，當戰士們踏上草地的時候，可以看得出都很歡欣鼓舞，看來他們都不太喜歡城市。

當我把幾棟危房指給他們看時，徐得龍一揮手叫道：「隱蔽！」三百人不由分說全鑽了草窠兒，徐得龍一把把我拽了個四仰八叉，自行車都壓在我身上了。

等我解釋清楚這裡將是以後他們的容身之地，並且今晚要在那片空地上安營紮寨時，徐得龍很堅決地否定了我的提議，他認為那裡太暴露了。最後他們就在與那片空地遙遙相望的地方紮了營盤。

那帳篷我還真沒用過，但士兵們在這方面很有天分，徐得龍滿意地摸著綠軍布的帳篷說：「結實！而且還能防水，短時間內還防火——都是你做的？」

我對他不聽我的很窩火，覺得要是岳飛來了，肯定會虛心接受我的意見，哪怕他內心不認同。

營帳紮好，我才發現我的腿已經軟得跟門簾子似的了。

三百人打開六十一頂帳篷，其中一頂是存放那些箱子的，我跟徐得龍商量，先在那個帳篷裡睡一夜，徐得龍笑道：「你睡吧。」

三百人，搭帳篷、到睡進去只用了不到五分鐘，除了布料抖開和砸帳篷腳的聲音，還是沒有一個人說話，這看著就有點恐怖了，現在連我也看出這些人肯定是有什麼秘密或者說不可告人的目的，這種沉默掩飾不住活火山要爆發的跡象。

出於習慣，他們派了兩個人負責警戒，我說都跑了一身汗怪累的，快睡吧，人家根本不理我。

躺了一會兒，我肚子開始叫喚上了，這才想起他們跟著我跑了一夜，水米未進，這可絕對是我這個主人失職了，可這些人一個叫苦的也沒有，我心裡就更過意不去了。

早上不到八點的時候，我被他們吵醒了，走出帳篷一看，三百個人正人手一朵喇叭花撅著屁股在收集草葉上的露水喝，有兩個士兵在收拾一堆死兔子，已經有人點起火，支上了烤架，徐得龍見我醒了，指著我帳篷腳一排喇叭花說：「那是給你準備的。」

我低頭一看，一長排喇叭花裡都蓄滿了收集來的露水，瘦點的人洗澡都夠用了，這得花多長時間啊？我眼淚汪汪地說：「這個留下泡茶吧，你們要想往飽喝——」我一指遠處那幾棟破房說，「那裡有自來水。」

我把他們領到破屋前，跑到裡面擰開水管，然後輕聲慢步地走出來，跟他們說：

「進去以後小心點，這房隨時有可能塌掉。」

徐得龍站在門口看了看房頂上和牆上已經透光的裂縫，皺皺眉頭說：「我看不如索性推倒。」

我問他：「你們那時蓋房子用水泥嗎？」

「什麼東西？」

「你別管什麼東西，反正這牆很結實，憑人推是推不倒的！」

徐得龍嘿嘿一笑：「試試吧──攻打建康時，城門就是我們這些人推倒的。」說著，徐得龍開始把人分成三撥，分別抵住房子的三面，一聲口令後，一百多號人一起發力，那屋子像個任性小姑娘一樣扭著肩膀哼哼著，但就是不倒。

徐得龍一揮手，又有一百多號輪流亮飛腳，兩排飛腳踹過去那牆往裡一踏，轟隆一聲煙塵瀰漫，終於被欺負倒了。

我狂汗，這要以後跟他們關係處不好，就算能買得起房子也不算自己的。

他們排隊喝水，我把水龍頭的使用方法教了一下徐得龍，然後跟他說讓他們喝完水就回去，我給他們弄糧食去。回營帳發現有兩個人在留守，並且已經烤熟一隻兔子。

我叼著一隻兔子腿，一手抓自行車把騎著，哼著小調在小路上行進。只要有錢，糧食大大的有，我買了兩噸米麵，一百桶油，調味料見什麼買什麼，最後糧食廠老闆乾脆把手下的老會計派給了我，拿著個本子不停記著。

這邊買完，我讓老會計把帳交給別人算，跟他說：「我還得買點鍋碗瓢盆啥的，你跟我走一趟，幫我算錢。」

有我這麼一個大買主，加工廠老闆沒口子地答應，還惋惜自己時運不濟沒有閨女，也不知道想幹什麼。

等我把菜刀、案板、碗筷都買全了，已經上午十點多了，加工廠老闆讓他小舅子開出一輛大貨車來，我坐在副駕駛座上，只覺春風得意馬蹄急，莫使金樽空對月。事情順利得有點超乎我的想像。

但我很快就不這麼想了——當汽車開到地方，展現在我眼前的是一望無際的荒草，別說帳篷和人，連絲毫有人活動過的痕跡都被掩蓋了。難道這三百人是見跟了我少吃沒喝的，離我而去了？按說岳飛帶過的兵不至於這樣啊。

司機看著發傻的我問：「你到底要往哪兒放啊？」

我讓他等著，打開車門跳了下去，腳還沒落地，就被一雙有力的手抓住拖進了草叢，沒等喊，嘴就被人堵上了，我一閉眼，心裡四個字反覆湧現：名節不保！

就聽一個聲音說：「蕭壯士？」

我睜眼一看，一個滿臉稚氣的小戰士在盯著我看，然後草叢裡站起幾十號人來，徐得龍跑到我近前，抱歉地說：「一場誤會，我們以為是敵人呢。」

那加工廠老闆的小舅子被人拉出車後，淒厲地高叫：「我沒賣過假農藥，也沒賣過日本米，你們不能這樣對我……」

最後我給人家陪了半天笑臉，等把糧食都卸完送走司機，我向有點抱歉的徐得龍喊：「記住，這個時代除了伸手跟你要錢的人，沒有敵人！」我奇怪地問他，「你們不好好在帳篷裡待著，這是幹什麼？其他人呢？」

徐得龍指了指身周的草叢：「他們都隱蔽起來了，我們有規定，日上三竿之後就不許再待在帳篷裡。」

我看了看這片危機四伏的草叢，仔細觀察隱約可以看到有抱著膝蓋坐在草裡的士兵，惶恐地說：「你們沒有襲擊過路人吧？」

我真怕他們從草裡拖出幾個昏迷不醒的人來，說這是金軍的探子。

好在徐得龍搖頭說：「我們能分辨出百姓和敵人。」

我當下聽著這話有點彆扭，但不知道哪裡不對，後來才想明白，徐得龍那意思是說我長得特像人民公敵。

留下糧食我本該回去了，要讓包子知道我從昨天半夜就跑出來了，後果非常嚴重。我正要走，才發現遠處的空地上有一群工人在忙活，還有一臺推土機，那幾棟危房已經被推平了，反正已經晚了，我索性叫徐得龍領了四個戰士，我們一起過去看看。

原來房子的舊磚已經被堆在了一起，幾個強壯的工人用石灰在地上畫了一個大圈，在圈上碼磚，我不知道他們在幹什麼，笑呵呵地說：「辛苦啊，說今天來就來了，真講信用啊。」

一個滿臉橫肉的工人看了我一眼，哼哼了一聲算打招呼了。

我悻悻地站那看了半天，越來越覺得不對勁，我一把抓住那個橫肉：「你們這是幹什麼呢？」

橫肉往磚堆上拍了一鏟子泥，甩開我拉他的手，不耐煩地說：「你誰呀，看不見嗎，這圈上蓋的是一個食堂。」說著把一塊磚頭扔在泥上用鏟子垛了垛。

我一把把他拉起來：「這就是你他媽給老子蓋的食堂？別欺負老子不懂，老子不懂也知道壘豬圈還得先打地基呢！」

橫肉本來想跟我翻臉的，但見我後面還跟著人，他一把打開我的手，橫聲橫氣地說：「我們頭兒就讓這麼幹的，有事你找他說！」

「你們那個王八蛋頭兒呢？」

癩子托著一袋水煙從工棚裡走出來，懶洋洋地說：「怎麼說話呢——」

我指著他鼻子大罵：「老子看在你二叔面子上才用的你，錢可一分沒少給你匯過去了，你就這麼給老子幹活？」

癩子笑嘻嘻卻暗含威脅地說：「說話客氣點——你不就是辦個三倆月就宣布破產的騙子學校麼，打不打地基有什麼用？」

我一腳把橫肉他們堆的豬圈踹塌，吼道：「給老子重蓋！」

癩子色變，惡狠狠道：「你也不打聽打聽你癩二哥是什麼人，真是給臉不要臉，現在我給你個機會向我賠禮道歉，要不今兒你們誰也別想離開這！」

這時從工棚裡又鑽出七八個滿臉痞氣的工人，加上堆豬圈的那幾個，將近二十號人把我們六個人圍住了。

癩子看看這震懾力還不夠，悠然地衝工地邊上喊：「有人找事呢嘿。」唏哩嘩啦又圍上來十幾個，手裡還拿著鋼條鐵鍬什麼的，我仔細一看，根本沒一個像正經幹活的工人，這癩子敢情是湊了一幫流氓來幹事。

我懷著悲憫的心情，平心靜氣地跟他說：「咱們說好了的你得好好幹活，我可沒讓你這麼湊合……」

癩子衝我一伸手，冷笑道：「合同呢，有嗎？」

我嘆了口氣。

癩子得意地晃悠著膀子說：「現在給我道歉，我就當你什麼也沒說，怎麼樣？」

我說：「我要不呢？」

「嘿嘿，那你看看我這幫兄弟們怎麼說?!」

我抱著最後的希望說：「你要知道，你這可是違法的。」

「你告我去呀。」癩子跋扈地說。

「好吧……」我特別誠懇地徵求他的意見：「一會兒打起來能不打臉嗎？」

「那可不好說，拳腳無眼，不過你放心，不會留下殘疾。」

我嘆道：「你的善良終於救了你一命——」我掉頭跟徐得龍他們五個說：「聽見了吧，他們想蓋豆腐渣工程害你們，一會兒打起來可以打臉，但不要把人打殘。」

徐得龍身邊那個俘虜過我的小戰士認真地問：「能踢褲襠嗎？」

我不滿地說：「你看你這娃，我說的不能致殘——要踢也行，給人家至少留一個，明白了嗎？」

癩子氣急敗壞地說：「死到臨頭，還耍嘴皮……」

他話沒說完，我一板磚扣在了他頭上——天上地下，誰也不知道這板磚來自哪裡，板磚，只從它該來的地方來！

我低頭再撿磚頭的空兒，戰鬥就已經進行了一半——癩子的人躺下一半，兩個三百戰士見狼多肉少還謙讓起來了，年紀小的那個，指著他們面前一個揮鐵鍬的流氓對年長那個說：「大哥，這個你來吧。」

年長那個饞巴巴地客氣：「還是你來吧兄弟，你還年輕，需要多鍛煉……」

徐得龍腿上功夫太帥了，一腳踢飛一個，跟《功夫》裡周星星似的，但給他踢躺下的人還不至於死或重傷，這就叫火候呀。其餘的戰士打起來就沒他那麼收發自如，他們得小心別把對手弄死，還得一擊之下讓其喪失戰鬥力，這麼一耽誤，有瞧出苗頭不對的撒腿就跑。

當我舉著板磚再找人，就剩下茫然四顧的份了，癩子的人倒的倒，跑的跑。我蹲在癩子身前，關切地說：「你沒事吧，跟你說別打臉你就是不聽。」

癩子捂著頭，明知道大勢已去還是叫囂著：「你等著，我把兄弟們召齊再收拾你！」他說完這句話之後，突然出神地望著遠方，我順著他的目光一看，笑了。

原來我們這裡打翻了天，早就驚動了其他的背嵬軍，他們見敵人開始潰逃，於是從四面八方撒網進行圍捕，那些流氓工人沒一個能逃出魔掌，沒過一根菸工夫，被抓回來的工人都被扔在了地上。

我得意洋洋地邁著小方步在癩子跟前走來走去：「你也不打聽打聽你強哥是什麼人，給臉不要臉──你已經沒有道歉的機會了，為了彌補你給我脆弱心臟造成的驚嚇，除了食堂宿舍和教學樓，你還得給我加蓋一個大禮堂，校園的圍牆加半米，你還得把草給我除了。」

癩子帶著哭音說：「咱們說好的可不是這樣……」

我衝他一伸手：「合同呢，有嗎？」

癩子張口結舌了半天，虛弱地說：「我認栽了，錢我一分不少地退給你，我拉來的這些磚就算我送你的見面禮了。」

我說：「那可不行，我怎麼能占你便宜呢，你還是把活幹完再走吧，咱們就兩不相欠了。」說著，我叫過徐得龍來跟他說，「讓咱的兄弟看著這幫人幹活，糧食管夠吃，別虐待。」

徐得龍點頭。

癩子嘶喊道：「你這是非法拘禁，是違法的！」

我衝他攤手：「你告我去呀！」然後我又跟徐得龍說，「有想跑的腿打斷！」

癩子終於鼻涕一把淚一把地爆發了：「強哥，早知道你也是流氓，我這是何必呢？」末了，他一擦鼻子，唉聲嘆氣地說：「你讓我死個明白吧，你這些都是什麼人？」

我說：「這都是我招的學生，你想把人家腿打斷的那些人。你不是還要給我介紹校警嗎？」

癩子抽著鼻子說：「以後我把跟我有仇的都給你弄來。」

說要癩子他們幹活，其實他們哪是幹活的，拆個破屋還行，這幫人都是混飯吃的，再說也不能真囚禁他們，最後還是癩子又打電話叫來幾個迫於他淫威之下的小包工隊，癩子他們乾脆就成了職業監工隊。

經過專人估算，要想加個大禮堂還得四十萬左右，癩子想剝削幾個小包工隊白幹，我還是把錢給了，癩子現在對我是俯首貼耳，雖然被我拍了一磚，但對我卻恨不起來，這只能說明他是一個聰明人。

把一切安排好，下午兩點多了，離家整整十二小時，如果在四點半包子下班之前趕不回去的話，本書寫到這也就算完結篇了。

當我剛拔足欲走的時候，我的手機響了，我一拿出來，霞光萬道，瑞彩千條，癩子在我旁邊一看就傻了，他根本沒見過這種舊式手機。

我一翻蓋，貼在臉上接聽，只聽張校長問：「聽說你這麼短時間已經招了一批學生？」

我惡視癩子，他小聲地說：「我可沒說打架的事。」

張校長在得到肯定回答後說：「你現在方便嗎，我想去看看你的學生們。」我深知這老頭可得罪不得，忙說歡迎。

一掛電話我就發愁了，這三百人，那行列一看就是軍隊裡特有的，而且一個個都是長頭髮，對張校長那種保守的老知識分子來說絕對不能接受，我又不能跟他說我這學校校舍還沒完工就先招了三百個玩搖滾樂的。

癩子自我掛了電話，就盯著我的手機看個沒完，發現我在瞪他，他才陪笑說：「現在有錢人都時興用復古式手機啦？」

「廢話，輻射小你懂麼？我們吃菜都挑有蟲眼的吃。」我跟他說，「給你找個事幹，把十里八鄉的剃頭匠都給我找來。」

癩子為難地說：「強哥，時代不一樣了，現在鄉下也興叫髮型工作室了，而且髮型師都是女的，要是不來，我們硬請容易發生誤會，我二叔村裡倒是有個老漢會剃鍋蓋頭，問題是他就算到了也剃不過來呀。」

我把他趕在一邊，讓徐得龍把士兵們召集起來，我先去隊伍中間把幾個站得特別直的擺歪，使隊伍整體看上去比較鬆散，然後給他們訓話：「以後，你們就不再是軍人了，是學生！」

徐得龍插嘴說：「蕭壯士……」

我一擺手，大聲說：「以後大家記住，不要叫我壯士，要叫……」我想了想叫校長太高，叫老師又太低，於是說，「要叫蕭主任，一會兒有個老頭要來看你們，你們管他叫校長，明白了嗎？」

如果順利的話，本來他們應該震耳欲聾的高呼：明白啦！可是這些人一點反應也沒有，徐得龍朝他們說：「就說明白了。」

三百戰士：「明白了。」

徐得龍這才轉過身，問我：「蕭壯士，你說的啥意思啊？」

我鬱悶地蹲在地上，無力地說：「沒事了，一會兒我應付吧，你們能不能想辦法把頭髮弄短？」

徐得龍一愣，在他們那個年代，根本就沒有剃頭這麼一說，講究的是「身體髮膚，受之父母，不敢毀傷。」好在這是一支軍隊，以服從命令為天職，其他的因素基本不在考慮範疇內，徐得龍發了命令之後，三百人分成一百五十組，用他們帶來的匕首倆倆削髮。

我看著大把大把的頭髮落地，心疼啊，這宋朝的頭髮價錢應該不差吧？

等隊伍再集合起來我這麼一看——真不如不剃以前，手藝太粗糙了，一個個亂髮朝天，有的還有幾縷隨風飄揚，還有的像被狗啃了似的，太龐克太哈韓太非主流了。

這麼個工夫，老張來了，是村長派個農民，用一輛還能跑的跨斗摩托車送他來的，身後還跟著一個秀氣的眼鏡男。

老張穿著板正的中山裝，表情儼然，很有點民國軍閥的意思。他下了車，眼鏡男也跟著他走了過來。

張校長先是看了看工程的進展，很滿意地點了點頭，笑呵呵地來到我跟前，猛地看見三百個毫無表情的後生整齊地站在面前，腦袋上的毛不長不短地耷拉著，灰著臉問我：「這就是你招的學生？」

我在他耳邊低聲說：「都是從一個偏遠農村招來的，沒文化，但身體好，都是學武的好苗子。」

果然，老張一聽是農家孩子，大感親切，然後指著老眉擦眼的徐得龍問：「這是家長，還是這孩子長得一副老臉？」

我說：「聽說白吃飯跟著混進來的，我打算以後領團比賽帶著他，給照看個衣服什麼的。」

張校長走到一個戰士身前，和藹地問：「你叫什麼名字啊？」

那個濃眉大眼土頭土腦的戰士大聲說：「俺叫魏鐵柱，字鄉德。」

老張吃驚地說：「想不到一個鄉下孩子還有字。」

魏鐵柱接下來說了一句震驚全場的話：「這是俺們岳將軍給起的！」

張校長呵呵笑道：「這孩子，看來對《說岳全傳》很入迷嘛。」我擦著汗跟著一起笑。

老張又問鄉德：「你來這兒上學，交錢了麼？」

我真怕魏鐵柱又說出什麼驚天動地的話來，好在他困惑地說：「交什麼錢？」

張校長看出我不是矇人的，呵呵笑著，對我態度也大好起來，他說：「雖然是免費，可你水準也得抓上去，武術老師找好了嗎？」

我信誓旦旦地說：「過幾天就來，從長跑到游泳，從自由搏擊到八十萬教頭（想說十八般武器來著）都有。孩子們要對招蜂引……呃呼風喚雨，或者算卦感興趣，還可以教他們一點。」

老張說：「我先給你推薦一個老師吧。」說著，把一直站在他身後的那個斯文眼鏡男拉到我跟前。

我打量著他，見這小夥子大概跟我同歲，梳了一個中分頭，臉是那種秀氣的白，在人前很羞澀，看著像是三流大學考出來的研究生，但老張校長這麼一說，我不敢小瞧他，也許他身懷絕技深藏不露。

我注意到他的上衣口袋裡插著一枝鋼筆，這年頭誰還把鋼筆放在那兒？說不好那就是他的暗器，飛筆一出，例無虛發?!

老張咽了口唾沫才把後面的話說全：「這是顏老師，以前育才小學的六位老師之一，他可以給你教國文課。」

「這……」

老張校長見我猶豫，臉一沉說：「我介紹的人你還信不過嗎，小顏絕對是一個合格的老師，而且月薪只要一千。」說著，在我耳邊低語，「答應吧，這孩子怪可憐的，本來大學差一年畢業，家裡出變故了，這才輟了學，小夥子人很不錯，一心撲在孩子們身上。」

話說到這份上了我還能說什麼呢，顏老師見我答應了，朝我點點頭表示謝意，然後站到三百人面前，清清嗓子，還沒說話臉先紅了，不好意思地說：「我叫顏景生，大家平時可以叫我景生。」

我見三百人沒動靜，做了一個手勢給他們，三百人同時會意，大聲喝道：「顏壯士好！」我絕倒。

顏景生嚇得一屁股坐在地上，我拉了半天才把他拉起來。

張校長皺眉說：「小強啊，注意一下你這些學生們平時閱讀的書籍，打打殺殺的書少看，最好多看看唐詩宋詞什麼的。」

我抱歉地對顏景生說：「顏老師沒事吧？你以前是教什麼的？」

顏景生擦著剛才掉在地上的眼鏡說：「我數學語文都能教，以前一到五年級我都帶，不過你放心，我教初中高中照樣行。」

「別，這些人都沒怎麼念過書，你就把他們當一年級的孩子，從注音符號開始教。」

顏老師疑惑地說：「這樣行嗎？」

我大聲問三百人：「行不行？」

雖然他們根本不知道我在說什麼，但這次的問題很好回答：

「行！」

顏老師又被嚇了一跳，一失手眼鏡又掉地上了。

老張跟我說：「聽說你給學生們預備了帳篷，這個辦法不錯啊，小顏自從地震把校舍震壞以後，就沒地方住了，你就讓他和你的學生們住在一起吧，還不耽誤學習。」

三百個目的不明的鐵血岳家軍和一個柔弱的肄業大學生往一塊，亂啊！

但我現在管不了那麼多了，讓他們互相感化去吧。我已經很久沒有好好睡一覺了，現在只想趕緊回家洗澡，補上一覺。

我的自行車還在加工廠裡，要走過去起碼得好幾個小時，我看了看載老張他們來的跨斗摩托，跟那個農民商量能不能借我騎回去，明天就送回來。農民很為難，我把我的手機遞過去說：「要不你請示一下你們村長？」

他看了看我的手機，嗤地笑了一聲，從口袋裡掏出一款最新的諾基亞來，打完電話他跟我說：「俺們村長說，你學校開成以後，菜要都管俺們買，摩托車就送你啦。」

我騎著跨斗摩托，奔馳在爻村廣袤的土地和鄉間小道上，誰見都羨慕地說：「村長的親戚嘿。」等我出了爻村的地界，一路上的人都指著我嚷：「瞧那傻子——」

我回去，見麻將館開門了，進去一看，趙大爺果然和劉邦一桌，我把自行車還給他，劉邦跟著我出了門，幸災樂禍地笑，我問他：「贏了多少錢了？」

「今天不想贏他們錢，撒點米，要不以後沒人跟我玩了。」

我說：「那你笑什麼呢？」

劉邦嘿嘿壞笑：「你完蛋了。」說著一扭屁股就跑進去了。

我納悶地進了當鋪，見李師師正在專心地玩電腦，我悄悄走到她身後，驚了一身汗，她打開我的D槽，正在看裡面的泳裝美女。

我在她身後說：「好看嗎？」

她呀了一聲，急忙把頁面關了，見是我，臉紅地問：「怎麼還有我的照片？」

這次輪到我不自在了，李師師輕咬嘴唇說：「你要是給別人看……」

我以為她會說「我就死給你看」之類的，誰知道她說「……我就給你好好拍幾張。」

我眼睛變細變長，嘴角掛了一個花癡的笑，李師師忽然輕快地跑上樓去，咯咯嬌笑說：

「表哥，你完了。」

我更加納悶，跟上樓來，見荊二傻正在樓梯口站著，他看見我，什麼也不說，直衝我嘿嘿地笑，我開始感到氣氛可怖，想找個厚道人問問，沒想到秦始皇邊玩遊戲邊已經朝我喊：「強子，你完咧。」

當我把最後的希望寄託在沙發上的項羽時，他衝我攤開兩隻大手，無奈地搖搖頭。

我討好地坐在他身邊說：「羽哥，還喜歡麵包車嗎？」

項羽眼睛大亮，我低聲問他：「到底怎麼了？」

項羽沉痛地說：「你真不應該忘了今天是什麼日子。」

「今天什麼日子呀？」我撓著頭，莫名其妙地說。

這時包子回來了，手裡提著一個大大的蛋糕，上了樓把蛋糕放下，我急忙跑上去，包子掃了我一眼說：「回來啦？」

還是包子好，沒一見面就咒我。

包子邊換鞋邊不滿地嘟囔：「奶奶的，今天老娘過生日，蛋糕還得老娘自己去買……」

我不在意地說：「哦，你過生日啊，你先告訴我今天是什麼日子？」然後我就知道自己錯了，深深的錯了……

包子溫柔地把一隻手放在我後腦勺上，然後使勁朝牆上一推，我的後腦袋上異軍突起，包子惡狠狠地說：「給老娘老實交代，昨天晚上上哪兒野去了？」

我強哥豈是那麼容易認輸的，我把胳膊杵在她鼻子上：「你聞你聞。」

包子吸了吸鼻子，皺著眉頭看我，我得意地說：「餿的吧？你說我跟臭鼬似的，我能上哪兒野去？昨天幫一哥們搬家去了。」

「半夜兩點多搬家？」

「……是啊，中了彩票了，搬家得偷偷摸摸的。」

「中了多少錢？」

「五塊！」

包子知道我在跟她說笑，但也不疑心我鬼混去了，拿眼睛瞟著我：「看你這德行！」我把她摟著，在她耳邊說：「你要還不信，咱們到裡屋試試，看看你男人能出多少貨。」

包子看一家人都在偷窺我們的舉動，不自然地把我推開，我壞笑著湊上去還想逗逗她，卻見劉邦晃悠著上樓了，包子說：「人齊了，都叫出來吃蛋糕吧。」

包子考慮到人多，買了一個下水井蓋子那麼大的蛋糕，我們一群人圍著它直發呆：該拿啥切呢？盒子裡那塑膠刀子根本就是擺設，拿菜刀切吧，不但不好看，而且蛋糕這種東西跟松花蛋一樣，一切就跟著刀跑了。

二傻忽然呆呆說：「我那把刀應該可以。」然後他照著蛋糕的厚度比劃了一下，問秦始皇，「我那把刀有這麼長嗎？」

秦始皇和他拉開一定距離，按照當年的情景衡量了一下，摸著下巴說：「差不多。」

我從工具箱裡找出那把刀，又洗了好幾遍，這刀據說有劇毒，不過我不信那一套，兩千多年前的毒藥說白了都是唬人的，你看那些演義傳說裡，中毒的人那麼多，可真因為這個掛了的，一個沒有。

包子操起刀子把蛋糕切了個七橫八豎，當她把刀還給荊軻時，荊軻說：「你拿著玩吧，我想用再跟你要。」

劉邦指著最大的一塊說：「我要這個。」

項羽不知道為什麼終於爆發了，他一把把劉邦提在天上，怒道：「你有那麼大的胃口嗎？」

這兩個人始終存在著不可調和的矛盾，誰也瞧不起誰，項羽大概是看見我和包子膩歪在一起過生日，勾起了自己的傷心事，加上當年天下又被劉邦搶去，心情鬱悶到了極點。這些政治人物在分東西的時候禁忌很多，你敢要最大的一塊，活該被提到天上。

包子還以為他們鬧著玩呢，根本不管他們，發完蛋糕說：「今天我生日，我廿六歲了，有這麼多人給我慶祝我很高興，來——吃。」

李師師抿了一口蛋糕，笑道：「恭賀姐姐廿六歲芳辰。」

包子奇道：「小楠，你怎麼不叫我表嫂了？」

李師師狡黠地說：「因為我就是要提醒一下表哥，該正式娶你過門了。」

秦始皇接口說：「就絲（是），廿六歲滴女子，早該出門咧麼。」

包子先是嘿嘿地笑，然後突然摸著臉說：「你們是不是覺得我老了……」

李師師忽然對我說：「表哥，你送給姐姐的生日禮物呢？」

我一下愣了，連二傻還送了包子一把刀呢，做男朋友的要什麼表示也沒有，那可就太說不過去，劉邦在屋頂上適時地說：「我雖然也沒準備，但我有最衷心的祝福給你……」

靠，搶我臺詞。

我正在發窘，李師師一拽我，埋怨地說：「你怎麼那麼笨呢，向姐姐求婚呀。」

秦始皇點頭微笑：「餓看能成。」這算皇帝金口玉言欽賜大婚啊。

所有人都在看著我，劉邦大喊：「強子，堅持自己的想法……」被項羽一捏沒聲了。

項羽大聲說：「小強，你就應了吧！」

我一看就是今兒了，乾脆跟包子說：「你要不嫌我沒房沒車沒存款，人又混蛋——你就嫁給我吧。」

李師師帶頭鼓掌，包子在眾人的掌聲中嬌羞地說：「這事兒……我得先問問我爸。」

我說過，老會計早就知道我們的事了，他只不過在等我去提親的時候獅子大開口呢。

這事到這兒也就算定了。

我忽然覺得肩上很沉：有責任、有義務、有劉邦——項羽把他扔在我肩膀上了。

李師師問我：「表哥，家裡有劍嗎？」

我嚇了一跳：「怎麼？我和你表嫂是結婚，可不是歃血為盟。」

「我沒什麼禮物送給你們，就給大家跳段劍舞權當助興吧。」

我去哪兒給她弄劍去啊？荊軻今天腦袋格外靈光，一溜煙跑進廁所，舉著一個通馬桶的馬桶疏通器，幸好這個一直沒用過，還在塑膠袋裡套著呢。

李師師接過來，先來了一個仙人指路，亮出架勢以後邊舞邊唱：「昔有佳人公孫氏，一舞劍器動四方，觀者如山色沮喪……」

李師師身段嫵媚，動作漂亮，主要是那眼眸時而凌厲時而溫柔，跳得煞是好看，那棍上要沒皮碗兒就更好了……

晚飯因為吃了一肚子蛋糕，所以我們只炒了幾個小菜喝點小酒，我望著外面不早不晚的天色，忽然來了興致，跟包子說：「走，我帶你兜風去。」

當包子看見我的跨斗摩托車時立馬傻了，問我：「你說幫人搬家，不會是幫博物館搬家去了吧？」

我一把把她抱起來扔進斗裡，跨上摩托車，一溜黑煙直奔我們這兒的大橋去了，我們在看夕陽的過程中，好像又回到了很天真的那個年代。

我和包子的背影還有夕陽正構成一幅油畫的時候，我忽然收到一條簡訊，我掏出手機，包子厭惡地說：「我說你能不能少抽點菸把你的手機換換，遙控器都比你那個玩意好看。」

我沒理她，一看，是個陌生的號碼，簡訊的內容是：「強子，忘了跟你說了，你給天庭幹活不白幹，到一個月頭上有工資拿的，具體就是給你點小好處，幫你開個天眼什麼的，不過日子也沒準，早幾天晚幾天都有可能──知道我是誰了吧？」

劉老六！除了他還能有誰？

我馬上回：這是你的手機號？能不能先給我弄個點石成金啊？

劉老六回：別指望了，我都不怎麼會，這是我借人家的電話給你發的──不用回了，我走了。

我把電話掛了後，心情頗為激動，眼看就快到日子了，也不知道天庭會給我什麼好處，看來我很快就會有異能了！

就在這時，我突然看見兩個黑影飛快地向我飄了過來，身子腿都不動，我毛骨悚然，看來我的天眼已經開通了，後來仔細一看——原來是倆玩滑板的。

第九章

梁山好漢

好漢們往外一走，我馬上就認出來了，

最前面那個胖子一看就是有錢人，長得白白淨淨；

他身後跟著的是最好認也是梁山的品牌之一——黑旋風李逵。

我把一隻手搭在他肩膀上向後面的人群張望，問：

「我林沖林哥哥在哪兒？」

我想我該在當鋪好好待上幾天了，二十萬我雖然已經還上了，但這不算個小數目，郝老闆當時就隨便問了那麼一句，對我這個混混出身的人是多麼信任啊。我再這麼朝三暮四的，就太對不起老郝了。

至於三百壯士那邊，校舍有癩子幫我看著，在他的監工下，這次的地基挖得都快見岩漿了，癩子拍著胸脯跟我說：強哥你放心，就算上帝把地球當溜溜球耍，咱蓋的房子都像趴在城牆上的口香糖一樣死皮賴臉。

第二天，當我百無聊賴地待在當鋪裡時，這時李師師從外面買東西回來，在她身後跟著一個臉色慘白的人。李師師進了門以後，跟我打了聲招呼便上樓去了，好像根本沒發覺她身後的人。

這個白臉穿著和時代很不相符的土布衣服，走路雙手下垂肩膀晃蕩，他跟著李師師進來以後，目光發呆地看著我，這次我可真有點毛了，這東西看著更像殭屍啊！

我大喊：「軻子，趕緊下來。」

我想荊軻畢竟是當過殺手的人，身上的殺氣或許能鎮得住這隻鬼，荊軻老半天才下來，我和白臉就那樣僵持著不敢動，甚至連頭也不敢轉一下，我戰戰兢兢地說：「軻子，你能看見他嗎？」

荊軻把收音機捂在耳朵上，茫然道：「誰？」

這下我身上的雞皮疙瘩全出來了，我顫聲問白臉：「你想幹什麼？」

白臉腳跟不動，晃著身體幽幽地說：「我餓……」

我瞄了一眼菸灰缸，敷衍他說：「你把你的生辰八字告訴我，我給你燒點紙去。」

白臉很精明地一把把菸灰缸搶在手裡，然後伸到我面前，幽嘆道：「給點吃的吧……」那意思是說我要不給他就要揍我。

你說我該給他什麼？心？肝？闌尾倒是能給，那還得開刀呢。我邊往後挪，邊想著托詞。

荊軻這時實在看不下去了，說：「你就給他點吃的唄。」

「你說得輕巧，我拿什麼……你能看見他啊？」

荊軻納悶地說：「這個人你不認識？趙老頭的兒子，人們都說我倆很像。」

二傻忽然跑下樓，摟著趙白臉問我：「你看我們兩個真的像嗎？」

後來我才知道這是趙大爺的傻兒子，剛從精神病院接回來沒幾天。

看看我面前這倆傻子，荊軻看上去還算是赳赳男兒，除了眼睛有點不對勁，也是條漢子。面對荊軻的疑問，我回答他：「你比他帥，但氣質沒他好。」

我抓了一把餅乾把趙白臉打發走，心說好險，我現在是有點魔怔了，老以為自己開了天眼，看見走路直梆梆的人就懷疑是鬼，老指著路人問五人組能不能看見，在得到的答案都是肯定的後，我終於也死心了。

後來我一想，劉老六說的一個月，是天上的一個月吧，天上一天，地下一年，就按天庭現在過小月算吧，三十年以後，我五十七，正是小強老矣尚能飯否的年紀，成了一個人見人煩的老頭，開了天眼再神神道道的，那就只有四個字能形容了——淒慘落魄啊。

下午我正無聊地發慌時，忽然一聲咳嗽，ＱＱ響，有人申請要加我為好友。我點了拒絕，理由是：不認識！

沒過幾秒對方又發來邀請，寫的是：我們先視頻！我點同意後，網名叫「小六」的就加進了我的好友裡，然後對方迫不及待地發來視頻請求，我賊眉鼠眼地看看四周，點接受。

視窗一陣搖晃之後，看出對方在一家嘈雜的網吧裡，然後鏡頭慢慢轉過，劉老六那滿臉賊兮兮的笑就映入了我的眼簾，他朝鏡頭噴著菸搖手致意。

我張口結舌了半天，才下意識地打過去一個「靠」字。

劉老六低頭打字：「你猜我在哪兒呢？」這老小子居然打字速度比我還快。

然後他把鏡頭拿在手裡，學網紅一樣，在整個網吧慢慢遊走，最後停在一面牆上，那牆上除了網遊宣傳畫，還掛著一個巨大的橫幅：「海南某某網吧跑跑卡丁車大賽」。

我看到鏡頭裡時而走過的穿得花裡胡哨的人，隱約還能看到網吧外面高大挺直的椰子樹和純淨的海灘，這網吧一個小時得多少錢？

我這才想起問劉老六：「你到那邊做什麼去了？」

「我剛把梁山那五十四條好漢送走，其實他們比那三百岳家軍還早到幾天呢，在海南玩來著。」

我大吃一驚：「是誰接待的他們？他們在海南沒惹麻煩嗎？」

劉老六抖著肩膀得意地說：「我像你那麼笨嗎？他們來前我就已經給他們介紹過大致情況了，岳家軍雖然名義上是比他們先到，其實他們到的那天，梁山好漢早在海南玩了好幾天了，人家盧俊義懂得變通，不跟我們硬鬧，這幾天海南遊是我們一致同意送給好漢們的。」

我小心翼翼地問：「你把他們送哪去了？」

劉老六衝著鏡頭壞笑：「明天中午十二點，去火車站接好漢們吧。」

不過他現在已經有點嚇唬不住我了，我怎麼說也能算大風大浪裡滾過來的，我問他：「來的人都有誰，給個大致名單。」

劉老六很奇怪我沒吐血，他說：「你想見誰？」

我興奮地說：「武松、花和尚、公孫勝、燕青……」

劉老六回：「哎，這些你想見的一個也沒有，這些人不但大勇而且大智，都是一下梁山就各奔東西了，然後壽終正寢，雖然弄錯名單的事跟他們怎麼死的關係不大，但這幾個最有本事的人一活又活出三四十年去，那時候判官酒都醒了。」

我的心一下涼透了，連武松和花和尚也沒有，實在大出我的意料，雖然這二人在梁山排名不是很前，但我一直執著地認為這兩個人的本事最強，而且也最可愛，這兩個不來，我很失落。

劉老六好像知道我在想什麼，說：「別糾心了，這次比較有本事的有林沖、楊志、李逵。」

好吧，盧俊義、林沖、楊志，一群和稀泥的主兒全來了，李逵孤掌難鳴，難怪搶不過岳家軍呢。

我越聽越覺得沮喪，都不想理這幫人了，後來聽說扈三娘是單身來的才鼓起點精神，而且我想讓吳用給我算下帳啥的，這才答應明天去接火車去。

可要去接車還有一個問題，那就是這幫人肯定不會穿得跟電影裡似的，而且他們也不認識我，雖說五十四個人是個很顯眼的群體，可容易跟旅遊團混淆，我想我還是做一個牌子舉著比較保險。

我去秦始皇項羽住的那個房間，從床底下掏出一個紙箱來，然後找出一枝簽字筆，正要提筆寫，忽然想到我寫的字他們不一定認識，雖然他們有吳用和朱武這樣的讀書人。

後來我一想，李師師不就是那個時代的人嗎，而且和宋江還聊過，最後跟著燕青浪跡江湖去了，雖然不知是真是假。

我把李師師喊來，跟她說：「你給我寫幾個字：接梁山五十四條好漢。」又跟她說清楚狀況。

李師師笑道：「我看五十四條這幾個字很多餘，他們又不會因為你不寫五十四便多出幾個或者少幾個來。」

「那『接梁山好漢』？」

「接字也不用寫了。」

「那你寫吧。」我把筆遞給她。李師師款款握筆。

趁她寫字的工夫，我忽然又想起一個事來，我跟她說：「表妹啊，你也來了不短時間了，什麼處境，你大致也弄明白了吧？」我羞愧地說：「你能不能根據你的經歷，編本教材？」

「教材？」

「就是類似《三字經》的書，教別人念的。你也知道表哥是幹什麼的，那麼多人來了我這兒都糊塗著呢，你就寫一個能讓他們明白的書，比如第一章就叫『我是誰』，第二章叫『這是哪』，第三章叫『歷史上的今天我在幹什麼』……等等。」

李師師很快就明白我的意思了，咯咯笑說：「你不想讓他們把你當神仙啦？」

牌子很快寫好了，李師師只是給我描個大概，然後把筆往我懷裡一扔，說：「描黑的活你自己幹吧。」

我專心地描著牌子，卻見李師師還不肯走，看著牌子上「梁山」兩個字欲言又止，我嘆了口氣說：「這次……沒燕青。」

李師師茫然若失，淡然一笑。

第二天九點多，我開始接到很多莫名其妙的電話，他們的目的都一樣：聽說我一次招了三百個學生，希望我給他們「勻」幾個。

現在是七月，各大學校招生隊伍開始四處流竄，很多人對所謂的「招生」其實並不瞭解，九〇年代末，「自考」開始流行，很多正規高校設置自考班，招收對象很廣泛，主要是剛參加過高考的應屆生。

一開始招生人員多是學校的雜務人員，後來逐漸被頭腦靈活的學生代替，再後來漸漸成了特定社會閒散人員聞風而動的淘金期，招一個學生，根據其所學專業不同，可以得到十分優厚的回扣，多則幾千。換句話說，現在的招生大戶都是有些小黑勢力的地痞流氓，七八月份正是他們事業的高峰期。

這個消息不用問是癩子透露出去的，而且我猜想他要不是有這活忙著，也早投身教育事業了。

一次收三百個學生，那幾乎是神話一樣的所在，有人眼熱毫不為奇。

開始的幾個電話還比較客氣，知道說人話，跟我攀關係，說認識我們郝總什麼的，這類的，我也一律客客氣氣擺明態度，說這三百個學生是我從農村挖出來振興我國武術的，學費全免云云。

後來的幾個也不知道是真有實力，還是前幾個掛了電話的覺得自己被耍了，又換人嚇唬我，這些人的主要意思大概如下：一，我知道你姓蕭的住哪兒，是幹什麼的；二，那三百人我們不全要，大家出來混，講個面子上過得去，我們開了口，你起碼得給我們分個一百五十的吧；三，這一百五十我們是要定了。

對這樣的我一律回：有本事自己去拉去，拉走一個，我個人獎勵你們五百塊錢。

我說的是真心話，結果被誤會成是挑釁和叫板，他們憤怒地說：姓蕭的你在哪兒？我還得告訴他們我十二點到火車站接人，有事到那兒找我。

我是十一點四十五到車站的，一路上這個牌子給我帶來不少尷尬，我是個粗線條的人，沒想到用紙袋塑膠袋什麼的擋住點上面的字，等出了門才發現人們都用奇怪的目光看我，牌子太大，擋還沒法擋，好幾次巡警都幾乎要攔住我了。

到了車站，我站在月臺外等著，十二點一過，裡面開始湧出大批的人，我趕緊把紙片舉過頭頂，迎面出站的人看著我，紛紛掩口偷笑。

我身邊一個也是等人的中年人，開始還沒注意，見很多人衝這兒笑，開始不自然起來，趕忙檢查自己的拉鍊是不是開了，頭髮是不是亂了，我實在不忍心，跟他說：「大哥別看了，不是笑你。」

中年人不好意思地笑了笑，猛地看見我手裡的牌子，不禁也樂了，說：「你這是接人呢還是搞表演藝術呢？」

我只能告訴他，我和外地的網友組了一個梁山俱樂部，現在網上什麼稀奇古怪的事都有，中年人也不以為奇，問我：「那你扮誰？」

我沒好氣地說：「西門大官人！」

中年人笑：「好角兒啊，接的網友裡有金蓮嗎？」

我們就這樣胡扯著，後來才知道從海南來的那趟車晚點一小時，我愣是傻站著，舉著那倒楣牌子白等了四十多分鐘。

大概一點零幾分的時候，第二批人流高潮到了，隨著唏哩呼嚕地往外冒人，我的心情也有點緊張，畢竟這五十四位裡不乏響噹噹的角色。

那個中年人是來接他老婆的，也是從海南來，本來挺急的，現在反而希望他老婆最後才出來了，他比我還想看這五十四個人。

好漢們往外一走，我馬上就認出來了，最前面那個胖子一看就是有錢人，長得白白淨淨；他身後跟著的是最好認也是梁山的品牌之一——「黑旋風」李逵。

李逵旁邊走著一個杏核眼的姑娘，牛仔褲上卡著MP3，邊走邊哼著，看樣子不像是他們一起的。

再後面一個高挑漢子走出來，手裡拿著一個空可樂罐，出了站，手一使勁把罐子捏扁，照著一個垃圾筒做勢欲扔，與此同時，潛伏在火車站周圍好幾個老頭老太太邊往胳膊上戴紅臂章邊往這邊跑，我還沒來得及喊他，他已經出手了。

那罐子勢若流星一樣鑽進了垃圾筒，我剛鬆一口氣的工夫，罐子卻從另一頭鑽出來了，我一眨眼嘆氣的當兒，那罐子又飛了幾秒，鑽進了與第一個垃圾筒相隔十幾米遠的第二個垃圾筒裡。

我和那個等他老婆的中年人一起傻了，我顧不上盧俊義，過去一把拉住那漢子的手說：「你是哪個？」

漢子微微一笑：「好說，『沒羽箭』張清。」

那個年紀不小的帥胖子果然是盧俊義，他笑呵呵地拉住我的手說：「你就是小強吧？」

我結巴道：「盧……盧……」

盧俊義笑道：「叫哥哥吧。」

我把一隻手搭在他肩膀上向後面的人群張望，問：「我林沖林哥哥在哪兒？」

那個杏核眼美女忽然一把把我摟住，用大姐姐欺負小弟弟那種口氣說：「就知道他們天罡看不起我們地煞，嗯——」

她把我夾在肋下，用拳頭擰我頭皮，擰完一個絆子把我扔那兒了。

我頭頂火辣辣的疼，可不敢小瞧這女人了——她把我夾住，我一下也動不了。見這美女胸高腰細，一雙美麗的杏核眼在言笑之際帶出千般的威風——極品熟女呀！

這時人群裡走出一個溫和的男人，豹頭環眼，把我拉起來，呵呵笑道：「三娘喜歡和人玩笑，你莫在意。」

我一把摟住他的肩膀，帶著哭音說：「林哥哥，你一定要把林家槍教給我呀。」我這麼說，是因為我知道當年扈三娘就是栽在林沖手裡的。

跟我一起等人那個傢伙驚嘆道：「像，太像了，簡直就像是真人復活一樣。」

除了這幾個人，我都沒來得及細問後面那些人是誰，這些好漢們提著旅行包，出了月臺或閒聊，或四處張望，居然再沒人理我了，好像我是一個他們花錢雇的小地陪一樣。

他娘的，我也沒指望他們「納頭就拜」，也沒指望他們一見我就親熱地拉住我喊我「強哥哥」，可也不用這樣冷淡吧？

盧俊義把一個戴眼鏡的儒雅半大老頭介紹給我：「這是吳用哥哥。」

「吳用哥哥好啊，眼鏡多少度的？」

吳用扶扶眼鏡，笑咪咪地說：「加起來一千五。」

這時，一個臉上帶著一層水氣的漢子做著擴胸運動問我：「你們這沒海是嗎？」

盧俊義給我介紹：「『浪裡白條』張順，後面那倆是阮小二和阮小五。」

我從小就佩服會游泳的人，看張順和阮家兄弟那膚色藍裡透綠，都快趕上兩棲動物了，估計是沒水活不成，這得去游泳館辦月票去。

李逵習慣性扶後腰，那以前是他別斧子的地方，他跟我說：「嘿，現在去哪啊？」

我問盧俊義：「你看呢，盧老大？」

扈三娘說：「你們這兒哪最好玩？」

張清說：「先吃飯吧。」

林沖說：「我看先下榻吧。」

我頭有兩個大，看來宋江沒來真是一個問題，這幫人嚴重有組織無紀律。

人群裡有人不耐煩地說：「要不分開走吧，給個地名，咱們晚上會合就行了。」

我見已經有一個人從我身邊走過，死命拉住他，衝他喊：「哥哥，咱們還是先回住的地方再自由活動，那地方有點偏……」

被我抓住的那個男人奮力地掙扎，我央求他說：「先跟我回住的地方行麼？」

男人說：「不行，我有女朋友了……」

我看著盧俊義，盧俊義也看看我，我說：「老大，你勸勸他吧。」

盧俊義有點為難地說：「我們不能幫你幹這事。」

「他不是你們的人嗎？」

盧俊義往身後看看：「我們的人都全了。」

……

我好說歹說才讓他們同意跟我先回住處，那個等老婆的哥們，老婆也出來了，他匆匆給我留了張名片就和老婆團聚去了，臨走說非常想加入我們的俱樂部。

我領著這五十四號人穿過火車站，來到不遠處的長途汽車站，租了一輛大巴，站在車門口一個一個點數，點到五十三沒了，我驚了一頭汗，一問才知道「雙槍將」董平嫌熱，爬窗戶進的。等我再把人數清點了一遍才放了心。

我站在車頭，剛想說幾句，一個瘦小的漢子忽然站起身，捂著自己的口袋大叫：「我錢包呢，我錢包沒了！」我急忙走過去問他怎麼回事。

「剛才還在兜裡呢……」說到這，瘦子忽然把手從兜裡直接探出來了，敢情是讓人拿刀片劃破，把錢包掏走了。

我安慰他：「不要緊，丟了多少錢，兄弟給你。」

瘦子後面坐的人嘿嘿直樂：「這小子居然讓人偷了，也不嫌丟人還有臉說。」

我一個激靈，問瘦子：「怎麼稱呼？」

瘦子不自在地說：「時遷……」

我一口水幾乎噴了：賊祖宗讓賊孫子偷了?!不過這也好，給這群人打打預防針，讓他們知道知道什麼叫時代在進步，科技在發展，火車站臥虎藏龍，稍一大意活該吃虧。

時遷沮喪地說：「我身分證還在裡頭呢。」

我奇怪地說：「你哪來的身分證？」

時遷小聲說：「劉老六統一給我們辦的假的。」

時遷前面的老頭扭回頭來說：「沒事，我找個蘿蔔再給你刻一個，再讓蕭讓給你寫上字，保準誰也看不出來。」

我用質疑的目光看那老頭，老頭朝我微一點頭：「興會，『玉臂匠』金大堅。」然後指指身邊的白面男子，「這是『聖手書生』蕭讓。」

你還真別說，這倆珠聯璧合，刻章辦證一條龍，萬事不求人。哎，這次梁山上雞鳴狗盜的能人全來了。

車到了地方，一眼就能看見三百岳家軍的帳篷，開始我也挺奇怪，後來才想到他們現在多了一個啟蒙老師，大概不太方便顯露他們的軍人作風了。

五十四條好漢一下車，我指著不遠處的工地對他們說：「以後那就是咱們的窩了。」

扈三娘撇嘴說：「這太偏了，買趟衣服得坐多長時間車啊？」

吳用看了看地形，說：「為什麼不依山而建，這裡孤立無靠，易攻難守啊。」

這土匪看問題就是不一樣，老想貓在一個安全地方再禍害別人。

張順又問：「這附近有水嗎？」

我把癩子喊來，跟他說：「咱們校園裡不是有一個廢棄了的池塘嗎，你給我改一個游泳池，錢另算。」然後瞪了他一眼，「這三百學生的事是你給我捅出去的吧？」

癩子見呼呼啦啦地又來了一票人，不安地說：「強哥，你這到底要幹嘛呀，我怎麼這麼不踏實呢？」

我揮揮手把他趕走。

然後就該解決吃飯問題了，其實我剛才是想領他們先吃飯來著，但我發現海南那個傳說中的好地方已經把這群人鍛造得小資情調濃重，這幫傢伙簡直像一群專吃旅遊團的遊客一樣刁鑽。

我意識到我必須省著花錢了，幸虧悍馬不買了，這才緩開點，好在糧食有的是，菜也從癩子他二叔那買上了，鍋碗瓢盆都現成。

我正策劃著怎麼讓好漢們開鍋起灶呢，張清跟我說：「你別白費工夫了，你看我們這些人誰是會做飯的？」

我才想到這些人說是土匪，其實都是高級將領，手下管著上千人，日常的穿衣吃飯自然有小嘍囉張羅。

林沖看著正在做飯的岳家軍說：「你讓他們多做點，我們一會兒過去吃。」聽口氣，他們能過去吃都是給了天大的面子。

後來我才知道林沖確實是出於厚道才這麼說的，好漢們和岳家軍在陰間就小有矛盾，他們之間雖然沒有交過手，也沒在宋朝見過面，但一方是投誠了的賊，另一方卻是正規的政府軍，互有芥蒂也很正常。

徐得龍見到梁山的人後，過來打了個招呼，意圖很明確，就是希望兩方能夠和平共處，我跟徐得龍說了吃飯的事以後，他笑咪咪地說：「小事情，以後做好了，我派人給他們送過去。」

在帳篷分配上又出問題了，這帳篷標準是能睡五個人，我買了一百頂，以為管夠，沒想到梁山眾位頭領即使是在行軍打仗時，也是一人一個帳篷睡慣了，所謂能睡五人云云，他們根本就聽不進去。

三百岳家軍加上作為儲物倉的五頂帳篷，剩下的帳篷只有三十五頂，這次我也不管了，反正就這麼多，不能再慣著他們了！最後一群人把我逼急了，我跳著腳大喊：「要帳篷沒有，要命一條！」

好漢們一愣，隨即都樂：「原來也是我輩中人呀——」

好不容易安頓好他們，我到岳家軍的中軍大帳一看，沒人。帳篷裡只有一面小黑板，上面寫著：一隻烏鴉口渴了，到處找水喝……

我問站崗的魏鐵柱：「你們顏老師呢？」

魏鐵柱正了正軍姿說：「顏壯……老師去衛生所了。」

我納悶地說：「他去那兒幹什麼，鬧肚子啦？」

魏鐵柱說：「早上來了十幾個人，開始不知道他們是幹什麼的——後來也不知道，他們跟顏老師說了沒幾句話就動起手來了，顏老師眼睛上戴的片片也讓他們打碎了。」

我吃了一驚，問：「後來呢？」

「後來顏老師就陪著他們去找郎中去了，去什麼衛生所。」

我忙問：「顏老師傷得重嗎？那些人為什麼打他？」

魏鐵柱說：「顏老師倒是沒受什麼傷，那十幾個人就不知道了，當時是李靜水當值，他見顏老師吃虧了，就上去勸架來著。」

把我氣得說：「勸架能把人勸到醫院去？你把李靜水給我找來。」

沒多大工夫，一個小戰士一溜小跑來到我跟前，啪地一個立正，我一看，是上次和癩子他們掐架的五個之一，就是酷愛踢人褲襠那個。

我問他：「上午到底怎麼回事？」

結果小李的回答和魏鄉德如出一轍：「……我上去勸架來著。」

「你沒踢人襠吧？」

「沒有，我才勸躺下五個，我們徐校尉就不讓勸了。」

我額頭再次驚汗，瞪了李靜水一眼，急忙往鄉衛生所走，扈三娘攆上我，問：「你去哪玩去，帶上我。」

我說：「你怎麼就知道玩啊，我給人平事去。」

扈三娘哈哈笑說：「就你那樣還給人平事去，快叫三姐！」

我揉著腦袋不滿地說：「看你最多也就二十四五歲，別沒大沒小的，宋朝不興女權主義吧？」

扈三娘把兩手中指都扣在拇指上，威脅我說：「你是不是想讓我把你彈成釋迦牟尼，女人的年紀能問嗎？不怕告訴你，姑奶奶我現在剛九百歲，讓你叫聲姐姐你吃虧了？」

我大叫：「姑奶奶，姑祖宗，黑山老妖……」

我老實的和扈三姐來到衛生所不遠的坡上，往下一看，見顏景生正垂頭喪氣地坐在衛生所門外，身前身後有十來個人隱隱呈合圍之勢，我走到他鼻尖前了他還沒認出我來，一看原來真是眼鏡碎了，鏡框還在手裡提著呢。

我喊了他一聲，他才茫然地抬起頭來，瞇縫著眼問：「是蕭主任嗎？」

我剛嗯一聲，就被那十來個人圍住了，一個滿臉橫肉的壯漢抓住我衣領子吼道：「姓蕭的，你可出現了，我找你找得好苦哇。」

我說：「你這是幹嘛，我又沒有失散多年的兒子。」

壯漢伸拳頭就要揍我，三姐笑嘻嘻地說：「有話好好說，別打架。」

壯漢指著她鼻子說：「女人滾開。」

這把我樂壞了，我還怕扈三娘不幫我呢，這小子這句話真是及時雨呀。

扈三娘臉上還帶著笑呢，一伸手就把壯漢指她的那根指頭撇到手背上了，壯漢慘叫一聲佝僂下了腰，我三姐一腳把他鼻子踢平，然後也不管旁邊那些人動沒動手，一頓砍瓜切菜又打趴下五個。

剩下的五六個人遠遠跑開，扈三娘也懶得追，叉著腰罵：「你媽個叉兒的，敢瞧不起女人！」

我狗仗人勢也叉起腰，指著地上躺著的人說：「你們認便宜吧，這是我三姐心軟，要碰上我三姐夫，你們早就穿越了。」

沒想到這句話拍馬屁拍在馬腿上了，扈三娘一把撈住我的耳朵，嫣然笑道：「你的意思是我不如他？」

這女人真是又狠又辣，嘴裡說著笑，手下可一點也沒留情，我耳朵根都出血了她才把我一腳踢開，這樣的女人，我可是不敢想。

這十五六個人從早上就開始跟我的人幹仗，現在打得剩三分之一了我還不知道到底因為什麼，我坐在顏景生旁邊，說：「你每天睡覺摘眼鏡嗎？」

「摘啊，怎麼了？」顏景生眨巴著眼說。

「我就納悶了，你睡起來是怎麼找眼鏡的？」我問他正事：「這十幾個人到底是怎麼回事？」

顏景生苦笑：「我們碰上招生的流氓了，早上這十幾個人就分散開，遊說我們的學生跟他們走，我出去跟他們好話說盡也沒人理我，最後還把我眼鏡打碎。」

我聽得心酸不已，小顏才跟了我兩天就吃了這麼多苦，不但受到壞人的威脅，還在缺槍少彈的條件下勤奮教學，真的是像張校長說的那樣，兢兢業業一心撲在學生們身上。

我跟他說：「以後再有這樣的事，你就讓他們拉去，能拉走最好。」

顏景生詫異地說：「那怎麼行，現在那些學校都是為了賺錢，根本不顧品質，這三百個學生只要在我手裡，就一個也不能少，因為我看好你，覺得你是一個真正關心他們的人。」

「你可別抬舉我，我給他們請的女講師，對南宋以後的歷史兩眼一摸黑。」

顏景生也不說話，光是笑。

我見勢不妙，開始挑撥這個死心眼：「這些學生們也真是，不派倆人跟著你，我要不來，你就算交代到這了。」

顏景生滿臉溫暖地說：「是我不讓他們來的，有什麼事，咱們當老師的扛著就行了——對了，那個叫李靜水的同學功夫真不錯，就是有點暴力傾向，被他打過的人都輕微骨折了。」我把他扶起來，跟他說：「你摸著往回走吧，以後有事，讓那個癩子打電話找我——你眼鏡多少度，我給你配一副去。」

這時被李靜水打了的那五個包紮完，大夫還沒來得及收拾繃帶夾子，被扈三娘打的這五個馬上就頂上去了。這些人來衛生所的時候，是兩個扶著一個來的，走的時候一個人扶著倆，本來想撂幾句狠話，看看皮笑肉不笑的三姐，都灰溜溜跑了。

把那些人送走沒半小時，我又開始陸續接到電話，看來是串通好的，電話裡的人統一用大人不計小人過的老江湖口氣，約我晚上九點在一個叫「逆時光」的酒吧「談談」，末了還用老大暗含威脅的口氣跟我說：「小強，要給面子哦。」

看來全市的招生人員臨時組成了統一戰線要跟我討個說法。我確實也不想把仇做死，我現在是兵強馬壯的，可得為以後著想，今年一過，萬一明年我的客戶都是些什麼子什麼大夫之類的我就抓瞎了，於是我答應了他們。

扈三娘見我電話接得鬱悶，問我是不是有麻煩，她說：「要不把戴宗和楊志叫上，給你平事去？」我很奇怪她提供的人選，她跟我解釋說：「楊志手快，戴宗腿快，有這兩人，包一個活口也不留。」

嘖嘖，我看她不如改名「掃帚星」算了，這是想幫我嗎？

我和她坐車到了市裡，問她：「你跟我回家嗎？」

扈三娘衝我搖搖手：「去吧去吧，一會兒我自己回就行了。」

我跟她說：「記住坐小巴是一塊，司機看你外地人，有時候會宰你。」

分手後我才後悔自己說錯話了，她別誤會了這個「宰」字，她們那時候黑店盛行，「宰」可是真宰。

等我走到巷子裡聽到了熟悉的麻將聲，眼淚差點盈眶，現在才覺得我以前那麼不待見劉邦是不對的，人家一個開朝皇帝，來我這兒得跟二傻擠一張床，還得每天冒著生命危險和夙敵在一個屋簷下，無非就是喜歡上了我家醜包子，愛好打個小麻將，比起那幫活土匪來，好伺候多了。

想到這，我走進活動中心，卻意外地沒有見到劉邦，趙大爺還有那兩個老太太桌上坐了一個陌生的老頭，我一問，趙大爺說：「你那個朋友和幾個不三不四的人打野麻將去了。」

我也沒往心裡去，到了當鋪門口，發現荊軻正和趙大爺的二兒子趙白臉玩呢，荊軻一見我就嘿嘿傻笑，我毛骨悚然地問他怎麼了，因為我發現他的笑裡充滿了奸詐之意。

荊軻神秘地跟我說：「剛才有個漂亮姑娘找你來著，我說你不在，把她打發走了。」

我說：「然後呢？」

荊軻得意地說：「我沒告訴包子……」

還是我的五人小組跟我親呀！我一把抱住荊軻，涕淚橫流地說：「荊哥，你終於辦了件好事！」但我馬上又納悶了，「漂亮姑娘？她說什麼了？」

「她約你晚上十點在一個什麼酒吧見面呢。」

漂亮姑娘、晚上十點、酒吧……這怎能不讓我血脈賁張，浮想聯翩？

我循循善誘地問：「什麼酒吧呀？」

荊軻：「嘿嘿，忘了——」

趙白臉突然叫道：「有殺氣！」

有殺氣很正常，我真想一頭撞死在荊軻腦袋上！

我失魂落魄地進屋，見李師師又在鼓搗我的電腦，這次她見我進來沒有躲閃，劈哩啪啦地敲著鍵盤，在她面前放著一張大大的電腦輸入法，旁邊還放著一本《電腦操作入門》，我問她幹什麼呢，她邊忙邊說：「別搗亂，我備課呢。」

我過去一看，見螢幕上寫著：第一課，我是誰。然後分段寫著序言：在特定的環境下，總有一些人在改變著時代，這些人在當時寥若晨星，但縱觀歷史長河，就會呈現出一排排壯觀的名單，而我們，或許就在這名單之內……

李師師側開身子讓我看，說：「這麼寫行嗎？」

我說：「再白一點就更好了。」

李師師把螢幕亮度調高了一點，回頭徵求我的意見。

我失笑道：「不是這個意思——我是說你或許可以這麼寫：今天，到場的諸位都是很不簡單滴，雖然我們不在一個朝代，但我們都是當時的名人，下面從第一排第一個同學開始報名，由我給你們說說你們當時都幹了什麼，以及對以後的影響，這有助於讓大家更好地認識你是哪根蔥，和更深入地瞭解自己是幹嘛地……」

李師師兩眼放光：「表哥，你說得太深入淺出了，你比孔子和韓愈強多了，我看以後這門課不如你來帶。」

我不好意思地說：「別鬧了，除了登徒子，表哥我知道的歷史人物有限。」

「可是從南宋以後我也一片空白呀，歷史書我才剛看到元朝的建立。」

「別急，羅馬也是好幾個白天才建成的嘛，你能看多少看多少吧，以後我教你用百度。對了，以後作為老師，看問題要客觀，不許戴有色眼鏡，完顏阿骨打和忽必烈一起到你班上了，可不許有偏袒。」

李師師淡然一笑：「我早就把自己當成現代人了，打打殺殺恩怨情仇都是你們男人的事，我也容不下那麼多。」

說到恩怨，我想起晚上還有一個鴻門宴等著我，哎，劉邦那個保鏢樊噲要是在就好了，要帶著項羽去，安全度絕對百分百，但帶著他去也容易把事情搞壞，人家一看，領著這麼一個大個來，這不是示威嗎？再說項羽脾氣不好，不打起來便算，一旦開仗，不死十個八個的都無顏再見江東父老。不行。

秦始皇和劉邦直接排除，帶著包子去都比他們管用。李師師玲瓏可人，帶著她絕對長面子，對方說白了不過是些招生的痞子，又不是黑社會，就算翻臉，應該也沒膽幹出格的事，問題現在還不是到要面子的時候，排除。

想來想去也就荊軻合適，雖然他的身手我心裡多少有點沒底，但這傢伙膽子大應該是真的——缺心眼嘛。

吃完飯，我把荊軻拉在一邊，悄悄問他：「軻子，還敢幹賣命的事嗎？」

荊軻忽然表現出了與智力不符的謹慎：「給誰賣命？」

我試探性地說：「比如說給我……」

荊軻斷然說：「我可以給太子丹賣命。」

我心一涼，我跟太子單沒法比啊，太子丹想當年是怎麼對荊軻的？二傻聽說千里馬的肝好吃，太子丹千辛萬苦找來給他吃（友情提示：馬肝有毒，勿食）；二傻有次聽音樂，見彈琴的女孩手很白，就說了句「手不錯啊」，太子丹居然就把人家女孩子手剁下來，裝在盒子裡送給二傻。

沒想荊軻忽然一把拍在我肩膀上：「我能為他賣命——」說著，又露出了天使一般白癡的笑容，「更別說你了！」

這次我眼睛是真的濕了，就衝他這句話，別說壞了一樁八字還沒一撇的好事，就算我把一個活色生香的妞兒脫光了剛扔床上，他就領著稽查大隊闖進來，我也不恨他了。

我說領著荊軻出去轉轉，包子他們誰也沒在意，誰也不疑心我是領著傻子出去幹壞事去。

我們來到「逆時光」門口，見很多穿著背心的後生在門口抽菸，閒轉，有很多背上還紋著花，有的胳肢窩裡夾著用衣服包著的長條物。

我問荊軻：「這都是衝咱們來的，怕嗎？」

二傻根本沒聽我在說什麼，一個勁地擺弄他的收音機，可能是這兒收訊不好，那東西滋啦滋啦直響。我隨即意識到二傻可能根本就沒有恐懼神經，當年刺殺嬴胖子其實一共有兩個殺手，還有一個叫秦舞陽，十二歲就殺過人，咸陽宮上先嚇癱了，所以最後二傻才只能繞著柱子追胖子。

那幫馬仔裡走出一個來，盯著我直看，我看他也眼熟，一個名字就要脫口而出的時候，他已經先發制人：「你不是強子嗎，還記得我嗎？」

「你不是白豬嗎？咱們是發小啊，自從搬家以後怎麼一直沒見你啊？」

白豬是我以前的鄰居，不過我那時候朋友多，和白豬不怎麼玩。

白豬不好意思地說：「別叫小名，叫我銀珠，你現在幹什麼呢？」

「給人打工呢，你呢？」

「嗨，瞎遊蕩，今天遇了個好活，有人出五十塊錢讓在這兒站著。」說著，白豬把胳膊上夾的長條包上的衣服扒開，露出一條菸來，小心地回頭看了看說：「還給了條菸，你拿兩盒抽去。」

我還想推辭一下，白豬把兩盒紅河很快地塞進我兜裡，說：「快點拿著，別露白。」

我只好說：「謝了，那你忙吧，一會兒請你喝酒。」

「逆時光」是我們這算得上有名的酒吧，兩層樓，樓下是舞廳和散座，樓上豪華包間，我按他們告訴我的上樓進了三號包廂，一進去就樂了。

只見七八個歲數不小的男人圍著桌子坐了一圈，就留了一個空位，每人面前擺著一杯茶，一副要正經談事的樣子，每個人背後都站著兩個，穿著皺巴巴的黑西裝，把手捂在襠上，包廂裡本來就黑咕隆咚的還戴著墨鏡。

我本來是不想破壞他們努力營造出來的莊嚴氛圍的，但實在憋不住笑，我把那兩盒「紅河」往桌子上一扔，衝後邊站著的年輕人頻頻按手：「坐吧都，別冒充黑社會了——你，穿西裝別穿花襯衫。」

在座的幾個「老大」都不自在了，那些年輕人也都露出羞愧的表情。

一個瘦得跟乾棗核似的老傢伙咳嗽一聲：「既然強哥讓你們坐就坐吧。」

我拉開那張為我準備的椅子坐進去，還不老實地往桌子裡倒騰了兩下，碰得一群人茶杯裡水一漾一漾的。

荊軻自己去搬了把凳子，發現插不進來，拍了拍我身邊那人的頭頂，那人憤怒地瞪著荊軻，二傻也很不滿：「你不能往那邊點？」

那人怒視荊軻，荊軻卻很平靜地看著他，一點也瞧不出喜怒，這人終於被盯毛了，搬著椅子使勁往旁邊靠了靠，二傻坐下來，開始舉著收音機畫著圈的找信號。

把氣氛搞得這麼尷尬，我挺難為情的，抱歉地說：「各位，把小強叫來什麼事呀？」得先有個認錯的態度，要是要錢，就給點錢，只要不超過五百塊。

一個自以為很瀟灑的招生民工，拉著長調說：「是你把我的人打了？」

這時荊軻的半導體收音機忽然接收到了信號，一時大噪：

「下面請收聽豫劇《花木蘭》唱段，演唱者：常香玉……劉大哥講的話理太偏……哧啦哧啦（雜音）……享清閒……哧啦哧啦……辛勤把活幹……」

我皺眉跟這些人說：「咱們能不能好好說話，裝著繃著的有意思嗎？那幾個傢伙是我打的，跑到我學校裡招生去了還不打你們？你們要是要錢……」

說著，我把鼓囊囊的皮包往桌上一放，咚的一聲，這幫人眼睛全亮了。

我繼續說，「……可以給你們點。」我掏出兩百塊放在桌上，「這是我作為個人賠給你們的醫藥費，可不代表校方。」

我又扯回一張來，「另外，你們把我們的老師眼鏡打壞了，這算是賠償，這事就這麼了了，大家有意見嗎？」

第十章

「黑」店

我忙說：「不用你們幹活，

那其實也不是個飯館，是專門喝酒取樂的地方，

一到晚上，漂亮美眉可多了，還有跳豔舞的，

而且白天你們愛幹嘛幹嘛，不用開門。」

朱貴樂呵呵地說：「明白了，你開的店不黑，是人黑。」

這幫人誰也不說話，你看看我，我看看你，神色裡都是驚嘆：今兒算碰上真流氓了。

一個聲音慢悠悠地說：「蕭經理好像經營著一家當鋪是吧？」

這人四十歲上下，滿臉褶子，說話不緊不慢，一眼也沒打量我，目不轉睛地盯著他手上的十一個戒指——這人還有六個手指頭。說這話的口氣裡充滿了威脅。

我把皮包捏在手裡，差點沒朝他扔過去（我包裡當然裝著塊板磚）。

我指著他罵：「孫子，你是不是要說殺我全家？」

我這麼一喊他反倒愣住了，把左手食指戳著右手的六指，委屈地說：「我又沒說……」忽然又自信滿滿地抬起頭來，「但是你也不怕半夜有人打你們家玻璃嗎？」

我就怕這樣的，要碰上真黑社會或者無膽匪類都好說，最怕這樣的滾刀肉：拿起槍是戰士，放下槍是百姓，你防著他吧，他每天按時按點地上班去了；你不防吧，他說不定哪天下半夜路過，就給你家玻璃上兜一塑膠袋屎。

我連連作揖：「各位老大，你們狠，你們就把我小強當個屁給放了吧，那三百個學生都是孤兒，去我那上學一個子兒也沒掏，我要說瞎話，讓我生兒子不姓蕭……」

那個棗核老頭笑容可掬地說：「你說的這個我們也聽說了，而且也查了，目前看好像是真的，所以我們今天找你來，不是跟你要學生，也不是要敲詐你的。」

看我奇怪的樣子，棗核說了一句石破天驚的話：「我們是給你送學生的。你想想，你既然不收錢招生，從哪招不是招，我們這些人手裡大概也有一千多個學生，都送給你，你就笑納了吧。」

「那你們圖什麼？」

「我們還拿回扣啊，不過也就比原來能每人多收幾百塊錢，因為既然你不收學費，孩子們還是省錢啦，我們這也算為教育事業做了點貢獻，為家庭貧困的學生帶去了福音……」

我現在才明白這群人到底想幹什麼，我捶著桌子說：「我那不是一般人能去的！」

棗核說：「那你要什麼樣的，資優生？」

見我連連搖頭，棗核也有點急了，「你難道還想辦貴族學校？」

我一怔，想想也有道理，於是馬上點頭。

棗核他們終於感覺到徹底被我耍了，一起勃然，六指兒罵：「你別以為我不知道你辦的是什麼東西，每個樓層就一個廁所你還想辦貴族學校？」

這時，荊軻突然爆喝一聲：「你們別吵！」

只見他怒髮衝冠，神威凜凜，在場的人都不禁閉了嘴。

現場安靜了以後，才聽常香玉悠悠揚揚地唱完最後一句：「哪一點不如兒男……咘啦咘啦……」

我站起來說：「承蒙各位看得起，把我小強當盤菜，但我那實在是環境特殊，咱們以後有機會再合作吧。」

六指兒打量了荊軻一眼，終於還是不滿地說：「你就這麼走了？」

「過幾天我說不定給你們介紹倆特別會挖人的吧。」

蘇秦張儀來了，我真打算讓他們幹這個去。

看他們還不滿意的樣子，我喊服務生：「往這拿兩打珠江純生（編按：啤酒名）。」然後我跟他們笑笑，「就算我給各位賠禮了。」

我領著二傻快步走出去，二傻忽然指著酒吧招牌問我：「這是什麼字？」

「逆時光，怎麼了？」

二傻撓著頭說：「白天那個漂亮姑娘好像就是約你在什麼時光見面……」

我一看錶，正好是十點，一輛計程車停在酒吧門口，車上下來一個漂亮姑娘，她看見我，朝我禮貌性地笑了笑，付了車費，走過來跟我握了一下手，滿意地說：「蕭經理真是一個守時的人呀。」然後不由分說就前頭帶路往裡走。

我滿頭霧水，問荊軻：「白天是這姑娘嗎？」

荊軻點頭說：「就是她，白天她比現在穿得多，胳膊沒露出來——她的胳膊真白呀！」

我說：「以後除了肘子，禁止你讚美別人手呀胳膊的。」

這次真是瞎貓碰上死耗子了，不過這女人我好像在哪見過，她穿了一件卡通T恤，下面是那種現在女孩們很愛穿的皺巴巴的休閒長褲，但整個人給人一種很嚴肅的感覺。

她領著我又上了樓，一路上，服務生見了她都急忙屏息整裝問好，她則有的報以微微點頭，有的只是哼一聲，這麼一來，我想起她是誰了——確實見過，還是金少炎在的時候，她在一個早上莫名其妙地光臨了我的當鋪，而當時我正光腿穿著劉邦的龍袍，她冷眼看了我半天，那種清冷高傲的氣質讓人難忘。

她把我和二傻帶進四號包廂，與那幫招生的僅僅一牆之隔，她把手包搭在沙發上，示意我們坐下，然後優雅地笑道：「喝什麼，我請客。」

荊軻毫不猶豫地說：「兩打珠江純生。」

我就知道要丟人了——喝得完嗎？

我說：「別聽他的，一打就行。」

冷美人淡淡笑著，看著荊軻問我：「這位是？」

我有點不自在地說：「一個朋友。」

本來沒想到這麼巧能在一個酒吧參加兩個約會。如果陌生的一男一女約會，女方再拉一個女孩子做陪，這還比較自然，但現在的情況是我一個大男人來赴約，又領著一個大男人，這就比較說不清了。

冷美人衝荊軻點了一下頭，隨即跟我說：「正式介紹一下，陳可嬌，我們已經見過面了，不知道蕭經理還有沒有印象？」

「哦……嘿嘿……是啊，真巧。」

人就是這樣，幹不光彩事情的時候被人看見了，如果這個人你以後註定再也見不到了，那就可以當他不存在，比如你站在一列飛馳的火車上撒尿，窗戶上即使沒有玻璃，你也不用顧慮鐵路邊上有人看，哪怕外面人山人海。

可如果你剛尿完正繫著褲子往外走，卻發現火車停了，剛才參觀了你如廁的人山人海們都上了車，那心理脆弱的人只怕就要崩潰了。

我現在就是這種心情，我寧願她那天看到我光屁股也不願意回想那場景，我當時穿著黃色的龍袍，內襯黃金甲，真的是很不堪入目。

服務生恭謹地敲門進來問我們要什麼時，陳可嬌吩咐：「一瓶軒尼詩加蘇打水。」

看來這還是一個自以為是的女人，一旦她意識到自己的同伴是錯的，就會武斷地自作主張——她不是一個能陪我們喝啤酒的女人。

然後我就不知道該跟她說什麼了，她口口聲聲叫我蕭經理，應該是想跟當鋪做生意，可是看她衣著品味又不像是缺錢的主兒，在半夜十點把我約在這麼一個地方，難道是看我強哥英俊瀟灑風流倜儻，於是見獵心喜，所謂女強人寂寞難耐銷金買夜……

論五官，陳可嬌幾乎無可挑剔，標準的柳葉眉櫻桃口，只是她那股冷傲勁經常讓男人在第一時間裡不能集中精神欣賞她的精緻；她的鼻子也稍嫌挺拔，一看可知性格裡帶著致命的執拗和與其性別不稱的剛愎，這樣的女人，簡直天生就是讓那些強人來征服的……我現在好像就挺強的。

嗯，得先找個藉口把荊二傻打發回去。

陳可嬌見冷場了，假裝無意地四下打量著，用很尋常的閒聊口氣說：「蕭經理覺得這裡怎麼樣？」

呀，這麼快就步入主題了，我拍了拍皮沙發，軟倒是夠軟，就是不夠大，我說：「還行，就是不知道隔音效果怎麼樣？」

陳可嬌見我關注的角度很特別，不由得端正態度說：「這個嘛，裝修的時候用的都是最好的材料，包廂和包廂之間絕對不會相互干擾，一會兒等隔壁的人走了我們可以試試……」

我噴血道：「我們？你的意思是你在這裡喊，我到隔壁聽著？」

這時，就聽我們隔壁的人呼啦呼啦都出了包廂，站了一走廊，有人跟來結帳的服務生大聲喊：「我們就叫了幾杯茶，怎麼這麼貴？……啥叫最低消費……咦？這兩打啤酒不是有人幫我們結了嗎？什麼，沒結？——姓蕭的這王八小子！」

陳可嬌指指門外厭惡地說：「沒辦法，經常有這樣沒素質的人——一會兒我陪蕭經理到一樓看看怎麼樣？」

「一樓？去一樓幹什麼？」

「不需要都看一看嗎？」

在人頭攢動的昏暗歌舞廳，找個沒人角落……難道她喜歡這個調調？我納悶地說：「非得去那看嗎？」

「這樣不是能更好地評估整個酒吧的經營狀況嗎？」

「酒吧？」

「對呀，這酒吧是我開的，我想請你估個價。」

我羞愧地擦著汗說：「陳小姐的這個酒吧要賣？」

沒想到陳可嬌決絕地說：「我從沒想過要賣，實際上，有人給我開出很高的價錢我都沒有答應。」

我心裡很納悶，既然你不打算賣自己，又不打算賣酒吧，把我找來窮逗什麼？

陳可嬌馬上解釋：「所以我才約蕭經理來，為的是把它當出去。」

這可新鮮，我問她：「為什麼你不把它租出去，如果要租出去，至少主動權還在你手裡，但你要是當給我，那可就是我在上你在下了。」

我馬上覺得這話有點曖昧，像是故意討她便宜似的。

陳可嬌並不在乎這些小節，她表現出了男人一樣的幹練：

「難得蕭經理快人快語，租出去我不是沒想過，錢上面是沒什麼問題，但那些肯租酒吧的人幾乎都是行內人，他們看中的多半只是我的場地，那就一定要在人員上動大手術，這些員工跟我幹了那麼多年，我實在不忍心就這樣拋下他們，所以我才想到當鋪。我是想把『逆時光』作為一件東西當給你，在這期間，我還是它名義上的主人，你只是替我保管，沒權力破壞它的結構，如果你同意，我會讓你嘗到甜頭。」

甜頭……好在我這次很快警覺了，跟這樣的女人打交道，我看也不用客氣了，於是索性問：「哦，能說說嗎？」

這時軒尼詩上來了，陳可嬌看著服務生給我們調酒，卻不說話了，我隱約也猜到了她的苦衷，她大概還沒有跟員工們說過這件事，現在這個事情還沒定之前，更不想動搖軍心。

等服務生走了，她把兩個杯子給我和荊軻，繼續說：「這個酒吧這個月盈利是二十萬，這是酒吧開業以來屬一屬二慘澹的業績，主要是因為地震的影響還沒完全過去。如果是過年前後，這個業績還會翻五倍——但我們就按每月二十萬利潤來算，一年是兩百四十萬，我就按這個價把『逆時光』當給你一年，一年以後我再用一點二倍的錢把它贖回來，這一年裡，酒吧所有利潤都是你的，但我唯一的要求就是你別動我的員工和這裡的格局。」

沒想到她對當鋪的規矩倒是挺瞭解的，雖然當酒吧的我還是頭一次接手，但要真是她所說的那樣，這個價錢是非常有誘惑力的。

見我還在遲疑，陳可嬌說：「當然，我說的都是一面之詞，你可以用各種辦法查證，不過要快……」

我端起酒杯：「就這麼定了吧，明天請陳小姐帶上相關的手續去我那裡，咱們把合同簽了。」

這次輪到陳可嬌詫異：「我說的蕭經理都信？」

我笑笑：「乾杯。」

我看到冷傲的冰美人居然也露出了一絲敬佩和折服。這個爽呀，這是我這輩子第二次體會到財大氣粗的快感，第一次是我小學二年級撿到五塊錢，請全院的孩子吃冰棒，哦對了，還借給夏樂三毛錢，他現在還沒還……

玻璃杯發出清脆的「叮」的一聲，陳可嬌剛把嬌嫩的嘴唇碰到杯邊，我就說：「對了，我也只有一個要求。」

陳可嬌馬上放下了杯子，我笑道：「別緊張，我只是想安排幾個人進來，薪水和福利都不用你管。」

陳可嬌警惕地看著我，我做了一個無奈的樣子跟她解釋：「都是些鄉下親戚……」

陳可嬌大概處理過類似的事情，這才放鬆地說：「幾個人？」

「兩個。」

「我安排他們當副經理好了。」

「謝謝！」兩隻杯子再次碰到一起。

我之所以這麼輕易地答應她，一是因為我並不傻，我當然能粗略地估算出什麼規模的酒吧應該有什麼樣的營業額，「逆時光」的規模和檔次絕對可以。就算陳可嬌在算計我，想把這個爛攤子用兩百四十萬砸給我一年，那麼一年之後，這酒吧裡的硬體設施也能賣個不斐的價錢。

第二，我是真覺得我該幹點什麼回報老郝了，這筆生意順利的話，幫老郝賺一百萬是順理成章的。

第三，也是最主要的一點，我想把這作為一個中轉站使用，以後劉老六再送來人直接來這兒，然後再看把誰派到這來合適，去替我接待那些穿越來的客戶。這個缺當然得從梁山那幫好漢身上找。

喝了一杯酒的陳可嬌臉生紅暈，顯得比平常要可愛得多，可她說話的口氣還是一點也沒和緩，她放下酒杯說：「我還有事先走一步，從現在開始，你就是這間酒吧的幕後老闆了，謝謝你請我喝酒。」

嘖嘖，這話說得挺讓人舒服，就是口氣不太友好。

她大概也查閱過一些典當行的行業規則，像酒吧、飯店、洗浴中心這樣的地方作為一件物品典當，那是有非常詳細的條例和規矩的，因為這些場所遠不是一輛車一幢房子那麼簡單。

假如我們用一百萬當回一輛車來，那麼這一年的保管費我們甚至可以不要，也就是說，你一年以後給我們一百萬，車照舊是你的，但你別忘了我們在當它回來的時候已經折過價了，這輛可能值一百五十萬甚至更多，在這一年裡，我們要榨取的是它的使用價值，租給人南極旅遊去，一年開它個幾百萬公里，到了當期，這車不報廢最多就值二十萬了。

如果當的是房子，我們當然就不能打成通鋪給人住去了，這就是中規中矩的等物價差了，同樣是一百萬當回來的，你來贖當時，就要交納我們兩成保管費，一百二十萬。這套房子如果已經翻了兩倍，房主自然是賣兒賣女也得先贖回來的，而現在的房子又是不大可能跌的，所以我們當鋪很歡迎這樣當房子的人，九成九是穩賺的。

而像酒吧這樣的營業場所，如果是連地一起，那就很簡單了，因為地本身就很值錢，如果你是賣手套的店鋪，在當期你繼續賣你的手套，我們絕不干涉你，當期到了以後，如果無力贖當，我們轉手就可以賣給別人再賣鞋賣襪子，或者改收費廁所都行。

陳可嬌當的，其實只是酒吧的硬體和經營，這樣對我們當鋪而言風險是很大的，所以這類的情況，我們有很明細的條款，其中就包括有權參與其經營過程，如果陳可嬌這一方不同意，我們有權中止協議，這對她是很不利的。所以陳可嬌說我是幕後老闆，還是有一定道理的。

當我告別陳可嬌，領著二傻走在酒吧的樓梯的時候，心裡別提多得意了：這酒吧有一半是我的。

我給郝老闆打電話要錢時，他一聽做成了兩百多萬的買賣沒有絲毫的驚訝，好像早就等這一天，可當他再聽完整個經過以後，只嘿嘿兩聲，跟我說了兩個字：「不做！」

我當時就傻了，問：「為什麼？」

老郝平靜地跟我說：「你想想，她即使借高利貸，兩百四十萬，一年用還一百多萬的利息嗎？」

一個簡單的道理把我的冷汗都勾出來了，我辯解道：「可是這酒吧我看過了，一個月二十萬絕不是吹出來的。」

「我知道，要是平時，我不得不說你這筆生意做得漂亮，但是傻強子，你想過沒有現在是什麼時期──現在是地震剛過沒幾天，市領導們在本市泡溫泉都是『冒著餘震危險』的時期，只要再發生一次人能感覺得到的小地震，酒吧這類場所基本上就會全軍覆沒！到時候別說二十萬，一個月能有兩千塊的盈利，做夢都笑醒了，而你要跟她把這協議簽了，一年以後兩百四十萬還是鐵定入她帳，她是賠了點小錢從你這買了一個大保險啊！她之所以不敢把酒吧抵押出去借高利貸，就是因為黑社會只認錢，他們才不管會不會地震，欠多少還得還多少，否則她就得拍A片去了，同理，你想去吧！」

我靠，讓這個女人給陰了！哭著喊著提醒自己別中美人計，結果還是被人家一杯軒尼詩給灌迷糊了！

但是我才剛成為這麼大酒吧的半個老闆，幸福的暈眩還沒過勁呢，難道這麼快就又得回到現實？

我跟郝老闆做最後的掙扎：「那不還都是沒影的事嗎？這屬於正常的風險吧？」

郝老闆呵呵一笑：「我今年六十五了，小富則安，不像你們年輕人，我經不起風浪了，我不想把我的棺材本兒都賠上，強子啊，別人看我風光無限，可是我這兩年是一個子兒也沒撈著啊。」

最後一句可以無視，但老郝是鐵了心不做這筆生意了。

這說明，可憐的小強仕途的顛峰只能是「第好幾號當鋪」的牛毛經理。最主要的，以後多半還得借上趙大爺的自行車往五環以外的爻村親自送人——哦不，我現在倒是有輛跨斗摩托了。

突然間，我產生了一個大膽的想法：自己做！

因為項羽的車沒買，所以我現在手上那五百萬還沒怎麼動，但如果拿出兩百四十萬去擔這個風險，以後賺或賠不說，剩下的錢只怕就不夠那些人這一年的開銷了。

我算看出來了，岳家軍雖然有三百人，但只需要供給他們吃喝就行，就算每天每人只給倆窩頭一根鹹菜，他們都毫無怨言，事實上，他們現在每天能把大米白麵管飽吃，而且還能吃上老鄉們現殺的豬，幸福感空前高漲，這從他們一見我打他們面前走過就下意識地正軍姿就可以看出來。

叫他們幫我點小忙應該沒問題——我和包子不是快結婚了嗎，我打算領著這三百號人娶親去。

相反是那五十四條好漢讓我很頭疼，這些人是土匪的性格、貴族的待遇，劉老六也不知哪弄的錢，把這群人慣得十分張揚，他們第一天來就因為沒能住上單間而大為不滿，然後吃飯又嫌沒酒肉少，幾個馬上將領因為時間長了沒騎馬，騎癮大發，跑到鄉下一通找，卻只找到一頭老鄉家裡養的驢，只能以二十塊每小時的價錢略盡意思而已。

張順和阮小二阮小五不用說是四處找水，卻只找到一條水溝，水倒還清澈，就是有點淺，人趴在水底後背還沒濕。幸虧「入雲龍」公孫勝沒來，要不就算他會飛，現在這空氣品質嚴重超標，飛到天上還不得把肺纖維化成白蟻穴。

在我眼裡這哪是五十四條好漢呀，這分明是五十四頭碩鼠。所以，這兩百四十萬的生意如果做了，我就必須得想辦法用那兩百萬再錢生錢，因為就算五百萬，也還是有坐吃山空的時候，到明年下一批客戶來了，我不可能再靠拿板磚砸有錢人來弄生活費了。

我和荊軻剛走進小街口的時候，一個人躲在垃圾筐後面躲了很久，當我們走過他身邊的時候，他突然爆喝一聲：「有殺氣！」

與此同時，荊軻驀然回頭，喊道：「是誰？」

我直以為是那幫招生的想套我麻袋打悶棍，自包裡抽出板磚，定睛觀瞧，只見街上空無一人。

這時垃圾筐後面那人才轉出來，親熱地跑到荊軻身邊，拉起了他的手，然後兩個傻瓜一起呵呵傻笑——是趙白臉。

我用手點指說：「軻子，以後少跟他玩！」

……

第二天我一直很期盼陳可嬌的到來，我想了一晚上，想了很多很惡毒的話，甚至做夢都在嘿嘿冷笑，秦始皇和項羽被我笑得一夜沒睡，兩個人並排坐在床上。

秦始皇指著我說：「這慫，上輩子虧心絲（事）做多咧。」

我的目的很簡單，就是要讓陳可嬌知道，不能占了便宜還賣乖，不能吃著我的豆腐還讓我覺得她是花了錢的主顧；最主要的，不能當面說我：哇塞，強哥哥好有氣魄耶，背後罵我：饒你精似鬼，照喝老娘洗腳水……

當然，最後我會以一種宏大的胸懷說：算了，既然都答應你了，就簽吧。陳可嬌聞聽此言，不由得百感交集，於是納頭便拜……不，是寬衣解帶！

我一大早就在當鋪廳裡轉啊轉啊地等她來，搞得去上班的包子關切地問：「強子，痔瘡又犯啦？」

上午十點一過，一個衣著非常得體的男人走進我的當鋪，他像很熟悉我似的跟我握了握手，然後就坐在我對面，從包裡掏出一大疊資料，我看著他也眼熟，就是叫不出名，支在那張口結舌的。

他看了我一眼，似乎是明白問題出在哪，笑著說：「蕭經理可能已經想不起我了，鄙姓陳……」

我想起來了，陳助理，賣給我聽風瓶那人。

一看見他，又勾起了我心酸的往事，自從目睹那只聽風瓶遭二傻那樣摧殘，我對吹氣現象深惡痛絕，包子過生日那天，連生日蠟燭我都沒吹。

這人來又有什麼好事？我很熱情地跟他握了手，問他：「這次陳先生有什麼關照？」

「哦，是這樣……」他把那堆文件擺到我面前：「是昨天您和陳可嬌陳小姐協商的那件事，今天我把文件都帶來了。」

我驚訝地說：「你們居然是一家？你是她哥還是她弟？」

「呵呵，我只是陳家的私人助理。」

我恍然說：「陳是賜姓對嗎？你以前姓什麼？」

我這麼說，是想起了過去很多有錢人家的家奴，只有特別得寵的，才有跟著主子姓的資格，你像楊國忠、和珅、華太師什麼的。

陳助理面有不愉之色，勉強笑道：「蕭經理別開玩笑，只是巧合而已。」

我也覺得我這句無意之失有點傷人，於是很快跟他進入了主題。

這陳助理別看說話虛文加醋的，可辦起事來很乾脆，他把酒吧各種相關憑證和文件一一列開，三言五語就說清了情況，現在只要我把當鋪這方面的文件拿來一簽，這筆買賣就算做成了。

可是我還沒羞辱陳可嬌呢！

我把一隻手放在胸前，另一隻手做虛捏拂塵狀，一副洞察一切的樣子說：「你家陳小姐在這個時期把店當給我，不可謂不精明……」

我下面的話還沒說呢，陳助理就插嘴道：「對了蕭經理，那只價值兩百萬的聽風瓶在這次地震中沒碎吧，哎呀，我們早以前不知道要地震，要不也不該把這種風險這麼大的投資給蕭經理做了——雖然只賣給你二十萬。」

人家的意思很明確：投資就會有風險，想賺錢又怕擔風險，還開個啥的當鋪。而且這姓陳的字裡行間也提醒我了，那只瓶子真正值多少錢他不是不知道，他舊事重提就是在羞辱我。

最後合同當然還是簽了，姓陳的在收拾文件的時候無意中問我：「蕭經理，那只聽風瓶如果沒出手的話，最好等上一段時間吧，最近本市古董行受地震影響，好像不太景氣。」

我說：「那只瓶子已經被我當測震儀用了。」我對驚愕的陳助理說：「並且已經碎了。」

他當然沒有當真，還開玩笑說：「可是這幾天好像沒地震。」

我衝他眨眨眼：「很小的餘震，只能用兩百萬的聽風瓶測得出來。」

他見我說的跟真事似的，尷尬地說：「呵呵，那麼貴重的東西要是真碎了倒是可惜得很，如果是以前，還可以找專門的匠人修復，不過現在做這種手藝的人不好找了。」

送走他，我感到挺有趣的，一只聽風瓶他們賣給任何行內人，兩百萬都穩入帳下，現在居然在這個特殊時期以總價兩百四十萬，把一個經營得體的酒吧當給我，還背上枉做小人的嫌疑，這陳家也不知道想幹什麼。

而且我開始對這兩個跟我打過交道的姓陳的有點好奇了，他們狡猾，但並不陰險，利弊都可以擺在明面上談，說不上是君子還是小人，從他們的出手上看，家底極豐，但為什麼跟我這個小小的當鋪經理屢次交易，很難弄明白。

還有就是陳助理的最後一句話提醒了我：「玉臂匠」金大堅說不定能把那只聽風瓶復

原呢？

我一氣兒跑上樓，問正在看書的李師師：「上次那個聽風瓶的碎片呢？」

李師師一指客廳沙發角落裡那只貴重的盒子：「我都收拾到那裡了。」謝天謝地！

我剛要走開，李師師把幾團廢紙給我，我不明白她什麼意思，李師師奇怪地說：「你不是要倒垃圾去嗎？把這個順便帶上。」

「垃圾？你見過兩百萬的垃圾嗎？看表哥給你變廢為寶，換了錢給你買花戴。」

我跑過去捧起盒子，打開一看，心又涼了不少，古人有破鏡重圓的典故，是一面鏡子破成兩半，小夫妻人手半面，再看我這瓶子，碎得已經夠到集體婚禮上發去了，而且連新人的家屬都有份，這瓶子要讓我補，不如索性都捻成末兒再捏一個。

我還正想著抽個時間去看看三百他們呢，癩子已經把電話打過來了，他跟我說：「強哥，你的學生們想你了，我讓徐領隊跟你說啊。」

然後就是長時間的沉默，我還能聽到癩子在電話旁邊指示：「說話啊，強哥聽著呢——」

又過了半天，才聽到徐得龍怯怯地說：「喂？」

我說：「徐領隊嗎？我是強子啊，有事嗎？」

又半天不說話，我沒猜錯的話，徐得龍正拿著電話東張西望呢，聽到這麼平穩的聲音又見不著人，他大概還不習慣。

「……蕭壯士嗎？」

「對呀，是我，有事嗎？」

「……」

最後我只能說：「徐領隊，我一會兒就過去看你們，有什麼事我們到時候再說好嗎？」

癩子接過電話以後，苦笑跟我說：「強哥，你這領隊是移動公司的托兒吧，還是你倆有什麼姦情，只是想互相聽聽呼吸聲……」

掛了電話，我緊急集合五人組，我知道徐得龍找我，肯定是出了什麼事了，我得先安排好他們幾個，結果劉邦已經出去玩牌去了，我掏出一遝錢來，每人發了十張，說：「每人一千塊錢，你們在這兒的時間也不短了，一些場面上的事也知道該怎麼處理，午飯大家自己解決——嬴哥，這錢可不許論張花，要問明白了再給，然後讓他找零。」

秦始皇笑呵呵地說：「餓懶滴很。」

「那行，那我把這錢都給軻子了，反正你們倆大部分時間都在一起，你想吃什麼讓他給你買。」

「行麼。」

沒想到這世界上還真有不願意要錢的人，可能是秦始皇高高在上慣了，要是康熙乾隆這樣經常微服私訪的皇帝，就知道拿著揣兜了。

我發完錢，看了看他們，想想還有什麼安頓的，馬上想起來：「對了，這事不許和包子說，還有，劉邦那小子要是不問你們錢哪來的，也別和他說。」

然後馬上就看出各人的不同來了，李師師從容不迫地打電話：「喂，是披薩店嗎？送一份到……」

項羽想學李師師，卻又不知道該給誰打，最後他用了一個最聰明的辦法，跟李師師說：「你幫我叫個烤羊腿吃。」

荊軻和秦始皇可樂了，秦始皇只要一上街，自然是見什麼要什麼，荊軻多了個心眼，把秦始皇的錢裝在另一個口袋裡，然後跟秦始皇說：「這裡是你的錢，花完了我可就不管你了啊。」誰說他傻?!

不過在我眼裡他確實是有點，我要是他，就把贏胖子的錢往我這個口袋裡裝幾張了。

我把他們都安頓好了，抱著裝了聽風瓶的盒子，騎上我的跨斗摩托，這一路上可謂是過關斬將，跨斗摩托雖然沒有明令禁止，但問題是我騎的是一輛沒有牌照的摩托車，好幾次在紅燈不遠的地方，我見交警的餘光都掃見我了，我就躲在大公車的後面，不但交警看不見了，還能跟著跑公車道，氣得後面的車直哼哼，又不敢按喇叭。

到了地方，我瀟灑地跳下摩托車，本來想給幾個巡邏的小戰士留個好印象，沒想到踩到一個小石頭子兒把腳給扭了，年紀小一些那個孩子噗嗤一聲就笑了，老成一點的那個，使勁拍了他一下以示懲戒，然後把頭轉過去，肩膀使勁抖。

我一瘸一拐丟人敗興地走過去，兩個人急忙過來扶住我，我朝後一指：「把盒子拿上。」

那個小戰士抱起盒子，使勁搖了兩下，盒子裡唏哩嘩啦一陣響。

走過帳篷群，三百岳家軍全部席地而坐，顏景生找來一大堆廢磚，壘了一個小臺子，把他自己製作的小黑板搭在上面。

徐得龍坐在「講臺」一旁，擔當班長和紀律委員的角色。

顏景生正叫魏鐵柱和李靜水練習會話，魏鐵柱抓抓頭皮，用求助的眼神四下張望，顏景生耐心啟發他：「My name is——」

魏鐵柱不大確定地說：「魏鐵柱？」

顏景生呵呵地笑說：「很好，說明你已經能聽懂了，可我們的目標是——」

這次他是對著全體三百人員問的，我真怕聽到的是「沒有蛀牙」。

三百人用軍隊特有的急促、快速又有力地回答：「不但會聽，而且會說！」

我急忙利用這個空檔示意徐得龍，徐得龍馬上舉手說：「報告！」

顏景生馬上和顏地責備他：「在英語課上應該說……？」

徐得龍想了半天，鼓起勇氣說：「一可死摳死蜜（excuse me）？」

顏景生滿意地說：「好，下面休息十分鐘，下一節課是思想政治。」

我見顏景生已經配了副新眼鏡，過去跟他搭話說：

「顏老師，我看是不是先多教孩子們點基礎知識和傳統文化，洋文這輩子他們大概是用不上了，我帶他們來的時候，發現這幫同學底子太差，很多人上廁所不辨男女，當時幸好是半夜，要不我真以為這幫學生品性有問題呢。」

「都解決了——你說的情況我也發現了，但我也發現這幫學生都很聰明，他們大部分人只是因為家境貧寒，從來沒受過教育而已。他們現在已經掌握拼音了，再過幾天，我準備再開幾門課，代數幾何微積分都不能少。現在最大的問題就是沒課本，我大學同學有在教育局工作的，而且好像就負責希望工程的項目，我找找他，看能不能解決課本的問題。」

我忙說：「你別給我丟人去啊，需要什麼你列個清單給我，我這辦的是文武學校，不是希望小學。」

顏老師喜笑顏開地拉著我的手說：「蕭主任，好人吶！」

我酸溜溜地說：「再窮不能窮教育，再苦不能苦孩子嘛。」

我心想這三百人也夠倒楣的，短短一年時間還得接受填鴨式教育，萬一顏景生異想天開，還打算讓他們參加高考去，那樂子可就更大了。

不過這對化解三百人心中的仇恨大有好處，我已經看到有些人被顏景生教的露出了癡呆相，看來顏景生比會念經的和尚厲害多了。

我撇下顏景生，把徐得龍拉在一邊問他怎麼回事，徐得龍一直和我走到一個偏僻的角落，才低聲說：「昨晚有人探營！」

「探營？什麼意思？」

「像是不懷好意，」徐得龍一指東邊說：「那人被我們發現以後就逃走了，他速度很快，而且慣走夜路，應該是很專業的探子。」

我並沒當回事，覺得徐得龍過於疑神疑鬼了。我問他：「你看像那幫跟咱們發生過衝突的招生的嗎？」

徐得龍決絕地搖頭說：「那人絕對受過專業訓練，而且經驗豐富。」

我失笑道：「你是不知道那幫流氓的潛力，人急了都比兔子跑得快。」

徐得龍卻沒有開玩笑的心情，他不住微微搖頭，沉吟說：「依我看，那人的隱蔽和遁形的習慣更像是我們那個時代的人。」

我下意識把眼光望向西邊的梁山陣營，徐得龍自然懂得我的意思，說：「也不可能是那邊的人，那探子走後，我派人在方圓幾里以內都蹲守了，從昨天到現在一直沒有人再接近，而他們那邊五十四個一個也不少。」

我隨口應付說：「可能是你看錯了吧，或者是偷情的農民，我們這個時代比你們跑得快的人還是有的，別太自我感覺良好了，我上學那時從果園出來，身後要有狗，百米也能跑進十四秒。」

我拍拍他的肩膀說，「現在你的任務就是好好學習，我問你個單詞——瘋狗的『狗』怎麼拼？」

「……G-O-O-D？」

「……那很好的『好』怎麼拼的？」

「……D-O-G！」

我再次拍拍他肩膀說：「很好，你很有當一個哲學家的潛力。」

我拿過裝著瓶子的盒子，一瘸一拐走到梁山陣營，這裡的紀律十分鬆散，到處都是晃著胳膊溜達的懶漢，一多半我都叫不上名來。

我很快在一個帳篷前面找到了「玉臂匠」金大堅，他正在和另一個老頭下象棋，我一屁股坐到地上，金大堅見是我，問：「你腳怎麼了？」

我把盒子打開遞到他面前，他掃了一眼說：「什麼呀這是？」

我謙恭地說：「聽風瓶。」

「什麼？」

我的心往下一沉，他不會沒聽說過聽風瓶吧，因為李師師也說過，這東西只有富貴人家裡才擺。

金大堅挑剔地捏起一塊瓜子那麼大的碎片來，嘖嘖地說：「你只能說它以前是一只聽風瓶。」

什麼嘛，跟我玩白馬非馬，不過我可不敢說什麼，雖然金大堅在一百零八將裡屬於那種最可以被無視的，此刻在我眼裡，他卻是最可愛的人。

金大堅把那塊碎片往盒子裡一扔，拿起「炮」來挪了個地方，嘴裡說：「就不讓你吃。」

他對面的老頭把「車」擺上來，說：「非吃你不可。」
金大堅挪「炮」：「就不讓你吃。」
老頭動「車」：「非吃你不可。」
合著是倆臭棋簍子。我終於看不下去了，指著底線跟金大堅說：「你把『炮』擱這將他。」
金大堅瞪我一眼：「那不就讓他下面那個『車』舔了？」
我只好又指指金大堅的一個「車」，教給他：「他吃咱們『炮』咱們吃他『車』，不虧。」
倆老頭一起倒吸冷氣，齊聲讚道：「好棋！」
我一直以為古代老頭下棋都是高手，你看人家那做派，搖著芭蕉扇，喝著鐵觀音，一坐就是一天，敢情就在那磨時間呢。
老頭們也覺得挺丟人的，找了個藉口不下了。
和金大堅下棋那老頭忽然一把抓著我的腳，我打了個激靈，剛想往回抽，金大堅說：「讓他給你看看對你有好處，他是『神醫』安道全。」
我連忙連鞋帶襪都脫了，把腳遞給安道全，安道全在我腳踝上抓了兩把說：「沒事。」
我說：「那麻煩您再給我看看有沒有腎虧啥的毛病，從腳上不是都能看出來麼？」
安道全給我捏著腳，我把盒子又擺在金大堅面前，說：「憑您的手藝，能把這瓶子復原嗎？」

金大堅抓弄著盒子裡的碎渣子，毫不猶豫地說：「能！」

然後他又說了一句讓我狂暈的話：

「只要你能把它拼起來。」

這就好像一個死得不能再死的人，現在有人跟我說：只要你能讓他邁出第一步，我就能讓他跑得比劉翔還快。

我見金大堅沒有開玩笑的意思，索性靜下心來，這聽風瓶質地很脆，所以摔碎以後都是小塊，沒有粉末——但也差不多，我拿起麻子那麼大的一塊碎片，端詳了半天，忍不住問：「這是底上的還是口上的？」

金大堅看了一眼說：「很明顯是口上的。」

我又拿起一片差不多大小的問：「這個呢？」

「底上的……」

我又拿起一片……

金大堅把我揀出來的碎片都扔回盒子裡：「我看出來了，要指望你把它拼起來，我這一年就什麼也不用幹了——你有紙嗎？」

我嘿嘿笑著，掏出一段衛生紙來給他，金大堅說：「太軟！」

我把口袋裡亂七八糟的紙來回翻著，金大堅拿走一張交了電話費的收費單，邊在手裡擺弄，邊仰臉喊：「那個誰……去給我找個雞蛋來。」

一個正從我們身邊走過的小夥子愣然說：「喊我？」

金大堅笑嘻嘻地說：「你答應就喊你，快去給我找個生雞蛋去。」

那後生也不著惱，哦了一聲就走了。我隨口問：「那人誰呀？」

「『鐵扇子』宋清。」

我想了半天才想起來這是宋江的弟弟，梁山上最莫名其妙的一個人，好像是突然冒出來這麼一位，不過書裡倒是沒少提，宋江動不動「便叫宋清安排筵席」，而且全書裡沒見他跟人動過手紅過臉，應該是超沒本事的那種人。

我不禁悠然神往：看來梁山上的人也有不如我的。

我問金大堅：「這人怎麼樣？」

我以為金大堅要嗤之以鼻，不想他說：「小夥子很精幹，也很踏實。」

這時金大堅已經把那張交款單疊出了一個輪廓，像個筒子，然後把兩頭捏了捏，就大略成了一只聽風瓶的樣子，宋清也把雞蛋拿過來了，他還衝我友好地笑了笑，我對他好感大生，一直以為這樣的公子哥兒都是眼睛長在腦瓜頂上的，沒想到還會跟人客氣。

金大堅把雞蛋磕了一個小口，用食指蘸了點蛋清，抹在一塊瓶子的碎片上，把它按在紙模型上，隨之又拈起一塊按上去，每片碎片到了他手上，只微一打量就有了地方，不一會兒，隨著碎片的減少，那個紙模型也漸漸被貼滿了。

只是越到後來，他沉吟琢磨的時間也就越長，剩最後幾十片的時候也是最難的時候，這些碎片大多都是瓶腹上的，沒有弧度可以判斷，我老給亂出主意，金大堅差點跟我翻臉我才閉了嘴。

金大堅不容我置喙，我只好索性躺在草地上，枕著胳膊，腳伸到安道全懷裡讓他捏著。

我看見草地上，林沖和一個臉上有片青的大個兒正拿著兩根棍子舞鬥，那個大個應該是「青面獸」楊志吧，果然，他是單手拿棍當刀使的。

因為我是躺著的，兩個人都頭下腳上，看得我昏昏欲睡，林沖忽然立住身形，跟我說：「小強，你不是想學林家槍嗎，我教你。」

我胳膊一撐坐了起來，興奮地說：「好學嗎？」

接待了這麼久的穿越客戶，終於也該到收穫的時候了，畢竟是八十萬禁軍的教頭，應該比海豹特種部隊的教官要強吧？

楊志把他手裡的棍子給我，拍拍我肩膀笑道：「林教頭從不收徒，今天是你的造化，好好學。」

我連連點頭：「謝謝楊大哥，有時間，兄弟帶你去做個雷射美容，管保青面獸變金城武。」

我站在林沖對面，他對我點點頭，說：「你先刺我一槍。」

來了，考驗來了，一般我這一槍刺過去以後就決定能學幾成功夫，我後退大幾十步，猛地衝向林沖，到了他近前忽然定住腳步，上身前傾，攥著棍子的雙臂一抖刺了過去，嘴裡大叫：「嗨！」

這是我跟鬼子學的。

林沖好整以暇地伸手抓住我的棍子頭，然後用自己手裡的棍子頂住我的胸口，把我推了個跟頭，在旁邊圍觀的人無不大笑。

我坐在地上，滿懷期盼地等林沖誇我，就算按照套路，他也該看我這一槍雖然「看似無力」，但「根骨極佳」了吧？

林沖失笑道：「原來你一點根基也沒有？」

廢話，有根基還用跟你學?!

林沖把手中的木棍照地上一塊石頭一點，啪的一聲，那石頭濺成了幾點碎末，他說：「你什麼時候達到這個程度，我再把林家槍傳你。」

我算看出來了，他是拿我當傻瓜唬呢，我要達到這種程度，在這個時代也算半個神槍無敵了，還學個啥啊。

我把棍子遞給楊志，說：「你們玩吧，其實我對打打殺殺的不感興趣。」

林沖把碎石子一一點成粉末，說：「其實這也容易，你只要把它們看成是爛蘋果，出槍之前先想像一下它們被你點碎後的樣子就行。」

話說我也二十七了，不像十七八的愣頭青，還有大把的時間裝傻充愣，可以抱著棵樹苗練亢龍後悔，看來苦修不適合我，我還是等著天庭給我發工資吧。

安道全等我又坐下，摸著鬍子說：「剛才我給你看過了，你的腎沒問題，但整體偏虛，不宜練武，還有──你有腳氣。」

這時，金大堅已經把所有碎片都貼在了模型上，那個紙筒現在看上去像個芝麻糖似的，他說：「現在就剩黏合了，等黏好以後倒上水把紙泡爛，然後沖掉就完好如初了。不過我得花時間準備特殊的工具，大概需要幾天時間。」

兩百萬的東西就這麼靠一張紙和一個生雞蛋又回來了。

我想起了酒吧的事，問金大堅：「『菜園子』張青跟你們一塊來了嗎？」

不等老金回答，我忙說：「算了，就算來了也不能找他，老往酒裡倒蒙汗藥受不了，再把人做成包子，非搞出震驚全國的大案來。」

我撓撓頭問金大堅：「你們這批人裡頭，還有誰會做買賣的？」

金大堅搖了搖頭，安道全在一邊說：「你是要開鋪子？」

我忙點頭。

「嗨，那你找朱貴和杜興啊。」

我想了半天，朱貴隱約能想起來，好像是掌管南山酒店的，其實就是接頭人，一有入夥的就朝蘆葦叢裡射箭，然後就有人蕩出船來接人。我覺得這箭法得比花榮好，這要是沒個準兒就把自己人射了。杜興就不太熟了，大概是副掌櫃。

我問安道全說：「他們在哪個帳篷？」

安道全白了我一眼：「我哪兒知道，自己喊！」

於是我扯著嗓子喊：「朱貴——朱貴——」

不遠的工地上有工人關切地問我：「豬肉又漲價啦？」

這時，一個帳篷的簾子一撩，未見其人先聞其聲：「喊什麼喊，叫魂兒呢！」

一個非常敦實的男人走了出來，他嘴上雖這麼說，但臉上笑盈盈的，留著鬍鬚，看上去格外有親和力，一看就是那種在社會上特別善於和人打交道的買賣人。

他見是我，樂呵呵地問：「找我有事啊？」

我說：「打算讓你重操舊業，開酒館。」

「進來說。」朱貴把帳篷簾掀開讓我進去。

我一進門，正和一個坐在地上的精瘦漢子碰個臉對臉，這人長得大眼珠子，皮膚乾縮，跟《魔戒》裡那個咕嚕似的，我是沒開天眼，要不肯定以為又活見鬼了。

他手裡拿著一桿圓珠筆，正在一大堆紙上寫著什麼。

朱貴給我介紹：「這是杜興，綽號鬼臉兒。」

我忙招呼：「杜哥哥好——真是聞名不如見面啊！」

杜興長得醜，人倒是不錯，說：「坐吧，兄弟。」然後把手裡的紙給我。

我一看上面寫著高粱若干、水缸若干、木板和絹紗若干，我問他幹什麼用，杜興說：

「我打算釀點酒喝。」

我鼻子一酸說：「都是兄弟慢待各位哥哥了，我這就給酒廠打電話，讓他們把管子接過來。」

我心想梁山的人才兩天沒給買酒就想著自己釀了，他們要覺得錢不夠花，也自己動手豐衣足食吧。

哪知杜興搖頭道：「你們的酒太難喝了，甜的太甜，辣的太辣，哪如我們的三碗不過崗？」

我吃驚地說：「三碗不過崗……那不是武松……」

「對，就是武松哥哥過景陽崗喝的那種酒，他上了梁山以後還念念不忘，我們索性花重金把那酒的配方買了來自己釀。」

我拿著他開的單子疑惑地說：「你真有把握？別浪費兩車糧食釀出來的東西再把眼睛喝瞎。」

杜興說：「問題不大，現在主要是沒有現成的酵母，而且天氣太熱，釀出來以後容易變餿。」

我掏出兩板錢來壓在紙上，說：「這事你們看著辦，買東西就讓那個宋清兄弟張羅一下，現在咱們說咱們的事。」

朱貴跟杜興解釋說：「小強想讓咱們幫他照看飯館。」

杜興猶豫地說：「咱們來這兒可是為了玩的，怎麼又要幹活？」

朱貴點點頭，對我說：「跟我想的一樣。」

我忙說：「不用你們幹活，那其實也不是個飯館，是專門喝酒取樂的地方，一到晚上，漂亮美眉可多了，偶爾還有跳豔舞的，而且白天你們愛幹嘛幹嘛，不用開門。」

朱貴喃喃說：「白天不用開門……」然後他和杜興異口同聲地問我：「你也是開黑店的？」

我踉蹌幾步才勉強站穩說：「你們可千萬別誤會，那裡可不敢往酒裡兌東西，要把所有的人都看成是上帝……呃，看成你們的宋江哥哥。」

杜興橫眉冷對地說：「看見不順眼的能打不？」他還看別人不順眼呢，自己長得跟ET似的。

「不能打，那場子又不是咱的，而且你倆去了以後也不是一把手，專管把劉老六帶來的人送到這兒來，除此之外，去了就是明哲保身，有掙錢的活我們來，背黑鍋他們去，我這麼說你們明白了嗎？」

朱貴樂呵呵地說：「我們明白了，你開的店不黑，是人黑。」

最後說好朱貴和杜興一會兒跟我走，我還得去看看工地上的進展情況。

幾棟主樓已經出了規模，工人們熱火朝天地幹著，癩子的流氓工人們也都搬磚送瓦的，見我來了幹得更賣力了，這個工程不但救活了好幾個施工隊，還從火坑裡拉出來不少流氓。

癩子正和一個工程師站在一起指點江山，那工程師戴個安全帽，大概四十歲上下年紀，說話很狂，正在那兒教訓癩子呢：

「你看，我讓你把食堂往後推十五米是對的吧？要不宿舍樓一起來就給食堂堵上了……大禮堂當然是往東邊蓋，紫氣東來懂嗎？你像梁山的聚義大廳就是……」

我上去拍拍這人肩膀，客氣地說：「這位大哥是……」

癩子搶先說：「這不是你請的老師嗎？強哥我算服了，你這裡頭人才濟濟呀，要不是這位李工指點，格局什麼的就不說了，起碼得白幹一個月。」

「李工？」

這人戴著安全帽我一下沒認出來，仔細看才想起那天好像是有這麼一位來著。

這位「李工」在我耳邊低聲說：「『青眼虎』李雲，梁山專管修建房屋的……」

難怪！梁山多少萬人的房子，他都能給安排得妥妥貼貼，美侖美奐，這小小一個學校就更別說了。

李雲告訴我，學校再有半個月就能入住了，他現在已經在計畫校園規劃了，假山小橋流水什麼的都弄上，我本來還想讓他給我弄一個梅花樁，不過既然沒聽他說，估計宋朝還沒有這東西，那就是後一步的事了。

我跟盧俊義打了個招呼，帶著朱貴和杜興上了摩托車，朱貴坐斗裡，剛要走，戴宗也來了，說要進城買雙鞋去，我讓他坐在斗後面，用腿夾著朱貴不至於掉下去。

阮氏兄弟早就想讓我帶著他們找水去，晚來了一步，一看摩托車已經被殘害成這樣，只能約好下次一定帶他們去。

我在小路上開了一陣，農民們見我們四個這樣也不以為奇，據說村長兒子結婚那天，用這摩托車接人，一次最多帶過七個，還不算司機。

上了公路以後，我們開始被人恥笑，戴宗最後實在受不了了，說：「我還是用跑的吧。」

我笑著說：「那你可要注意別超速，城裡限速是四十，你撒開了跑，小心被警察逮。」

戴宗嘿嘿一樂：「抓住大不了沒收交通工具，我把鞋給他就是了。」

我大笑，看來經常運動的人，腦袋就是靈光。

這時，一輛日產尼桑從後邊趕上了我們，那司機一見戴宗，眼珠子直接從左駕駛上貼到右玻璃上，他跟了我們半天，我揮手示意他快滾，這小子衝我們比了一根中指，一踩油門就跑，戴宗罵了一句撒腿就追。

我是跟不上他們了，眼睜睜看著一輛車和一個人跑沒影兒了。

我追了將近十五分鐘，見前面路口那輛尼桑停在路邊，兩個員警表情嚴肅地站在那個小子面前，那小子指著馬路對面臉帶微笑的戴宗拼命辯白什麼，兩個員警對視了一眼，掏出一個酒精測試器來，命令他吹！

我、朱貴、杜興紛紛朝他豎起中指，哈哈大笑：「活該你個王八小子。」

我們和戴宗在進城的路口分了手，我現在很覬覦他這身本事，問他能不能教我，戴宗捏了捏我的腿，說：「教你半天你也就能比一般人跑得快點，你這腿跑得太快，容易磨沒了。」

戴宗的意思是我身體硬體不行，所以那句話很對：天將降大任於斯人也，必先苦其心志勞其筋骨……

我想起一件事，得先給朱貴和杜興配倆手機，我還想把我現在用的這支給他們呢，但兩個人一番謙遜的談話讓我打消了這個念頭，他們說：畫素不用太高，一百三十萬就行。

到了上次那家二手手機店，我給兩個人買了兩支那家店裡能買到的最好的手機，期間我打電話讓陳可嬌先到「逆時光」酒吧準備一下。

那個店主一見我用的還是他那個「鎮店之寶」，有點激動地說：「哥們，你可太夠義氣了，給朋友都買那麼好的手機，自己還用這個——好用嗎？」

我說：「不錯啊，還有好幾個鍵是靈的。」

店主有點臉紅說：「有時間我給你問問，廠家好像在回收這種古董機。」

現在怎麼說我也算有點小錢的人了，得花時間好好琢磨一款適合我用的。

包子他們老闆一直是我的假想敵：為什麼同是男人，我的女人只能給你打工？我打算忙完這段就跟包子開誠佈公地談談，穿越客戶的事當然還不能告訴她，但至少可以跟她說她的男人現在能養得她了，也能給她買輛車，然後很豪氣地叮囑她：車隨便撞，只要人沒事就行。雖然金少炎開的是法拉利，我頂多給她買輛國產車。另外，鑒於本地房價原本就不高，再加上地震的影響，我決定也買個帶小閣樓的複合式別墅。

我和陳可嬌約兩點在酒吧見面，我到那是一點五十五，我把摩托車停在門口，領著朱貴和杜興走進酒吧。

如果是平時，這個點是不開門的，看來陳可嬌已經吩咐過了，酒吧不但門開著，而且所有員工都到了，正在把桌椅板凳翻起來打掃衛生，大頂燈亮著，陽光從門外照進來，我還從來沒有在這種光照條件下觀察過一個酒吧。

朱貴一進門就指著休憩用的包廂說：「這牆砸了，寬敞。」然後指著領舞臺，「擂臺外邊擺去，擱這多礙事呀，砸了砸了。」

我說：「讓你來是看店，不是讓你砸牆來的，一會兒別亂說話。」

酒吧裡一個特別精神的小夥子面帶微笑地招呼我們坐，還給我們每人端了一杯柳橙汁，但看樣子他不是這裡的經理，坐了剛一小會兒，陳可嬌昂首挺胸地推門而入，我一看錶，剛好兩點整。

陳可嬌這次穿得比前兩次正式很多，圓領襯衫，米色開襟套裝，她見我們已經坐在一邊等她，臉上又露出了那種讚許的笑，衝我們微一點頭就算打過了招呼，然後拍了拍手，所有的員工很快就聚集起來排隊站好，我也帶著朱杜二人走上去。

陳可嬌望著她的員工，臉上忽然露出一絲很難察覺的複雜表情，痛惜中帶著欣慰，就像一個貧窮的母親把孩子送給了殷實的人家那樣。

沉默了幾秒鐘，這個女強人馬上恢復了從容，她一指我，脆聲說：「介紹一下，這位蕭先生以後就是你們的新……」

「你們好，我是陳小姐的朋友。」

我很突兀地插了一句嘴，然後把手插進兜裡，表示對打斷陳可嬌說話很抱歉。

陳可嬌看了我一眼，我明顯感到她的情緒波動，她接著說：「至於這兩位先生，以後就是你們的副經理了……」

我看出陳可嬌對叫不上他們的名字頗感冒昧，急忙一推朱貴：「自我介紹一下。」

朱貴往前站了一步，一抱拳，樂呵呵地說：「朱貴！以後大家就是兄弟，有事出聲！」

杜興見朱貴這一抱拳，下面有人竊竊發笑，便很合時宜地衝人們招了招手，說：「男者為兄弟，女者為姐妹，以後咱們齊心合力把酒館招呼好。」

這話雖然聽上去還是不怎麼對勁，但朱貴看似大大咧咧善於交際，杜興心思細膩查漏補缺，這倆人真是一對好搭檔。

陳可嬌忽然問一個員工：「柳經理呢？」

那員工頓了半天，才支吾說：「柳經理說身體不舒服……」

陳可嬌面無表情地點點頭，然後叫人們解散了，小聲跟我說：「這的總經理叫柳軒，說了幾次要往酒吧帶人我都沒同意，我這一下給他調來兩個副經理，大概是鬧彆扭了。」

一個打工的竟敢跟主子擺臉？

朱貴依舊笑呵呵地說：「我們兄弟來了就是混口飯吃，啥也不會干涉的。」

他倒是實在，把我說給他們聽的底就這麼兜出來了。也難怪，他們雖然經營過買賣，但那終究是個幌子而已，讓這倆土匪出身的人跟人鬥心眼去，確實是期望值太高，要想玩陰的還是把劉邦弄來的好，省得這小子每天跟個職業賭徒似的。

請續看《史上第一混亂》卷二 玩轉歷史

史上第一混亂 卷一 反向穿越

作者：張小花
發行人：陳曉林
出版所：風雲時代出版股份有限公司
地址：10576台北市民生東路五段178號7樓之3
電話：(02) 2756-0949
傳真：(02) 2765-3799
執行主編：朱墨菲
美術設計：吳宗潔
行銷企劃：林安莉
業務總監：張瑋鳳

初版日期：2019年6月
版權授權：閱文集團
ISBN：978-986-352-694-0
風雲書網：http://www.eastbooks.com.tw
官方部落格：http://eastbooks.pixnet.net/blog
Facebook：http://www.facebook.com/h7560949
E-mail：h7560949@ms15.hinet.net
劃撥帳號：12043291
戶名：風雲時代出版股份有限公司

風雲發行所：33373桃園市龜山區公西村2鄰復興街304巷96號
電話：(03) 318-1378
傳真：(03) 318-1378
法律顧問：永然法律事務所 李永然律師
北辰著作權事務所 蕭雄淋律師

行政院新聞局局版台業字第3595號 營利事業統一編號22759935

定價：270元

國家圖書館出版品預行編目資料

史上第一混亂 / 張小花著. -- 初版. -- 臺北市：風雲時代, 2019.03- 冊； 公分

ISBN 978-986-352-694-0（第1冊：平裝）--

857.7 108002518